“国培计划”中小学体育教师培训系列教材

中学体育教师专题强化与技能拓展

Zhongxue Tiyu Jiaoshi Zhuanti Qianghua Yu Jineng Tuozhan

陈雁飞 主 编

李 健 黄春秀 副主编

高等教育出版社·北京

HIGHER EDUCATION PRESS BEIJING

内容提要

本书紧紧围绕中学体育教师的工作特点和专业发展需求，由中学体育科研、中学体育教学基本功、阳光体育运动、中学体育教学质量、专题强化课程和中学武术、体操、田径、篮球、排球、足球、韵律舞蹈等技能拓展课程组成。突出强调基础性、实用性、可操作性等特色。本书结构清晰、案例生动，大大提高了广大中学体育教师学习的便利性。

本书适合中学体育教师使用，同时也适合体育院系高年级学生学习。

图书在版编目（CIP）数据

中学体育教师专题强化与技能拓展/陈雁飞主编.—北京：高等教育出版社，2011.8

ISBN 978-7-04-033215-5

Ⅰ.①中… Ⅱ.①陈… Ⅲ.①中学-体育教师-师资培训-教材

Ⅳ.①G635.1

中国版本图书馆CIP数据核字(2011)第165914号

策划编辑 陈 海 **责任编辑** 陈 海 **封面设计** 赵 阳 **版式设计** 范晓红

责任校对 刘春萍 **责任印制** 韩 刚

出版发行 高等教育出版社
社 址 北京市西城区德外大街4号
邮政编码 100120
印 刷 北京市朝阳展望印刷厂
开 本 787 mm×1092 mm 1/16
印 张 13.25
字 数 320千字
购书热线 010-58581118

咨询电话 400-810-0598
网 址 http://www.hep.edu.cn
http://www.hep.com.cn
网上订购 http://www.landraco.com
http://www.landraco.com.cn
版 次 2011年8月第1版
印 次 2011年8月第1次印刷
定 价 21.50元

物 料 号 33215-00

“国培计划”中小学体育教师培训系列教材

编委会名单

本册编写人员名单

主　编：陈雁飞
副主编：李　健　黄春秀
编　委（以姓氏笔画为序）：
卫　星　马敬衣　史红亮　陈仁伟　宋超美　张庆新
张锋周　周志勇　杨　帆　胡峰光　胡凌燕　韩　兵
梅雪雄　潘建芬

序

在中国共产党成立90周年、辛亥革命爆发100周年的伟大日子里，我们回溯中华民族教育发展的进程，展望其前景，自然有着特殊的意义。

辛亥革命的导师孙中山先生曾怀着强国富民之梦，奔走疾呼“教育为立国的要素”；中国共产党的先驱李大钊心系最广大的无产者，倡导“平民教育”；新中国成立以来，党和国家为建设中国特色社会主义教育发展道路积极探索，在以毛泽东同志、邓小平同志、江泽民同志为核心的党的三代中央领导集体和以胡锦涛同志为总书记的党中央领导下，我国逐步建成了世界最大规模的教育体系，城乡免费义务教育已全面实现，亿万人民群众受教育的权利得到了保障。抚今追昔，我们为中华民族教育进程中的每一个进步而雀跃，但只有中国共产党真正把教育的权利还给人民，只有中国共产党真正抓住了教育的根本。

教育大计，教师为本。进入21世纪以后，党和国家根据世界和国内形势的新发展，不断加大教育投入，完善教育体制，并把教师队伍建设提到了重要的战略地位。2010年，全国教育工作会议和《教育规划纲要》将加强教师队伍建设作为重要的保障措施，提出了建设高素质专业化教师队伍的战略任务。2010年，教育部联合财政部，牵头组织了2010年“中小学教师国家级培训计划”（简称“国培计划”），旨在培训一批“种子”教师，让他们在基层教育中落地生根，在推进素质教育和教师培训方面发挥骨干示范作用。通过一年的努力，“国培计划”取得了丰硕的成果。根据教育部师范教育司的统计数据，2010年“国培计划”共培训教师110多万人，其中“示范性项目”集中培训优秀骨干教师1万名，远程培训30万人；“中西部项目”培训农村骨干教师82万人，其中置换脱产研修1.9万人，短期集中培训10万人，远程培训69.4万人。相信这些数字，必将在今后一点一滴、切切实实地转化为教师培训的养料和动力，将会有越来越多的基层中小学教师，特别是中西部教师从中获益，从而极大地促进教育公平，全面提升教育质量，推动我国教育事业稳步、可持续地发展。

“国培计划”是当前深入推进素质教育的一次全新尝试，没有现成的经验可循。要使“国培计划”真正落到实处，切实地发挥它在整体教育规划中的作用，就必须在实践中及时地总结经验、发现不足，推陈出新，逐步摸索出一套适合我国国情、体系完备、科学严谨、保障有力的现代教师培训模式，实现教师队伍建设的平衡发展与良性循环。因此，北京教育学院作为全国诸多“国培计划”的承办单位之一，发起编写这套体育国培教材，不失为开发优质资源，创新培训模式的有益尝试。体育素质是国人综合素质的重要组成部分。2006年，针对我国青少年体质健康水平下降的严峻现实，教育部、国家体育总局、共青团中央联合颁布了《关于开展全国亿万学生阳光体育运动的决定》，要求亿万学生走到阳光下，形成全员参与的群众性体育锻炼的良好风气，提高全民尤其是青少年的身体素质。这一举措给广大中小学体育教师提出了新的要求，如何将阳光体育运动与学校体育教育相结合，充分发挥广大中小学体育教师的积极性与能动性，也就成为“国培计划”的重要使命。编写这套体育国培教材，是实施“国培计划”的一项举措，它从一个侧面原生态地展现了“国培计划”起步的面貌，提供了宝贵的一手资料。

“国培计划”是在科学发展观指引下探索素质教育新途径的重要举措，也是广大中小学教师专业化成长的内在需求和愿望。它不是一朝一夕的工作，而是一项必须长期投入、持久发展的系统工程。希望各地各级“国培计划”的承办单位，深入领会全国教育工作会议精神，以《教育规划纲要》为指导，切实担负起使命，积极探索、勇于创新，为建设一支师德高尚、业务精湛、结构合理、充满活力的高素质、专业化教师队伍而奋斗。

是为序。

刘利民

2011年6月

前　言

教育大计，教师为本。教师队伍建设历来是我国教育发展的重中之重。继党的十七大之后，2010年，党中央、国务院又颁布《国家中长期教育改革和发展规划纲要（2010—2020年）》，其中将“加强教师队伍建设，提高教师整体素质”置于今后十年教育发展“总体战略”的高度，并将其作为实施规划纲要的重要“保障措施”，显示了党中央、国务院对于建设高素质教师队伍的决心和信心。

教师培训是加强教师队伍建设的重要环节，是推进素质教育、促进教育公平和提高教育质量的重要保证。随着各地区对学校体育工作的不断重视，对体育教师培训的力度也在逐年加大，并取得了一定成效。但总体来说，体育教师接受培训的机会仍然有限，发展仍不平衡。为此，教育部、财政部从2008年开始有针对性地加强对体育教师的培训，并在2010年实施的“中小学教师国家级培训计划”（简称“国培计划”）中将参加培训的体育教师增加到700名，同时增加了远程培训的方式，扩大了培训的覆盖面。短短3年时间，“国培计划”已覆盖了28个省自治区和直辖市，有近万名基层中小学教师参加了培训。

为了更好地总结体育教师“国培计划”的宝贵经验，我们组织教育行政人员、专家学者、一线教师编写了《中小学体育教师200问》、《中小学体育教师专业引领与提升》、《小学体育教师专题强化与技能拓展》、《中学体育教师专题强化与技能拓展》、《小学体育教学设计100例》和《中学体育教学设计100例》系列丛书。本套丛书是在全面落实全国教育工作会议和《国家中长期教育改革和发展规划纲要（2010—2020年）》精神的背景下，以“国培计划”的相关政策为指导，根据体育教师的实际需要编写而成的，突出实用性、适用性的特点，为广大一线中学体育教师提供具有启发意义和可实际操作的方法性知识。

《中学体育教师专题强化与技能拓展》作为这套丛书中的一本，编者根据中学体育教师的工作实践和专业发展需求，设计了有较强针对性的内容。全书由强化篇和技能篇组成，其中强化篇包括中学体育科研强化、中学体育教学基本功强化、阳光体育运动强化、中学体育教学质量强化等课程，技能篇包括武术、体操、田径、篮球、排球、足球和韵律舞蹈在中学体育教学中的主要技能指导课程。

强化课程是围绕合作反思下的专题研修模式，针对学员的特长和学员的需求，进行中学体育科研、中学体育教学基本功、阳光体育运动、中学体育教学质量强化课程培训，形成研修共同体，通过多元、个性化培训，促进骨干教师成长与发展。

技能课程培训是基于中学体育教学问题，设置了武术、体操、田径、篮球、排球、足球、韵律舞蹈七个技能课程，每个技能课程包括教学重点、教学内容、教学思考、教学创新四个关注点。通过技能课程培训，提升中学体育教师的教学设计能力，教学重点与教学难点的分析能力，解决中学体育技能教学中存在的问题，培养中学体育教师教学创新能力。

本书的每一讲内容都有明确的课程目标和丰富的教学案例，并且是基于中学体育教学的问题和焦点，基于中学体育教师的需求和关注点，基于“国培计划”专题课程的针对性和实效点，针对多数学员的专业特长和个性需求设计、策划和安排的。全书结构清晰、案例生动，大大提高了广大中学体育教师学习的便利性。

本书在编写过程中，借鉴了很多前人的研究成果，在此深表谢意！另外由于学校体育工作的复杂性，加上编者的能力所限，书中遗漏、偏颇之处在所难免，恳请各位同仁批评指正。

编　者

2011年7月

目　录

强　化　篇

技　能　篇

强 化 篇

基于中学体育教学的问题和焦点，基于中小学体育教师的需求和关注点，针对多数学员的专业特长和个性需求，本书设置了中学体育科研、中学体育教学基本功、阳光体育运动、中学体育教学质量四个专题强化课程，每个强化专题课程包括：强化课程要达成的目标、强化课程研讨的主要内容、强化课程要解决的问题，其目的就是围绕合作反思下的专题研修模式，针对学员的专业特点和培训需求，形成研修共同体，开展个性化、多元化、实效性的培训。

强化课程一　中学体育科研强化

教师简介

潘建芬，女，北京教育学院体育与艺术学院副院长、副教授。

胡峰光，女，北京教育学院体育与艺术学院教师。

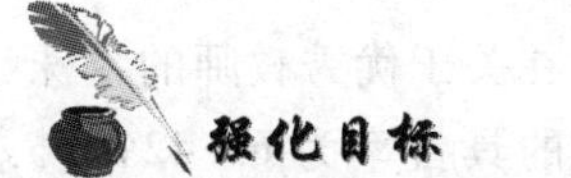

强化目标

【目标1】强化中学体育教师积极从事体育科学研究的意识，捕捉和发现体育科研课题的能力，鼓励体育教师发表教学科研成果，从科研中寻找价值和乐趣。

【目标2】强化中学体育教师探索体育科学理论、科学研究途径、手段和方法的能力，掌握一般体育论文撰写的格式和要求，从科研中寻找规范和方法。

【目标3】强化中学体育教师科研选题、论文写作、成果发表的方法技巧和研究能力，知道如何使自己成为一名教学科研型体育教师，从科研中寻找成长和发展。

强化内容

【内容1】体育教师为什么要做科研——从事科研的意义和转变科研软肋的意识。

【内容2】体育教师如何选择科研题目——从身边选题，可选内容和选题原则的把握。

【内容3】体育教师如何开展教学科研——基本研究方法的理解和运用。

【内容4】体育教师如何撰写学术论文——学术论文的写作要求、写作格式和写作过程。

【内容5】体育教师如何发表论文——发表的理由、平台、技巧和注意事项。

【内容6】如何做一名科研型体育教师——提高科研能力的八点要求和做科研型教师的四点建议。

一、体育教师为什么要做科研

部分体育教师在体育教学和课余训练上的出色表现，使体育学科正在被其他学科所认同，甚至少数学校还因突出的体育特色与传统而使本校名声远扬。但相比其他学科而言，科学研究还是体育教师和体育学科的软肋，这在很大程度上已影响到体育教师的个人成才与可持续发展，也严重制约体育学科的发展及在学校的学科地位。同时，体育教师的发展是有阶段性的，每一个体育教师的成长都要经历新手型教师、发展期教师、成熟期体育教师的过程。在此过程中可能还会出现发展的“高原期”。进入“高原期”的体育教师，会表现出不同程度的“衰退”现象，如自我感觉良好、遇到问题用过去的经验抵挡、破罐破摔、难以突破自己，甚至出现了职业倦怠等。实践证明，优秀体育教师的成长与发展离不开科研，科研是骨干教师成长的必经之路。

（一）基于专业成长

科研能力作为教师素质的一项基本内涵，是教师个人发展的要求。在关于优秀教师的特殊能力调查中发现，“科研能力”被列为优秀品质的第五位（优秀教师的具备率为65.42%）。有些专家认为：中小学体育老师很有必要进行科研，这样才能够把自身的教学经验提升到理论的层面。体育教师做科研，是体育教师改变命运、提高地位、成才发展的成功之路。体育教师难以突破自己、产生职业倦怠的原因，是不知道自己的下一个台阶在哪里，我们说，下一个台阶就是体育教师需要走进研究。

（二）基于教学提升

体育教师需要走进研究，是因为教学即研究。研究是创新的发动机，创新就是体育教师专业发展的具体表现。教师的专业成长在现代社会中已经不再局限于学历提升和多种培训，更重要的是参与科研活动之中。在这种创造色彩的成长途径之中，带给体育教师的不仅是可见的科研成果，更多的收获还有教育观念的改变，包括开放的心态、创造的意识、超越的观念、进取的精神和成长的渴望。

（三）基于腾飞发展

体育教师要向上再发展，突破原来的自我；体育骨干教师要走出高原现象，获得新的成长，进入再发展期，唯一的办法就是走上研究之路。周登嵩教授曾专门研究过全国千名优秀体育教师和全国千名农村优秀体育教师的成才经验，这两批全国千名优秀体育教师在教学训练上各有特色，但其共同点是都重视科研，都能结合自己的教学、训练实践开展科研，科研成果又为他们的教学训练不断注入新的活力，使科研活动成为他们成才腾飞的翅膀。

（四）基于理想爱好

事实表明，许多体育教师的成长与进步以及从事学校体育工作和认识能力的不断提高，与他们积极从事科研活动有直接关系。在第一线工作的广大中小学体育教师，在完成繁重的教学、训练、竞赛等工作的同时，为了一种理想，为了一种爱好，为了自身的发展，积极从事着科研工作。通过科研，可指导体育教师的教学实践，使从事体育工作更加轻松、愉快和幸福。正如有的教师所说“感觉做教师不幸福，那么潜下心来多做做科研吧，用与时俱进的理论充实自己的教学与生活”。

二、体育教师如何选择科研题目

教学科研首先要有题可研。科研选题决定了研究方向，也在一定程度上决定了研究结果。选题是否得当，对于论文的成功影响很大，正确而又合适的选题可以起到事半功倍的作用。许多体育教师面临的教学科研困境是不知道研究什么，常感到没有题目可研究。解决了选题问题，体育教师教学科研就成功迈出了第一步。

（一）选题视角

体育教师工作在体育教学第一线，每天置身于复杂多变的教学情境中，最了解教育对象，处于最佳的研究位置，面对各种各样的教学问题，进行教育调查、组织教育实验就十分便利，而且更容易将自己的研究落实在教育理论与教学实践的结合点上。体育教师日常的训练、比赛和教学中可以积累许多宝贵的资料：所教每个班的教学成绩，课余运动队训练时的记录，历年学生体质健康、体能的测试数据，运动员的训练比赛成绩，学生教学单元后的小结等，从这些看似平常的数据和资料中，往往可发现重要问题。

具体来讲可以从以下几方面来选题：

（1）从教学设计中选题。体育教学设计的过程就是教学科研的过程，没有研究就没有设计。体育教师应把教学设计的过程看作教学科研的过程，把教学设计的成果看作教学科研的成果。我们可进行教学设计的学科研究和整体研究。

（2）从课堂教学中选题。课堂教学是生成性的，往往会出现一些精彩的片段或意想不到的事件，体育教师要善于及时捕捉课堂教学中有价值的生成性资源，对它们加以整理、分析、研究。体育教师可以对课堂教学的结构进行因素分析，如教学中的导入、提问、板书、启发引导、节奏控制、结果等展开具体而深入的研究。

（3）从学生身上选题。体育教师往往认为，天天和学生在一起，毫无疑问对学生是了解的，他们的想法我们都知道，没有什么可以研究的地方。学生是教学链条中最重要的环节，这个学习主体是否在知识的学习、技能的掌握、能力的提高、健康的促进、正确情感态度和价值观养成上有所收获是体育教师始终要关注的主要问题。

（4）从社会需要中选题。社会和时代在不断发展变化，不断对学校体育教育和体育教学提出新的要求，我们需作出适当的回应。体育教师可根据自己的兴趣、爱好、特长等展开自己的研究，展开诸如课程改革、阳光体育运动、学生体质健康等方面的研究，突破学科的局限性。

（5）从期刊阅读中选题。书籍、期刊、报纸、杂志是多种信息的载体。广泛阅读可以激发我们的思维，促进我们对教学实践的反思，发现需要研究的问题。体育教师可以从书刊阅读中得到启发，选择研究的题目。

（二）选题内容

教育科研不是为研究而研究，而是为教育而研究，为了不断改进教学的组织方法，提高教育教学质量，有效增强学生体质，培养德、智、体、美全面发展的人而研究。适宜一线体育教师做的研究内容有很多，如基于身边理论与实践问题的研究，嵌入教学内容与方式的研究。因此，一线中小学体育教师研究内容的选取与确定，最好是体育教师自身的工作需要，是体育教师自己熟悉的领域，这样便于操作和实施，利于得出理想成果和推广。

基于身边理论与实践问题的研究内容。如将体育科研活动紧密地结合于日常体育教学训练之中，以研究的眼光，在教学训练中发现问题、反思总结问题，以科学的原理方法在教学训练中去探索、解决问题，用研究的成果去进一步指导和推进教学训练工作。如很多体育教学实践中的问题，在时间上有刚性限制，在空间和形式上则处于开放的操场或体育馆的学生运动之中，面对每年不同的学生班级，面对每个学生，面对复杂的体育教学工作，就要求体育教师深入研究体育课堂教学的规律，了解当代青少年儿童的身心特点和体育需求，探索在中国特色条件下（班级学生多、同场班级多、场地小器材缺等）优化教学过程、提高教学效果的体育教学策略与模式。

结合自身的教学实践和研究视点，结合自身的研究优势和特长，针对课程改革、教学、训练实践中的问题进行研究。如围绕体育课程改革推进过程中的实践与经验以及遇到的问题与困惑，进行深入分析与探讨。

对学校体育中各种思想内涵、影响因素、方法对策等进行研究，如围绕阳光体育运动、青少年体育活动、体育新课程、学生体质健康、课余训练、运动竞赛、师资建设、卫生保健、农村及少数民族地区的学校体育等进行研究（表1-1）。

表1-1　中学体育教师科研内容参考表

主　题	内容范围
阳光体育运动	1. 阳光体育运动的现状调查与发展对策 2. 阳光体育运动的长效机制 3. 阳光体育运动的区域性推进策略 4. “阳光体育证章”制度与激励政策的构建 5. 大课间体育活动资源开发与课外体育活动的拓展 6. “体育、艺术2+1”项目的推进策略 7. 体育特色学校的创建 8. 阳光体育冬季长跑活动的组织与实施效果
学生体质健康	1. 学生体质健康发展趋势及新影响因素分析 2. 不同群体学生体质健康状况的比较 3.《国家学生体质健康标准》的实施现状与发展对策 4. 学生体质健康相关行为与体育干预 5. 发展学生体能素质的科学方法与手段
体育课程与教学改革	1. 体育课程改革的推进与创新 2. 体育教学质量与学生体育学业成绩的评价标准 3. 体育教学内容的选择与优化 4. 体育教学的本质、规律与特点 5. 新兴体育项目的教学实践与教材建设
课余训练与运动竞赛	1. 课余体育训练的现状与发展趋势 2. 学校群众性体育竞赛（体育节）的组织与案例 3. 教体结合培养优秀体育后备人才的途径与方法 4. 体育训练与竞赛对学生身心发展的影响 5. 青少年校园足球的实践与发展
其他	1. 残疾、贫困儿童体质健康状况与体育教育 2. 农村留守儿童、城市随迁子女体育教育现状

（三）选题原则

体育教学科研应就学校体育中的热点问题、难点问题和重点问题予以更多的关注，做到选题小而实、选题富有意义、选题有连贯性、选题有问题意识。为更快更好地选择出适合自己的研究题目，需要遵循一些基本的原则。

（1）满足需要的原则。就是指选题要从实际出发，有针对性地选择学校体育理论和实践中亟待解决的问题。一是要充分注意课题的实用价值；二是要注意课题的学术价值，这是目前学校体育改革的客观要求。

（2）立足教学的原则。就是教学科研选题要源于体育教学、服务于体育教学。体育教师要学会从日常体育教学实践中发现有待研究的问题，并把它们提炼、转化为教学科研的选题。因为立足教学实践，可以解决教学实践中存在的问题，提高教学效率与质量，提高教师教学反思能力。

（3）小题做起的原则。有些体育教师认为研究就是要做大文章，其实研究无所谓大小，关键在不同范围内要有适用性。体育教师在实践中积累的丰富教学经验，多是一些具体的事实，因此可先从一些小课题入手，这样既可以为体育教师解决实践中遇到的问题提供参考，也可避免因论题过大而造成不易把握的不足。

（4）发挥优势的原则。就是指体育教师最好在自己所擅长的、熟悉的领域，特别是自己有独到见解和兴趣的方面去选择课题，这样在研究过程中就能充分发挥自己的优势和专长，否则会因知识不及、缺乏兴趣等情况，影响研究的质量，甚至半途而废。

（5）选择新题的原则。就是在遵循可行的前提下，选题力求新颖。对于初学者来说，除多看书籍、多阅读学术论文等研究资料外，还应多请教老师和前辈。选题时要不断寻求新的研究领域、研究课题，克服盲目性，避免不必要的重复劳动。

三、体育教师如何开展教学科研

最有用的知识就是关于方法的知识，研究方法主要说明课题所采用的方法，甚至说明研究工作的经过。学校体育科研成果的形成与科研方法密切相关，因为研究方法是解决研究命题的钥匙，其方法选择与运用是否科学、合理、完整，直接影响研究的水平。也就是说科研论文的优劣与作者选用的方法是否恰当有很大关系。掌握了科学研究的思路和方法，不但可以学习现存的知识，更重要的是，还可以发展新的知识。体育教师探索体育科学理论的方法，包括收集资料、调查研究、案例分析、实验论证、行动研究、统计处理等。

（一）获取研究基础的文献法

资料是研究的基础，研究必须拥有丰富的资料并且善于使用资料，才能把研究做好。文献法又称“历史研究法”或“文献资料研究法”，是指对文献资料进行合理地收集、使用和再创造，以获得间接理论知识的方法。文献法将有助于研究者开阔视野，了解有关领域内某些问题的研究成果、研究动态与趋势、历史与现状，为选择、确定、论证题目和得出研究结果提供理论依据和事实根据。文献资料法是每个体育科学研究课题所必用的研究方法。

资料的获取与使用是研究的一项基本功。体育教师从事教学科研，必须重视资料，并掌握资料获取与使用的方法。资料在体育教学研究中主要起着启发思维、定位研究、指导研究、支撑研究、匡正认识、制约研究等作用。有的体育教师做研究时，常常感到没有资料，对资料的匮乏深感苦恼。在现实生活和学校体育中，其实可获取、可利用的资料还是非常多的，这就需要强化我们体育教师的"资料意识"，即要有随时随地发现资料、收集资料的思想准备，要学会把有关、无关的资料与自己的研究建立起直接或间接的联系，这样我们的思路就会开阔，思维也会灵活，资料也会越来越丰富。体育教师进行教学科研的资料，除了一般的研究论文、相关著作外，还有很多可以成为教学科研的资料。

（1）课程标准。课程标准是教学指导性文件，对教学起着直接而重要的指导作用，它是教学的重要依据，也是教学科研的重要资料。

（2）教材教辅。教材教辅是教师教与学生学的重要资料，应成为教学科研的对象、内容，同时也可成为教学科研的资料。包括教科书、教师用书等。

（3）学生信息。学生是教育的对象，也是教育的最终目的，更好地研究学生，才能更好地研究教学。学生对体育课教学的感受、体会、小结，学生的体质健康测试数据、体能成绩等都可成为研究的资料。

（4）影像资料。是以磁带、光盘等为载体，载有教育教学声音、图像、文字等的资料，可以较好地再现活动场景与情境，为教学科研提供较为逼真的资料。

（5）现象活动。研究资料不仅是静态的、书面的、文字的，也可以是动态的、口语的、现象的，学生的体育活动、校园里的体育现象都可成为研究的资料。

（6）教师思行。体育教师的教育教学思想、行为等，应成为教学科研的一手资料。包括体育教师的教学设计、教学随笔、教学反思、教学日记、听课笔记、读书笔记、教学总结、工作汇报等。

（二）探索实践事实的调查法

调查是认识事物、进行研究的一种重要研究方法，是通过对学校体育范围内的某一类或某些对象进行直接访问、现场观察以及间接了解等形式获得事实材料的一种研究方法。调查研究的目的是获得事实并揭示事实背后的真相或规律。这种方法的特点是可在比较短的时间内，经济有效地获得大量所需要的资料，并可使调查者加深对研究对象的认识。调查法作为社会科学研究行之有效的基本方法，在学校体育科学研究中被广泛运用。

（1）问卷法。问卷调查是以书面提出问题的方式收集资料的一种研究方法，将所要研究的问题编制成问卷，以邮寄、当面作答或追踪访问的方式请被调查者填答，从而了解其对某一现象或问题的看法和态度。其优点在于调查的范围较广、效率较高，所获资料的真实性较强，便于进行量化分析。但关键在于编制问卷、选择被试和结果分析。

（2）访谈法。访谈调查是研究者通过与被访问者进行直接的、面对面口头交谈的方式收集调查资料，了解事情的真相或被访问者的心理、行为倾向的一种研究方法。访谈可分为预先设定统一问题和过程的结构性访谈与自由、开放的无固定问题和程序的非结构性访谈。

（3）会议调查法。也称集体访问法，是由调查者亲自召集或委托被调查单位的负责人代为召集若干人参加的座谈会，依据事先准备的调查提纲，提出问题进行座谈，收集会议中的各种观点和看法。会议调查也可不必专门召开会议，而利用别人的时间、别人组织好的会议去进行调查访问。

（三）揭示案中之理的案例法

案例研究是教育理论与教育实践相结合的研究方法，是一种适合中小学教师的研究方法，对提高教师专业水平具有重要价值。它不仅是教师自己改革的记录、总结和反思，而且为同行间的交流提供了思路和参考。通过案例的撰写和研究，教师本身将由单纯教书型的教师向研究型和创新型的教师转变。

加拿大著名教育家马克斯·范梅南认为，教师从事实践性研究的最好方法，就是说出和不断说出一个个真实的教育故事。这些教育故事，有详细的情节，有故事发生的背景，有提示故事内涵和价值的反思，因而是有深度的叙事；这些教育故事，既可以是正面的，也可以是反面的。教师每天都在创造、发现、接触这样的教育故事，因此教师进行教育叙事研究资源丰富、便利可行。苏霍姆林斯基对这类写作非常看重，他说："每一位教师都来写教育日记，写教育随笔和记录。这些记录是思考和创造的源泉，是无价之宝，是你搞教育科研的丰富材料和实践基础。"

在具体安排案例结构时，常用的有以下几种形式：主题背景—情境描述—问题探究—评析反思；背景—主题—细节—结果—评析；案例过程—案例反思；案例—问题—分析；主题背景—情境描述—问题讨论—诠释研究。可见，一份完整的案例研究，一般包括案例背景、案例描述、案例分析三个基本要素。

（1）案例背景。就是对人物、事件起作用的历史情境或现实环境，对突出主题有帮助的历史情境或现实环境，往往在深层次上决定或影响案例的性质和结果。如交代故事发展的时间、地点、人物、起因等。背景介绍不需要面面俱到，也不需要很多文字，只要说明事件发生是否有什么特别的原因或条件即可。介绍案例背景是为了帮助读者理解案例内容和后面的讨论与分析。

（2）案例描述。案例描述是案例构成的主体，是有针对性地向读者交代特定的内容。描述时，一要注意主题，每篇案例都应有鲜明的主题，写作时要选择最具有收获、最具启发性的角度切入；二要描述起因，要交代清楚是哪些条件导致了事件的发生；三要描述过程，要注意细节，特别是关键性细节一定要交代清楚；四要描述结果，如某种教学措施的即时效果，包括学生的反应、教师的感受等。

（3）案例分析。案例描述之后要对案例进行理性分析，重点对案例作出"评析"，有的还加入进一步的"讨论"。评析就是对案例所反映的主题和内容，包括教育教学的指导思想、过程和结果等的利弊得失作出分析与评价；讨论是就案例中提出的问题或存在的问题展开讨论，不一定给出肯定的答案。

（四）改进教学实践的行动法

行动研究是教师把自身的教育教学实践活动作为研究对象，边研究边实践，边实践边研究的一种研究方法。行动研究主要适用于教育实践问题而不是理论问题的研究，针对教育的实践情境进行，从实践中来又回到实践中去。在行动研究中，体育教师集"研究者"与"行动者"两种角色于一体，既是研究者，又是被研究者，通过"研究"和"行动"的双重活动，将研究的发现直接运用于自己的实践，进而提高自己改变实践的行动能力，其目的是改进和解决教育教学实践中的实际问题。

（1）为行动而研究。是指体育教师要直接参与研究过程，以实践为中心，以解决问题为指向，为改善和革新自己的教育教学实践而实施，旨在改善体育教师的工作情境，解决体育教学实践中的问题，进而提升体育教师的能力和水平。

(2) 在行动中研究。行动研究中，体育教师通过对自己教学行为的直接或间接的观察与反思，通过与其他教师或专业研究人员的交流沟通，不断加深对自己教学实践的理解，进而不断调整自己的教学实践，从而达到解决现实问题的目的。

(3) 由行动者研究。在行动研究中，体育教师要将自己的身心投入教学，展开行动，同时用一双外在的眼睛观察、审视、研究自己的教学，从而不断改进自己的教学。

(4) 对行动的研究。行动研究的起点是体育教师教学工作中所遇到的实际问题，主要是研究体育教师在问题解决过程中的行为问题，即教师的实践行为及其改变策略。

(五) 重在数理应用的统计法

就是运用数理统计的理论和方法，来研究体育教学、训练、科研和管理中的问题，探讨体育发展规律。一般可采用 EXCEL、SPSS 统计软件对调查、实验、测试等所得数据进行处理分析。通过统计能准确、及时、全面、系统地反映国际和国内、社区和学校的体育发展情况，并进行分析和预测，起到检查和监督作用，为管理各体育事业提供资料，为进行宣传教育和从事体育科学研究提供资料。

体育教师在数理统计中，应着重理解统计的基本原理和基本概念，要掌握收集、整理和分析资料的基本知识和技能。特别是要重视原始资料的完整性、可靠性、代表性、一致性和可比性，在数据处理和分析时要严肃认真、实事求是。同时要认识到体育统计不是万能的，只能认识客观规律，不能创造出规律，切忌不分场合、不分条件盲目照搬。

(1) 用 EXCEL 软件进行数理统计。在 EXCEL 中，运用公式或简答命令，可对一些常用的、相对重要的平均指标，如算术平均数、中位数、百分位数和众数，以及一些常用、相对重要的变异指标，如极差、四分位差、平均差、方差、标准差、变异系数等进行统计。

(2) 用 SPSS 软件进行数理统计。SPSS 是世界上最早采用图形菜单驱动界面的统计软件，它最突出的特点就是操作界面极为友好，除了数据录入及部分命令程序等少数输入工作需要键盘键入外，大多数操作可通过鼠标拖曳，点击“菜单”、“按钮”和“对话框”来完成，同时输出结果美观漂亮。

四、体育教师如何撰写学术论文

学术论文是广大体育工作者在体育实践中为研究和解决某一问题而写作的论文。目前，体育科学技术、理论研究的新成果大部分都是以学术论文的形式发表在体育学术刊物上。由于研究对象和方法的差别，学术论文又分为两种类型，即理论型论文和实验型论文。一般来说，属于体育人文社会科学内容的论文要用议论文（也称论说文）的体裁，即以议论、说理为主要表达方式的文体，这类论文不必设置“研究对象”和“研究方法”等章节，不必把查阅文献、通常的调查了解过程写出来，如果有影响到论文内容表达的重要材料非交代不可，可简要写进“前言”段中；属于体育自然科学内容的论文，大多数属于实验性、实证性的，就要用科技论文的体裁与格式来表达，文章内容应包括“研究对象与方法”、“研究结果”（或“结果与分析”）、“讨论”（或“结论”）等章节。

（一）学术论文的写作要求

（1）要求。科研论文的写作有着自己的特殊要求，比如行文的规范性、选题和资料的前沿性等，只有写得多，发表得多，才能够摸索出各种经验。

（2）技巧。科研论文的写作需要技巧，而这种技巧是一种“只可意会”，需要从实践中掌握的知识和技能。诸如如何选题、如何扣题、如何布局，如何分清主次结构、逻辑层次，甚至如何划分自然段、使用标点符号——不动笔永远也不会了解写论文是一件多么艰难的事情。

（3）体裁。不同学科、不同性质的科研论文，很难规定一个统一的论文格式。但无论什么性质的科研论文，基本要求都是能科学系统、简要明确地表达一项研究工作的成果，或提出作者的见解。

（4）层次标题的写作格式。层次标题要准确得体，能概括全章、全节的特定内容，突出中心，一般宜用词组，同时应简短精练，具体明确。此外，作者拟定后的层次标题应满足同一级标题反映同一层次的内容。一般地，一级标题的序号是一、二、三……二级标题为（一）、（二）、（三）……三级标题的序号是 1、2、3……四级标题的序号是（1）、（2）、（3）……有括号的标题序号后不要出现顿号“、”。

科技论文的各层次标题一律用阿拉伯数字连续编码，不同层次的 2 个数字之间用下圆点“.”分隔开，末位数字后面不加点号，如“1”，“1.2”，“3.5.1”等。各层次的标题序号均左顶格排写，最后一个序号之后空一个字距接排标题。

（二）学术论文的写作格式

体育学科是属于人文社会科学与自然科学的综合学科，体育研究的内容有的属于人文社会科学，有的属于自然科学。体育学术论文的种类很多，构成的形式多样，但就其文章的主体结构，一般为序论、本论、结论的三段式，基本格式一般为题目、引言、方法、结果与分析、结论与建议、文献、摘要、关键词八点。正确的论文的格式能够全面、科学表达学术研究成果，也是评价优秀论文的基本要求。

【基本格式一：论文题目】

一篇论文给人的第一印象来自题目。题目如同论文的旗帜和眼睛，是用来揭示论文的主题和中心内容，是论文思想的精髓所在，是论文内容的高度概括和集中，是读者窥视全文的窗口和检索文献的标志，是编制目录、索引等二次文献的重要内容。

1. 论文题目的三大基本要素

题目三要素包括研究对象和范围、高度概括的研究内容、研究方法或研究程度，也就是“研究什么”、“怎样研究”、“研究的方法或程度如何”。

2. 论文题目的两种表达方法

（1）定语法。即采用加限制词来扩大内涵、缩小外延的一种方法，可使研究方向、研究领域更加明确和集中。如“运动员的素质训练——中学生篮球运动员速度素质的训练方法探讨”。

（2）副标题法。指在论文主标题之下，再立一个副标题，以更明确论域范围的方法。例如“体育与提高学生学习成绩的关系——北京市黎明小学从 1987—2007 年试办体育加强班的调查分析”。

3. 论文题目的四点要求

（1）确切。题目能准确反映文章的特定内容，从而帮助读者迅速了解全文要点，按题取舍。

（2）恰当。用词准确无华，恰如其分地反映研究范围和深度。避免过于概括使人感到空泛和过于烦琐使人难以记忆。

（3）鲜明。题目要有吸引力，能准确反映文章的独到之处。据美国广告公司统计，读者阅读文章题目的概率是全文的5倍。

（4）精炼。题目在准确反映文章核心内容的同时，字数不宜过多，通常在20个字以内（美国数学学会曾要求数学论文一条题目的词不超过12个）。

【基本格式二：引言（序言、问题的提出、文献概述等）】

引言是论文的开头、引子，好比话剧的序幕或交响乐的序曲，又好比一张宣言的总纲，要有吸引力。其目的是向读者交代本研究的来龙去脉，让读者对论文有个总体的了解。通常以引言、导言、绪言、前言等小标题冠之，也可以不冠以任何小标题。

1. 引言包括的内容

这部分要写得简明扼要，在整篇文章中它所占的比例要小。

（1）介绍课题研究的背景材料、前人的工作和现在的知识空白。

（2）研究的理由、目的、理论依据和实验基础，预期结果及其在相关领域里的地位、作用和意义。

（3）交代课题研究的范围、任务。

2. 撰写“引言”部分的基本要求

引言或选题依据部分，要紧扣科研论文题目，在调查性质的论文中，这部分还可以更简单些。

（1）要写的内容比较多，只能采用简述的方式，通常用一两句话即把某一问题交代清楚，文字一般要求在300～500字。

（2）不应写成记录式的报导，而应写成概述式的引言。一定要简练明确。

（3）当涉及前人的研究工作情况时，要综合概括。

（4）引用前人的成果时，一定要准确恰当。

（5）如果对研究工作的意义是推理性的，则用“可能”、“将有”等词加以限制，使问题的提出做到客观、确切。

（6）前言不要与摘要重复或雷同。

（7）前言不设分级标题，也不加序号。

3. 常见的引言写法

（1）直接申明自己的主张和见解，开门见山地提出中心论点。

（2）提示内容要点。

（3）因事发问，启人思考。

（4）从日常生活现象写起。

（5）引经据典，说古道今。

【基本格式三：研究对象与方法】

研究对象及研究方法的选择是评审论文质量的重要依据。对象选择是否合理，方法采用是否妥当，直接影响到研究结果的可靠性、真实性、科学性。

1. 研究对象

研究对象主要说明课题研究的是人还是物，人是指学生还是老师，是运动员还是教练员？学生是什么样的学生？哪个年级的学生？男生多少，女生多少？这些范围都要限定清楚。

2. 研究方法

研究方法主要说明课题所采用的方法，甚至说明研究工作的经过。学校体育科研成果的形成与科研方法密切相关。研究方法是解决研究命题的钥匙，其方法的选择与运用是否科学、合理、完整，直接影响研究的水平。

【基本格式四：研究结果与分析】

研究结果是指研究中所获得的数据和所观察到的现象。一切讨论由此引发，一切推论由此推出，一切结论由此得到。研究结果部分是全篇科研论文的主体，可将研究取得的数据、调查获得的资料，通过统计图表并结合文字分布表现出来。

1. 研究结果分段写

如数据较多，结果部分可以分段写，每段加上小标题，也可采用附件的办法，以做到脉络清晰、结构严谨、层次分明。分段的方法很多，如按调查指标分段，按施加因素分段，按观察内容分段，按实验过程本身分段。有些科研论文，把研究结果同讨论分析结合起来，也是可以的。

2. 研究结果并列写

将中心论点分成几个彼此并列的分论点，然后分别论证求得综合。例如，论文“浅谈小学体育教学难点”的并列结构可以安排小学体育教学难点的含义，小学体育教学难点的成因，小学体育教学难点的特点和小学体育教学难点的解决方法。

3. 研究结果用表格或图加以说明

研究结果要求指标明确，数据准确，层次分明，对这些材料在加工整理基础上，选取最能反映问题本质的东西，制成便于分析讨论的图、表。图、表可使研究结果的表达更为直观、紧凑。

（1）表格。表格由表序、表题、表体和表注四部分构成。表格一律采用“三线表”，即一个表只有顶线、底线和栏目线3根线，必要时可加辅助线。表随文排，先见文字后见表，并按文中出现的先后排序，只有一个表也称“表1”不称“附表”。表应有表题，表题由表序和表名组成，表序由阿拉伯数字加“表”字组成，如“表3”；表名要鲜明、简短，要能表达出表的内容；表题置于表的正上方；表的栏目名如果是物理量时，应以“量单位符号/量符号”表示，如“t/min”。表中每栏同类的数据数位要对齐，若全表量的单位完全相同，可用“共有单位”，并将共有单位置于表的右上角（右低一格）；表体中的数据不带单位符号或“%”符号；表应有自明性，即不看文章内容仅看表就能理解表的意义；必要时可加表注，表注依在表中出现的先后排序，序号用阿拉伯数字加半圆括号表示，置于表下方。表应精选，不要与图和文字重复。

（2）图。图由图序、图题、坐标、变量说明、图形和图注五部分组成。图序号用阿拉伯数字，位于图的正中下方。插图可分为照片图和墨线图两类：照片图要注意图面清晰、反差大，利于扫描制版；墨线图的线条要清晰、均匀、连贯，没有锯齿。

函数图要有纵坐标和横坐标轴，坐标轴应标明标值线（俗称"刻度线"）、标值（俗称"刻度"）、标目（俗称"坐标轴名称"），标目用文字或"单位符号/量符号"表示。横坐标标目置于横坐标标值正下方；纵坐标标目置于纵坐标标值左方，顶左低右自下而上居中排。图应精选，不与表格、文字重复。图与表格一样随文排，先见文字后见图。

4. 研究结果的讨论与分析

对研究结果进行分析和评价，是科学论文的核心。分析是作者对研究结果做理论的解释，是研究过程的理论升华，是更深刻、更完整、更有指导意义和实践意义的部分。篇幅上应占主要部分，包括以下内容：第一，作者把研究结果做理论上的分析，即根据观察、实验、调查研究等所取得的材料，以及有关文献上的材料，经过归纳、概括和探讨，以提高对研究结果的认识，从而阐述事物的内在联系和客观规律，同时为论文的结论提供理论上的依据。论文的讨论与分析部分能影响研究成果的价值和意义，一定要特别注意这部分结构的严谨和层次的分明，同时文字要通顺、精练。第二，在撰写讨论与分析部分时，可引用各科学领域中已肯定的观点、资料，来阐述自己研究结果的正确性。凡属自己认为正确的就坚持，不同意他人的观点，应用商量的语气来探讨，要客观地评价前人的科学研究成果。

【基本格式五：结论与建议】

1. 结论

结论是整个研究过程的成果，是全部研究的结晶，全文的精髓，是对全部研究成果的高度概括。表明解决了哪些问题，揭示了什么规律，尚待解决的问题以及今后研究的方向。结论的语言要高度精炼，措词严谨；结构要有一定逻辑顺序，层次分明；形式上可用分条式或分段式表达；篇幅尽可能简短，一般200～400字。

撰写结论的主要目的是总结在正文中（研究结果或讨论分析）的发现和对其理论思维所得到的新认识，具体地可以理解为：第一，结论是研究者把在研究过程中所获得的观察、调查和实验结果等，经过综合分析，形成若干观念和论点，并对各种数据材料连贯起来，进行思索判断，逻辑推理而形成最后的总体结论。第二，结论是对研究工作全部过程中的材料，加以去粗取精、由表及里的处理，发现其内在的、本质的规律。第三，根据上述要求，结论内容不是观察、调查和实验结果的简单重复，而应是进一步的新认识。

2. 建议

建议是在论文通过总体结论后，对有关行政领导、同行就有关问题提出科学而切实可行的建议。建议部分是对本文虽涉及、但还未解决，或在推广、参考本研究成果中应注意的问题与某些条件要求等的简要说明，放在结论之后。不涉及这些内容的可以不写建议。

【基本格式六：参考文献】

参考文献是作者在撰写论文时，曾经借鉴、引用过的重要文章和著作；参考文献是文章的有机组成部分，是作者对自己研究的引证、分析、比较的依据，是读者进一步核查、探究的指路石。参考文献既是一篇完整学术论文的重要组成部分，也是判定论文质量高低的重要指标。

每篇论文后都应有参考文献表，参考文献一般5～10篇（综述类论文要求30篇以上）。国外研究表明：完成硕士学位论文要求消化100篇左右参考文献，博士学位论文则要求消化150篇左右参考文献。论文写好之后，要将这些文章或著作编目，附在论文后面。它能帮助读者了解有关本课题以前的研究成果以及研究者的观点所依据的资料来源，也能反映作者谦虚的科学态度和尊重他人研究成果的精神。

1. 参考文献的结构

参考文献应包括：作者姓名、资料名称、发表的书刊、期刊数（卷）、页数、出版单位、年份等。

格式1：[顺序号] 作者姓名. 文献名称 [J]. 学报名，年（期号）.

格式2：[顺序号] 作者姓名. 书名 [M]. 出版地（如北京）：出版社，年份.

2. 参考文献的排列

参考文献的排列有三种形式，按在文中出现的顺序；按作者姓名字母排列；按文献发表的年代先后排列。在著录参考文献要注意，只著录公开发表的文献；只著录最必要最新的文献，尤其近3年的文献；一般要求所引文献以近5年内的为主，综述要求近3年内的为主且基本上都是外国文献。若文中所引文献很陈旧（除论文的学术观点与文献所引的传统观点有重大突破者外），就很难说论文具有先进性了。文献著录中，作者著录采取"三作者制"，作者为三位以内者全录，第四位起不再录，中文加"等"英文加"etc"；参考文献中的符号一律用半角。

【基本格式七：论文摘要】

论文摘要是论文主要内容的高度概括，撰写论文摘要时，要注意：

第一，论文摘要不宜过长，通常为300～500字。

第二，摘要的内容要精。主要是介绍作者的创见或研究的主要成果，使读者知其主要内容。

第三，论文摘要虽然不长，但要具有完整性和严密的结构，一般还应包括：论文题目、研究方法、研究结果、结论等。

第四，摘要的位置一般放在引言的前面，也有的放在结论的后面。

第五，有的科学论文，要附上英文摘要，其内容与中文内容相同。

【基本格式八：关键词】

关键词是指从论文题目、摘要和正文中抽选出来，用以揭示或表述论文主题内容特征的词汇。这些词汇要能代表论文的主题内容，合乎规范，通用性强，为同行所熟知，适用于情报检索系统。从技术角度考虑，没有关键词的论文应列入非学术论文类。

关键词可以是一个词，也可以是一个词组，每篇论文关键词数量一般为3～6个，太多或太少都难以使读者准确地检索资料。关键词书写时，另起一行，每个关键词间空一格，或用逗号、分号隔开，最末不用任何符号。

（三）学术论文的写作过程

1. 拟定提纲

提纲是论文构成的蓝图和基本逻辑框架，是由序码和文字构成的逻辑图表。拟定提纲就是先给论文搭一个骨架，即作者将自己的研究构想以简洁的语言符号形式记录下来的组成论文的框架结构。在拟写提纲的过程中，要把材料组合成一个中心突出、层次清晰、逻辑严密、主次得当的体系。提纲的内容主要有明确论点、精选材料、排定次序等内容；提纲的形式有粗纲和细纲两种形式。

2. 动手写作

提纲拟定以后，要抓紧时间写作初稿。初稿要紧紧围绕提纲尽快撰写，最好一次就写完。初稿写成后，不要急于定稿，先把它搁置一两天，然后再很快地重读一遍，看表达是否清楚，计算是否准确，推理是否严谨，更正明显的错误，改正字迹模糊的地方，等三五天以后再全面修改定稿。

3. 认真自检

主要检查文字的运用是否流畅，各章节是否层次分明，各章节的标题是否清楚易懂，相关内容是否相互呼应，如研究动机、研究目的、研究问题、研究假设、数据处理等应相互呼应。

4. 修改润色

历史和实践的经验都告诉我们：好文章是改出来的，改不好文章就写不好文章。修改是文章写作中一个非常重要的环节，从某种意义上说有决定性作用。

五、体育教师如何发表论文

发表教学科研成果是许多体育教师的梦想，也是体育教师进行教学科研的动力。体育教师完成论文如不发表，就会由于传播范围的限制不能使更多的人受益，包括本人的收益也未达到最大值。有些体育教师平时做些研究，写些文章，但总感到自己的水平有限、写得不好，不愿拿出来发表。研究成果只有走向更广阔的范围才能真正发挥其效用，让更多的人受益。

（一）论文为什么要发表

对一线体育教师来说，写论文并不是十分难的事情。相应地，发表论文也应不是十分难的事情，自己会写，找机会发表，也是提高自己、充实自己的一种途径。因为论文如果不发表，就不能证明自己，就体会不到论文发表的意义。

发表理由一：教师工作也是创造性的工作。把体育教师自己的教学经验、思考写下来，形成论文，是对社会的贡献、对学校体育的贡献。因为能在期刊上正式发表的，往往是那些有价值、有意义的科研成果。

发表理由二：经常发表有一定影响力的论文是区分才气的重要标准。在其他条件给定的情况下，只有发表论文数量多，才能证明自己。因为教学科研成果中体现着体育教师自己的劳动和智慧，只有将自己的成果发表了才能使自己的思想得以交流和发展。

发表理由三：学校也是一个等级森严的社会组织，除行政方面的等级外，职称是另一个等级系列，不同等级的教师获得的工资和津贴是不同的，特别是体育教师升职称要求一定数量和质量的论文，所以要发表文章。发表了论文，就可以提高职称，职称提高了，得到的待遇就更高，在学校中的声誉也更高。通过发表文章，体育教师的内在自我实现的需要和外部激励需要都会得到满足。

（二）论文一般可往哪投稿

在现实中，很多体育教师结合自身的教学工作，结合自身参与的一些教科研活动，撰写了一些非常有价值的文章。但除了参加一些学校、所在市区的论文报告会、论文比赛外，教师们一般都把自己的论文塞在办公桌抽屉里，不知道、也不会把自己的研究论文向一些杂志、专业刊物投稿。目前，我国体育学术期刊有五十多种，但真正适合一线中小学体育教师投稿的期刊并不是很多。作为一名体育教师，除了会写论文，还要知道写了论文该如何发表、往哪里投稿，这也是一种需要学习和掌握的专业知识和专业能力。

投稿平台一：最适合中小学体育教师投稿的期刊有《中国学校体育》、《体育教学》和《运动》等。如《体育教学》期刊中“专题讨论”、“教学探蹊”、“阳光体育”、“实案选登”、“课余训练”、“教学一得”、“场地器材”、“游戏百花园”、“点滴互动”等专栏，都适合中小学体育教师投稿。

投稿平台二：除体育专业期刊、其他期刊外，还有《中国体育报》每周的《学校体育》周刊版，也是一线体育教师学习交流、论文投稿的一个平台。它发表的文章不仅短小精悍、专题丰富，而且审稿、发表周期快，为一些相对短小的文章提供了展示的平台，为不少一线中小学体育教师喜爱。

投稿平台三：体育教师的论文，除了参与所在市区的论文报告会、科报会，还可以参加各类学会、研究会举办的各种论文报告会。如是优秀论文，可参加每两年举行的中华人民共和国中学生运动会科学论文报告会暨中国学校体育科学大会。如 2011 年 4 月，体育教师能在各省区参与报送第十一届全国中学生运动会科学论文报告会暨第六届中国学校体育科学大会。

（三）如何提高论文发表成功率

第一，清楚投给谁。投稿之前一定要了解，起码要读过所要投稿的杂志。这话听起来奇怪，但事实上，确实存在很多投稿的作者根本就没有看过所投的杂志，只是想当然地把他一厢情愿但完全不适合该杂志的作品投来，以至于对方连委婉答复的精力和想法都没有。也许作者认为这篇文章倾注了他大量心血，但就是因为他没有花最多一两个小时的时间通读一下所投稿的杂志，判断其主要内容、风格、体例和要求，而导致其“作品”在半分钟的时间内就被丢进了“垃圾箱”。

第二，掌握 30 秒法则。公共关系学理论有一个“30 秒法则”：如果你在找工作时，或者投寄简历，或者进行面试，这些如果不能在 30 秒之内引起招聘方的注意，那么你注定将失去这个工作。投稿也同样遵循这个法则，如果你的论文，或者从题名上，或者从摘要上，或者是前言部分，还有就是结论部分等，不能够让编辑、专家再看第二眼的话，这篇文章的命运就可想而知。从作者的角度，为避免这种情况的发生，你的论文题目、摘要、前言、内容结构、结论部分，要用最简练的语言，尽可能新颖的风格，标准的规范等来说服编辑和读者阅读你的作品，进而深入发现你的论文价值。

第三，不要“守株待兔”。由于各个杂志的编辑部都在尽可能实现规范化管理，诸如“三审”制、匿名审稿、一稿多审等制度，一篇论文的发表周期将会被拉长，特别是学术期刊更是如此。一篇论文的发表周期在半年左右是非常普遍的现象，所以投出一篇作品后，就“守株待兔”般地等待其结果是不明智的。聪明的作者往往是在投出一篇后，马上再准备下一篇。只有这样，你才会永远不落后。

（四）论文投稿时应注意什么问题

在论文投稿时，首先我们要了解论文投稿的基本过程，一般程序是论文传送或投递—编辑审稿—确定可以发的话，编辑部会给电子版或纸质版用稿通知单并提出修改意见—收到通知单后按修改意见进行修改—若需版面费则付版面费即可—出刊后杂志社会寄样刊。同时，投稿时要了解预投期刊的征稿对象、栏目设置、投稿要求、投稿方式、联系方式等，能判断期刊、论文报告会的主要内容、风格、体例和要求，做到有备而投。论文投稿成功与否，首要的一步就需在投稿时要了解注意事项，符合投稿要求。

（1）要清楚地知道投稿期刊的发表周期，如3个月，半年，或是8～15个月。

（2）要清楚地知道投稿期刊是否收取版面费，有的期刊会收取500～6 000元不等的版面费，有些期刊不但不收取版面费，还可获得一定的稿费。

（3）要清楚地知道投稿期刊的征稿内容和栏目设置，如第十一届全国中学生运动会科学论文报告会暨第六届中国学校体育科学大会，设置了学校体育理论、阳光体育运动、学生体质健康、学校体育管理与保障机制、体育课程与教学改革、学生心理健康与社会适应、体育教师队伍、课余训练与运动竞赛、学校卫生与健康教育和其他共十类征文指南，我们就需要针对主题投稿。

（4）投稿时要尽量投电子稿，再写一封说明情况的信，向编辑说明实际情况和投稿的诚意。

（5）投稿时尽量将论文用 Word 文档格式。

（6）投稿时别忘了留方便的联系方式，如姓名、电子邮箱、电话号码等。

（7）不要一稿多投，如果需要同时发给几个刊物请及时联系，以免发生同时被录用的尴尬现象。

六、如何做一名科研型体育教师

素质教育的实施，对学校体育教师提出了新的要求。近年来以科研为特征的“科研型”体育教师相继出现。他们通常能自觉学习高层次现代教学理论，研究较高层次的教研课题，对体育教育问题比较敏感，能结合自己的课堂教学与课外训练，边学习、边设计、边研究、边实践，获得较高层次教育科研成果，形成自己特有的研究风格。

（一）提高科研能力的八点要求

体育教师要不断提高科研能力，进而提高实践能力和理论水平。要促使体育教师去接受新的知识和信息，使体育教师更具有新时代的气息。体育科研能力的提高，需要中学体育教师在工作实践中不断积累工作经验、不断进行总结和进行科学研究，将这些问题上升到理论的高度，并反过来指导实践。

（1）要练好研究基本功。体育教师要读点书，不仅读一些专业书籍，还要读一些教育学、心理学等与体育学科交叉渗透的书，多看些杂志、期刊中的相关论文，读懂、读透，并对相关问题进行思考。

（2）体育科研能力提高的直接途径就是多写文章并力争发表。因为体育科研最常见的表现形式就是撰写科研论文，而撰写科研论文的主要目的是为了与同行交流、分享成果、促进体育学科发展。

（3）体育教师研究能力首先表现为对自己的教育实践和周围发生的教育现象的反思能力。提高体育科研能力，体育教师要善于从中发现问题，发现新现象的意义，对日常体育工作保持一份敏锐的洞察力和探索的习惯，培养自己长时间思考一个问题的能力，不断地改进自己的工作并形成理性的认识。

（4）通过实践做研究和通过写作来提高科研能力，二者缺一不可。特别是体育学术论文的写作需要技巧，而这种只好“意会”的技巧只能来源于实践，所以要在实践研究的基础上多动笔多写科研论文从而提高自身的科研能力。

（5）科研态度要端正，不要太浮躁。态度端正这是非常重要的，是什么就是什么，不要捏造数据，不要只冲着发表文章的目的去搞科研，那样一辈子都不会有什么太大的成绩。

（6）要敢于面对失败。科学研究是从一个失败走向另一个失败，在失败中发现问题、解决问题，不要轻言放弃，要肯做艰苦的努力，要有勇于探索、刻苦钻研、团结合作、不断创新、善于展现的科研精神。

（7）要学会撰写案例与教学反思。学会了案例撰写与教学反思，能为自己的教学积累材料，为自己将来进行教育、教学总结积累一些鲜活的资料，对于教学经验总结和教学研究有很大帮助。

（8）少依靠网络。上交的材料，一定要自己写，不要每次接到任务时就开始上网搜索，没有自己的一点思想，一切都依靠网络，但可以学习网络中的先进理论知识。

（二）做一名科研型体育教师的四点建议

做一名科研型体育教师，体现在“立足课堂，延伸课外，贯穿生活”，反映在自身的实践能力、思考能力、总结能力上。

（1）做一名科研型体育教师首要素质是要有科学研究的意识，对体育教学中出现的实际问题和体育教育有关的事件有一种职业的敏感和探究的欲望。

（2）科研型体育教师对自己体育教育实践和周围发生的体育教育现象应有着较强的反思能力，善于从中发现问题，发现新现象的意义，对日常体育教学工作保持一份敏感性和探索的习惯，并能不断地改进自己的工作，形成理性的认识。

（3）科研型体育教师要多看、多思、多写、多改，能通过课堂观察进行思考，能针对自己体育教学中遇到的问题产生新的想法，并通过查阅文献把它整理出来，不断规范自己的成果。

（4）科研型体育教师应有自己的想法，不人云亦云、永远跟在他人的后面。在看别人的东西的时候，要先思考再接受，从中去发现问题，因为这也是创新的开始。教育研究成了一种专业生活的方式，提高着自己的专业生活质量，在专业工作中充分体现出自主性和自主能力。

强化小结

【小结1】通过体育教师从事科研的意义和做研究型体育教师的讲授引导，转变中学体育教师不愿意、不乐于做科研的意识和现状，改变体育教师的科研软肋。

【小结2】通过对体育教师科研选题、研究方法的传教研讨，教会中学体育教师科研选题和研究方法运用，掌握开展中学体育科研的方法。

【小结3】通过学术论文撰写格式、要求和过程的实操体验，知道如何撰写一篇学术论文，并通过论文发表的相关指导，解答体育教师论文写作中的典型问题。

强化课程二　中学体育教学基本功强化

教师简介

马敬衣，女，北京教育学院体育与艺术学院副教授。
周志勇，男，北京教育学院体育与艺术学院副院长。

强化目标

【目标1】加强体育教师对业务能力、专业水平的自省意识，提高教师对教学基本功的重视。

【目标2】加强体育教师对教学基本功内容的了解，明确自身教学基本功的薄弱点，查找原因并寻求提高自身教学基本功提升的有效途径，引导体育教师从对教学基本功的模糊认知到具体的方法性行为的转变。

【目标3】加强体育教师自我分析和反思能力，将不断提高教学基本功作为自己的职业目标和追求，培养其职业精神。

强化内容

【内容1】体育教学基本功内涵——基本功概念、内容及重要性。

【内容2】新课程标准下中学体育教师需要重点强化的基本功——解读和研究教材、备课和教案设计、组织和调控课堂、正确运用教学方法、合理运用现代信息技术、课程开发和实施、心理健康教育指导、有效教学评价、教育教学研究等方面。

【内容3】提高中学体育教师教学基本功的策略——实践中勤学苦练、培训中快速提高、教学中深刻反思、参赛中勇于展示。

一、体育教学基本功的内涵

体育教学基本功是指体育教师在体育教学工作中，顺利完成体育学科教学目标和任务，教会学生体育与健康知识和技能，使学生身心得到健康发展，促进学生体育锻炼习惯和终身体育意识的形成所必须掌握的基本的专业知识和职业技能。

体育教师的教学基本功贯穿于整个教学过程，是教师素质的重要外在表现，更是实现课堂教学目标，提高课堂教学效果的重要保证，同时也是教师树立威信，赢得学生尊敬的必要手段。大凡一个优秀的体育教师，除了具有扎实的知识功底外，一般还有过硬的教学基本功，有很强的实践操作能力。

面对新课程，不论是新教师，还是老教师，都需要重新思考——我们所拥有的知识结构和能力，包括所练就的教学基本功是否能够适应新课程的需要？在实施新课程中，教师面临着许多无法回避的挑战，首当其冲的挑战就是教师的教学基本功。在新课程改革的背景之下，我们不得不重新思考：何谓体育教学基本功？新时代新型体育教师需要什么样的教学基本功？

体育教学基本功从内容上可以分为体育专业知识、体育专业技能、体育教学技能和开发体育课程资源的能力四类，每一类又由若干基本能力组成（表 2–1）。

表 2–1　体育教学基本功内容

体育教学基本功	体育教学基本能力
体育专业知识	1. 新课程教育思想、教育理念，先进教学观、教师观、学生观和学习方式 2. 深厚扎实的体育专业知识，广博的综合学科知识 3. 对《体育与健康》课程标准的理解、感悟和研究能力 4. 对学生进行评价的专业知识 5. 对教学进行定性与定量相结合的分析、反思的理论知识 6. 体育教育教学科研的知识
体育专业技能	1. 全面高超的体育技能演示 2. 赏心悦目的多种精湛才艺 3. 现代信息技术的应用技能 4. 不同体育项目保护与帮助技能 5. 教学内容重点、难点确定 6. 教学目标的达成
体育教学技能	1. 体育课的设计能力，体现学生主体性的教学模式应用 2. 体育教学方法的选择创新、教学情境的创设 3. 体育教学信息交流的方法：语言技能、画图技能、教态、演示技能、讲解和提问技能等 4. 体育课堂调控驾驭技能：导入、反馈、强化练习、结束技能和教学组织技能 5. 激发学生学习兴趣和指导学生学习和练习的技能 6. 智慧利用、体育课堂动态生成资源的利用和应变技能 7. 差异性教学的组织方法和技能 8. 灵活自如的现代教育技术手段的合理应用的技能 9. 心理健康教育技能

续表

体育教学基本功	体育教学基本能力
开发体育课程资源的能力	1. 体育课程资源的开发利用能力 2. 体育游戏、体育集体项目等教学内容的开发创编能力 3. 新兴体育教学内容的开发研究能力，如，街舞、跆拳道、三门球、曲棍球 4. 充分发挥现有体育器材设施作用的能力 5. 自制简易体育器材和教具的能力 6. 改造场地、合理布局、提高场地的利用价值的能力

新课程对体育教师在整个教学过程中的理念、知识、技能提出了新的挑战和更高的要求；随着中外先进的教育理念，素质教育的不断推进和现代信息技术的广泛应用，体育教师教学基本功被赋予新的内涵。

二、新课程下中学体育教师需要重点强化的教学基本功

随着新课改的深入，中学体育教师教学基本功被赋予了许多新的内涵。新形势需要教师加强新的教学基本功。

（一）加强解读和研究教材的基本功

1. 体育教师要了解新课标对现行体育教材的要求

体育新课标与原有教学大纲显著的区别之一就是不再统一规定具体教学内容，而是根据课程目标体系构建了五个方面的内容标准，各地、各校和教师以实现课程目标，促进学生“身体健康、心理健康、社会适应”为前提，可以选择不同的内容，采取不同的形式和方法进行教学。

新课标实施以来，中学体育与健康教材与传统教材相比，在内容上有了一些新的改变，但就运动项目的编写体例上，大都仍是竞技类体育运动项目的简易技能分类框架，还不能充分体现新课程标准倡导的学生主动发展、课程内容与学生生活相联系、终身体育意识与能力相联系的理念。现行教材仍需教师根据本校教学条件和学生“身、心、社”综合健康能力发展要求，按新课标的实施建议，对其进行优化选组与拓展。

这种对于教学内容及师生关系的重新定位，必然使教师从“机械执行教材”的窠臼中解放出来，成为教材的自主建设者和开发者，教师可联系教学实际不断补充和完善教材。教材提供的素材能启发学生思考，更好地掌握基点、把握重点、突破难点，构建完整的知识体系；教师可根据自身的教学风格及本班学生特点，对教材作出相应的拓展开发，进而在课堂中经由师生的对话、互动，对教材实施动态层面上的再加工，真正实现教师对教材的超越与重构。

2. 体育教师要善于分析教材内容

教材内容是教材编制者为教师提供的“可以用什么去教”的建议，是可以让教师在备课中形成可操作的教学设计，并以此而进行课堂教学的资源。

体育教师在备课中分析教材内容，主要是分析两个问题：一是针对具体情境中的学生，要

有效地达成既定的课程目标，即“需要教什么”；二是如何使具体情境中的这些学生能更好地掌握既定的课程内容，即“最好用什么去教”。解决了这两个问题，就解决了对教材的分析。

（1）依据教材要求确定内容。确定“教什么”或“怎么教”，这很大程度上需要依靠教材的“提示、建议、助读、练习”等来完成，因为不同的教师教相同的教材，学生所学的内容应该基本相同。如果不通过教材的“提示、建议、助读、练习”等来确定所教内容，教师会根据自己的见识来择取“内容”，学生会依据自己的经验来发现“内容”，这样教学容易产生偏差，可靠性也会打上折扣。

（2）依据认知规律安排顺序。首先，用教材“教什么”，这个内容必须确定准确，适合班级的学生需要；其次，决定怎样教学生，方法必须对学生有效果，而且是学生能够接受的。这个思考顺序是不能颠倒的，因为在“教什么”上不确定，“怎么教”的设计便不会有合适的着落。一般而言，在具体步骤上，教师的备课可以确定“先教什么，再教什么，后教什么”；当我们给内容排好序列之后，围绕内容序列再思考“先怎么教，再怎么教，后怎么教”。以此思考，我们的备课中对教材内容的分析思路就清楚而明了了。

3. 体育教师要对现行体育教材进行拓展教学

体育教师对现行体育教材的拓展教学具有重要意义。首先，它有利于拓展体育课程内容的广度与深度，对教学方式和学习方式的变革产生积极的影响。其次，能够为新课程下体育教师掌握拓展开发课程资源的方法，选择对学生身心发展有价值的教学内容提供一个理论和技术平台，从而提高新课标的可行性和适应性。最后，对体育校本课程的开发也有直接的积极意义，还能为体育校本课程的开发提供理论和方法上的指导。

体育教师必须对体育教材再次和多次改造、拓展与开发，才能将其转化为具体的课程内容。在此过程中要坚持以下几点：

（1）使体育教材内容具有适应性。即体育教材能够适应本校实际情况和本校学生的生理、心理特点。

（2）使体育教材内容问题化。即对那些可进入体育课程的教材内容，根据学生的身心发展特点来确定学习的步骤与层次，以某个体育知识或身体练习为基点，建构相应的问题和解决问题序列。

（3）使体育教材内容结构化。即对教材内容的学习，尽可能让学生掌握各种体育知识和身体练习的基本结构和要素，使学生知道事物之间的相互关联，能够举一反三。

（4）使体育教材内容生活化。即对那些可以进入体育课程的教材内容，考虑在课程教学实施过程中如何与学生的生活经验相联系，尽量以生活经验作为他们学习的起点，使教材回归生活，实现教材由“素材文本”向“生成文本”的转化。

（5）对现行体育教材拓展教学时应注意的问题。在新课标实施的过程中，许多老师只知道如何教教材，却困惑于如何根据新课标针对不同学段学生身心特点，及发展其终身体育能力要求，选择有价值的内容来教学。因此一些教师在对教材进行重新“加工”改造时步入了误区，对传统教材几乎采取全盘否定的态度，其实这是对“用教材教”这一做法的曲解。

比较科学、审慎的方法应是先“入”教材，再“出”教材。没有对教材的深入解读，就不可能有对教材的正确理解和把握。怎样解读教材呢？首先是了解“教材中编写了什么”，意在熟悉教材的编写内容，做到了然于胸。其次是了解“教材中为什么这样编写”，意在对教材的呈现方式及编写理念有一个深入的探寻。最后是了解“教材中这样编写对教学有什么启示”，教材的编写对教学的启示，不仅表现在一节课中，还表现在这一知识领域甚至整个教学过程中。这三个问题由表及里、由浅入深，层层推进，唯有以审慎的态度解读教材，并从教材“出发”，对其进行合理的加工、重组、改造、拓展，才能真正做到超越教材，实现科学、合理、有效地“用教材教”。

体育教师专业能力的最根本之处在于，他阅读教材的时候能自觉地从学生学的角度、教师教的角度以及训练的价值角度、人文熏陶的角度、难度的把握角度、坡度的设置角度，去审视教材，从而筛选出最具科学性、艺术性的教学要素来。这种能力必须成为教师的基本功，它是教师区别于其他人的重要标志。的确，教师解读教材的能力是教师上好课的第一要务，而且，教师必须从教育和学习的角度来解读教材。教育教学的真正目的是要让今天之所学为日后解决遇到的问题奠定基础。体育教师对教材要做到“懂、透、化”。所谓懂，是要熟悉教材；透，是要吃透教材；化，是能将教材化繁为简，化难为易。只有这样，教师才能运筹帷幄，启发学生的思维，激发学生的学习兴趣，使学生全神贯注、热爱学习。

（二）提升备课与教案设计的基本功

1. 提升备课的基本功

备课就是教师课前对教什么、怎么教的教学设计，备课有助于教师理清教学目标和内容，建立课堂教学的自信。新课程要求教师综合运用多种教学方式，而教学的多样性、变动性要求教师不单是一个执行者，更是一个决策者，教师要能够创造出特有的班级气氛和学习环境，建立开放民主的课堂环境，设计教学活动，通过教学表达自己的教育理念，这更需要教师的精心设计和准备，并且勇于开拓、大胆创新，成为真正意义上的“专业人员”。同时，教师要加强间接备课，提高直接备课的效率。

（1）首先熟悉和精通教学大纲和教材。教师接受教学任务后，应当在担任这门课之前，根据教学大纲的要求、教学进度安排以及课时分布情况，通读全部教材，做到心中有数，挖掘教材的内在联系和教材的特性，对教材的专门性、辅助性练习及分组要仔细推敲，分析教材的内容，根据学生实际水平明确课的目的、任务、教学要求、重点、难点、组织形式、练习手段、教法指示、可能出现的错误和纠正方法等。教师对教材和教学大纲理解越深越透，重点、难点就抓得越准，学生就容易听懂、领会和掌握。同时，体育教师应经常温习有关体育科学知识，钻研各项体育运动技术、技能和练习方法，随时注意积累资料。

（2）认真处理好教师主导和学生主体两方面的关系。由于教师存在着“教材、课堂、教师”为中心的教学旧观念，忘了以学生为主体的主要依据，当前教学中应树立学生为中心的教学思想。根据学生的整体体育能力、体质、心理素质、思想道德水平，科学、合理、有效地安排课的内容，加强学生科学思维的训练、能力的培养，加强学生自学、独立工作、分析问题和解决问题的能力，以及自锻自导能力、交往能力、表达能力、总结工作能力和创新能力的培养。教师在备课时必须认真研究，合理安排。

另外在备课时体育教师必须考虑如何调动学生学习的积极性，充分发挥学生的主观能动性，激发学生的求知欲，精选最优教学方法，善于从教材的基本理论知识和运动技术、技能的科学性、实用性、趣味性、竞争性，以生动的手段说明体育“三基”强身健体与社会发展的关系，使学生树立正确的体育观。教学备课的目的不是单纯教会学生某些“三基”知识，它更重要的是通过“三基”的传授，教会学生独立思考，学会科学的锻炼身体的方法，不断地更新知识技能，培养学生的创新能力以及如何更好地发挥课后效应。

（3）体育教师要善于创设和营造教学环境。教学环境，是指自发地影响人身心发展的一切外部条件的综合，就其内涵来说，包括诸如校际和班际交往，人际关系，学习气氛，课余生活，教学管理等社会性环境气氛。这些因素相互交织，凝集成一种较为稳定的风气，也是潜在的教学和教育因素。有人把这种教学和教育因素称为“潜在课程”。教学环境与体育教学效果是紧密相关，相互制约的，良好的教学环境是取得良好教学效果的前提。所以在考虑课的设计时，体育教师要充分选择和利用教学环境，并与环境保持“动态平衡”，才能使备好的课发挥其整体功能。

（4）提升备课基本功需要集众人的智慧，集思广益。在备课时要提倡“双百方针”，集体备课。在教学内容、方法、场地、器材等方面允许各持己见，鼓励创新，允许试验。暂时不能统一的意见，通过专门的讨论研究，得出相对统一的意见，在此基础上写出教案。另外，教师应集体进行体能训练，保持和提高技能方面的能力，以便建立正确的运动表象。集体备课、观摩课是备好课的重要途径，应积极参与。

2. 提升教案设计的基本功

备课的物化形式是教案及其辅助材料。体育课教案体现的应该是如何设置问题、如何组织学生的学练以及在学练中的合作和探究。因此，教学设计的基本功是必须随着课改的深入不断转化并强化的。教学法的核心是教“学法”，关键是培养学生自主学习的能力。因此，教师的传统教案应该逐步改革为指导学生自主学习的自助式“学案”。教案的设计要吸收新的教育教学理念，增加教学反思、作业设计等环节，通过教学过程，使教案成为一种教育教学案例，这也是新课改需要的一项最重要的基本功。

（1）要给教案生成留下足够的空间。体育教师在上课过程中，经常会遇到教案与实际上课过程有很多不一致的地方，很多时候教师在教案中为学生设计了很多条条框框，但是在实际上课过程中，这些很难面面俱到，这就导致了课前设计得越多，课上学生自由空间就越小。所以在新课程理念下教案的设计内容上不要过于详细，形式上不易烦琐，结构上不要过于封闭化和程式化，而是要体现出内容上的概要性、形式上的模糊性、结构上的不确定性，留有一定的空间，以适应新情境、容纳新内容、确立新策略，为教学中师生间的互相促进、增进新知、互相建情留有余地。这样在备课和课堂教学之间形成一种特殊的“张力”——随课堂情景的不同随时改变原有的设计，适应新的情境，实现动态生成。

（2）要有多项选择的设计。传统的教案设计是：教师设计好教学内容、教学方法、练习方法，在程序化的表格中书写教案。这样设计的教案内容基本大同小异，没有体现教材的特点，导致了一学期的教案千篇一律。新课改以后要求教师在写教案时，要努力跳出传统课堂的固定模式，充分估计学生在练习时可能出现的问题，确定好重点、难点、拓展点，怎么引导、采用什么方法能较准确获得反馈信息，通过观察、个别提问、现场演示、集体讨论等设计出多角度、多层次的“策略菜单”，以便在课堂中能迅速调用。这样即使出现教案打乱的现象，也不会太紧张，可以因势利导、耐心细致地培养学生的进取精神。

（3）要充分体现学生的主体地位。设计教案时不能只有以教师活动为中心的教学过程，而是要考虑学生的学情和课堂生成的教学资源进行双向设计。师生互动、师生互补，更多的要从学生的学习出发，以“有效地学习”为主，重点解决学生“学什么”、“怎么学”、“学到什么程度”、“采用什么方式学”等问题，在教案中充分体现“师生平等互助学习”的“生本角色”。

(4) 要体现教师自己的个性。体育教师在借鉴他人的教案设计时，要从自身兴趣、爱好特长、能力结构出发，对所教授的内容进行选择、开发、组合，形成自己的理解和感悟，并在对学生了解的情况下设计具有个性特色的教案。

(5) 体育教师设计教案时应遵循的原则

① 科学性原则：所谓科学性，就是贯彻素质教育思想和健康第一的理念，依据体育学科性质和体育教学改革精神，根据体育教材内在规律，结合学生实际来确定教学内容、教学目标、重点、难点。教学目标要具体、可操作、难度适中，设计教学过程符合体育教学规律，同时避免出现知识性错误和脱离教材完整性、系统性的情况。

② 整体性原则：所谓整体性，一是要体现某一课时在单元教学中的位置、作用和所处的环节；二是必须体现课时教学目标统领教学，设计中的每个环节、方法、步骤、媒介、评价等都应该围绕目标展开，体现“目标与过程和谐统一”。所以首先要有单元教学意识，其次要有目标教学意识，即“统揽全局、聚焦局部”，要求单元教学设计有连续性，让学生能够拾阶而上；而课时设计要有侧重性，也就是说每一节课侧重于解决什么问题、如何解决。

③ 可操作性原则：教师在进行教学设计与撰写教案时，一定要从实际出发，依据学生学情和教学资源情况，明确教学效果，充分体现教学实践的可行性和可操作性。设计学习过程要清晰、有层次，练习次数、时间清楚，教师组织过程简练，场地设计简洁，即该简就简，该繁就繁，简繁得当，让教案使人一看就明白教学意图与过程，能够真正起到指导教学实践过程的作用。

④ 灵活性原则：必须考虑到教学设计与撰写教案毕竟是体育课堂教学的预案，而在实际的教学过程中，教师面对的是能动性很强的学生，教师是不可能事先估计到实际教学中可能发生的所有情况的，所以必须灵活设计教学目标、教学策略、教学过程等，对出现的问题要有应变的对策和方案，更重要的是要求教师不要一成不变地执行教案。在实际教学中要学会观察课堂，灵活、机智处理突发事件发挥驾驭课堂的能力。

⑤ 创新性原则：体育教学设计与教案撰写有一般的要求，但没有固定的格式，体育教学工作是一项创造性的工作，教师可根据自己的经验、知识、能力、个性等进行创造性设计。体育教学设计要关注的是学生需要“学什么”、“为什么学”、“怎样去学”，考虑教师“教什么”、“为什么教”、“怎么教”和最终学生“学得怎么样”。在教案撰写中，多从课的启动环节、导入环节、展开环节、调整环节和结束环节下工夫，设计出既具有体育学科特色和地域特点，又有自己个性和新课改理念的教案。

（三）强化组织和调控课堂的基本功

组织体育教学是体育教师最基本和最重要的一种教学基本功。体育实践在操场上进行，这使得体育教学有许多特殊困难。首先，学生移动频繁，环境干扰大；其次，师生之间交往频繁，学生的精力不易集中；再次，学生运动水平存在差异，不宜于区别对待；最后，教学场地小，体育器材有限，易使学生运动不足。教师要在最短的时间内，根据各种不同的对象、客观条件因素，运用适宜的表达方式和体育教学方法进行组织与教学，调动学生的积极性，达到组织教学的目的。这就要求体育教师在组织体育教学时做到：

（1）正确地运用讲解示范。包括形象的讲解和正确的示范。

（2）合理选用体育专业语言、口令和指示及口头评定等学生感兴趣，同时自己又较熟练的队伍调动方法。

（3）体育场地器材的布置应尽量缩短练习场地之间的距离，一般情况下，场地器材布置的走向应与教学顺序相一致。

（4）体育教学分组应从实际出发采取相应的组织措施。

（5）培养和使用体育骨干，要充分信任、严格要求和大胆使用体育骨干。

（6）树立体育教师自身威信。体育教师要做到言传身教，为人师表。

体育教学的组织工作是一项复杂、系统的工程，体育教师根据国家规定的教学大纲和教材，实施体育教学，建立体育课课堂常规，维持正常的教学秩序。体育课根据体育教学的具体任务分别进行新授课、复习课、综合课和考核课的教学。体育教师在课堂组织与调控过程中应以人体生理机能活动能力变化规律为理论依据。在准备部分迅速将学生组织起来，集中同学的注意力，明确教学任务，使机体迅速进入工作状态。可选择运用一般性准备活动和专门性准备活动（诱导性练习、辅助性练习和模仿性练习等）。在组织方法上，一般采用集体形式进行，可行进间做，也可以定位进行。对于游戏教师应经常变换形式，设置相关情景，用以提高学生的练习兴趣。在体育教学的重要环节中，应根据教材性质、学生、场地、器材的条件合理地进行教学分组。分组教学的形式有分组轮换和分组不轮换两种。分组不轮换的形式有利于教师的统一指导，全面照顾学生，合理安排教材的顺序和运动负荷。采用分组不轮换教学的形式的条件是要有较充分的场地器材，否则会影响练习密度和运动负荷。分组轮换形式有利于学生获得较多的练习机会，提高练习的密度和运动负荷，培养和锻炼学生独立工作的能力。缺点是教师不易全面照顾和指导学生的练习。选用分组轮换教学形式的条件是场地和体育器材比较缺乏。同时应注意弱组和女生组按照合理的练习顺序进行学习。一节体育课的运动密度和运动负荷在基本部分应逐步达到高峰，体育教师应根据教材的性质和学生的特点，控制好运动负荷和密度、处理好负荷和休息的关系，提高学习技术、掌握技能的效率，发展学生的体质。结束部分充分进行放松整理活动，如游戏、舞蹈、徒手放松操、按摩、心理放松练习，通常采用集体形式进行，使学生逐渐恢复到相对安静的状态，有组织的结束教学活动。

（四）正确运用教学方法的基本功

在新课程教学中，不仅要看教师教学设计的落实与否，更要看落实的效果。因此，教师需要更多地关注学生的学习状态和课堂质量。教师要能选择有效的教学方法促使学生集中注意力，调动学生的积极性；教师要善于调整教学方式，用声情并茂的讲解，诙谐幽默的阐释，激发兴趣，扩展思维，使师生之间的感情得以充分的交流，使课堂气氛处在教师预定的控制之中；教师上课时要以最佳状态进入“角色”，以饱满的、积极的情绪投入教学，用激情感染学生。这些都需要教师有扎实全面的教学基本功。目前，体育教师都在积极尝试各种新的教学方法，如探究教学、合作学习、体验学习等，这对教师课堂教学基本功的要求就更高了。

1. 体育教师要正确认识教学方法在体育教学中的重要作用

随着社会的发展，素质教育的深入，学校教育对教学内容和教学方法的研究越来越受到人们的重视。从20世纪50年代末到70年代中期，我国体育教学是以传授基本知识、基本技能为主，在反复的练习中增强学生的体质，形成了讲解法、示范法、分解练习法、完整练习法、纠正练习法等教学方法。

70年代末至90年代末期，在体质教育论的指引下，以掌握“三基”为主要目的，以增强学生的体质、发展学生的体能为主要目标。在这个时期人们采用了负荷练习法、重复练习法、连续练习法、间歇练习法、变换练习法、循环练习法等专业训练的教学方法。

进入21世纪，体育教学是以发展学生的个性、培养学生的能力和陶冶情操为主要目标，鼓励学生的创造性活动，使学生在活动中获得新的知识，并注重学生的外在表现和心理变化。

在体育教学中，体育教师可以根据学校的具体情况和学生的特点有针对性地采用一些有效的教学方法，以促进学生运动习惯的形成、学习能力的提高、个性心理的健康发展。只有把这些教学方法合理地运用到教学中，才能发挥它的作用，而且只有相互借鉴、相互补充、灵活运用，才能在教学中取得最佳效果。

2. 针对学生的特点运用合理的教学方法

好奇心是学生探求真理、获取知识的认知动力。他们喜欢在每一节课上都有新的内容、新的活动。在体育教学中，要不断采用新的教学方法和变换教学方法，以新、奇吸引学生的注意力，培养学生的兴趣。

争强好胜是学生的又一个突出特点。根据学生的这个特点，运用目标设置理论和自我效能理论，对学生的体育活动设定学生可达到的具体目标，使学生确定自己的任务目标，并通过激励和肯定的方法增强学生的信心和期望。在体育教学中还可以运用竞争和对抗的方法，使学生之间产生竞争意识，在竞争中使学生的运动能力得到提高。从教育学上来说，确立目标可以调动学生的积极性和能动性，加深对知识技能的理解，提高学生运用知识技能的能力。学生通过从事体育活动提高了身体的自我效能，若能迁移到其他方面，当学生面临其他任务时，也会有较高的自我效能，从而达到理想的教学效果，最后实现我们的教学目的。

3. 合理运用体育教学方法

教师应根据每一节课不同的教学内容，采用不同的教学方法，打破已有模式，趋向教学的非模式化——开放化。在体育教学中，教师的作用不只是把知识技能教给学生，更重要的是进行学习方法指导，让学生学会学习、学会思考。因此，教师要把重“教法”的立足点转移到重“学法”的轨道上来。应通过一定的途径对学生进行学习方法的传授和辅导，使学生掌握科学的学习方法，并且能实际运用于自己的锻炼中，逐步提高自学、自练、自管的能力。

体育教学方法的本质特点是要求学生有目的地参与，主动地投入和亲身体验，要学生理解动作技术，掌握动作技能，从而达到心理、身体的全面健康发展。要让学生有及时“动脑”、“动手”的时间和空间，在学习体育知识技能的过程中掌握学习方法，促进体育能力、意识和体育习惯的养成。

在体育教学中提倡快乐教学法。快乐教学是对学生而言的，是一种愉快的学习方法。它有利于调动学生的积极性和创造性，并从根本上改变那种学生“身顺心违”的现象。要采用快乐教学法就必须改变单调的“示范 + 练习”式教学方法，实行启发式教学、情景式教学，引导学生学会学习，学会自我设计，并大力开展寓教于乐的课堂教学活动，创造宽松的学练环境，尊重学生的兴趣，让学生自由选择运动项目及时间，让学生的兴趣、个性和才智得到最充分的发展。

4. 倡导探究精神，发展学生的创新思维

在体育教学中，应倡导探究式学习方法，培养学生的勇敢精神、创新精神与实践能力。教师应注意开发学生的想象力和创造力，在教学过程中鼓励学生独立思考、独立探究的学习精神，使学生自由发表见解，并创设热烈讨论的课堂气氛。在教学中，教师应当注重启发引导，推动学生思维能力的发展；教师要提出有多种解答方案的发散性问题，启发学生独立地寻求解决问题的多种途径和方法，以训练学生的创造性思维；鼓励学生大胆质疑，重视培养学生发现问题和提出问题的能力。例如，可以通过学生自编游戏、准备10分钟课前准备活动，来发展学生的创新思维、独立思考问题和解决问题的能力，从而达到预期的教学效果。

（五）合理运用现代信息技术的基本功

信息化是当今社会发展的大趋势，以网络技术和多媒体技术为核心的信息技术已成为拓展人类能力的创造性工具。信息技术与其他课程教学的整合，正成为当前我国信息技术教育乃至整个教育信息化进程中的一个热点问题，也是传统教学方式、方法改变的重要标志。信息技术在教学中的作用越来越明显，也得到老师们越来越多的关注和重视。大家明确地认识到它对教育的作用虽然不是决定性的，但是至关重要的，是教育支持系统中一个独特的构成要件，它对有效地提高教育效率，改变师生的学习交流方式，拓展知识获取的渠道有革命性的作用，同时，对学生学习兴趣、情感、态度等方面也具有强大的推动和促进作用。在信息化的社会中，教师必须具备较高的信息素养，即信息的获取、分析、加工、利用、交流、创新的能力。教师首先必须要有一定的信息敏感力，能在大量信息中进行选择，在最短时间内找到能为自己所用的资料，提高自己的理论文化素养和专业知识水平，以适应新课改中对教师综合素质的高要求。其次，教师要能熟练运用多媒体设备、网络以及进行课件制作等，利用信息技术手段为课堂教学服务。

1. 体育教师应善于运用现代信息技术激发学生体育学习的兴趣

教育心理学研究表明，学习动机中最现实、最活跃的因素是学习的兴趣，人们在满怀兴趣的学习状态下，常常掌握得迅速而牢固。多媒体这一新生事物在学生的眼中是新鲜好奇的，在体育教学过程中运用多媒体课件辅助教学，实质上是给学生一种新异的刺激，诱导学生对新异刺激的探究反射，换句话说，就是采用新颖的教学手段来激发学生的学习兴趣。因此，体育教师应提高使用现代信息技术的能力，善于运用现代信息技术激发学生学习的兴趣。

2. 体育教师应善于利用现代化教育技术将动作技术化难为易

有关研究表明：人们从语言获得的知识能够记忆15%，而利用视觉加听觉获得的知识可接受65%，以往的体育课直观性不强，一些难的动作学生不能很快的理解掌握。但是运用现代信息技术，如多媒体课件，可全方位地剖析难点，化难为易，使看不见、摸不着的生理现象变得生动形象，加快了学习速度，提高了学习效率。例如，在教篮球“三步上篮”这个动作的时候，可以利用课件慢放“三步上篮”的全过程，使学生认识到几种常见错误动作的原因、过程，在练习时尽量避免。

3. 体育教师应善于利用现代教育技术使学生建立清晰的动作表象

清晰的动作表象是形成技能的重要基础，它来源于教师的讲解、示范、演示等教学过程。体育教学过程中有些技术动作很难用言语来描述清楚，尤其是腾空之后的一些技术细节，讲解的难度很大，示范的效果也不尽如人意。使用多媒体课件就能十分轻松地解决这些疑难问题，帮助学生理解动作，形成概念，记住结构，并在脑中建立清晰的动作表象。例如前面所说的篮球“三步上篮”的教学中，这是一个跨步腾空的动作，而教师的示范只能是完整连贯的技术动作，不可能停留在空中让学生看清楚空中的动作，如果分解示范，那么这个动作就会变得支离破碎，也不利于学生学习和掌握。而利用多媒体课件，可以想快就快，想慢就慢，学生可以清晰地建立动作表象。实践表明，利用此项技术，可以激发学生学习兴趣，提高学习效率。

4. 体育教师应善于运用现代信息技术实施个性化教学

体育教学强调个性化，强调因人而异、因材施教。个性化教学正视学生个体间存在差异的现实，根据学生不同的学习水平和接受能力安排相应的教学计划，从而激发个体的主观能动性和学习潜能，使每一个学生都能获得成就动机，最终达到相应的学习目的。现代信息技术打破了传统教学固定的信息传输模式，将教师和学生面对面地交流，变换成了教师—计算机—学生三方面的互动，利用其交互性创设师生间、生生间、人机间单独相处的学习环境，给每一个学生以单独的指导。同时，学生也可以随时向老师单独提问和请求帮助。这种方式有助于学习有困难和那些平时羞于表达的学生有充分的机会主动地参与到教学过程中去。

5. 体育教师运用现代信息技术时应注意的几个问题

反对为了体现其所谓的现代化教学而盲目地在体育课中泛用、滥用多媒体进行教学，应结合体育教学的特点和多媒体教学的优势，合理地在体育课中运用现代信息技术进行教学。体育教学的性质使它的大部分教学任务需要在室外完成，如果为了体现所谓的现代化教学而不分青红皂白的一哄而上，那么只会给体育教学帮倒忙，并不能在真正意义上提高体育教学的质量。广大教师在长期教学活动中积累了许多好的教学经验，不能为了体现所谓的现代化教学而完全放弃，这样的现代化教学不是真正的现代化教学，不但不能给我们带来真正的新的东西，反而会把原有的好的东西都丢弃掉。我们既要保留传统教学中好的东西，又要发挥信息技术教学的优势，为传统的体育教学手段加上翅膀，发展性地使用信息技术教学。简而言之，我们既要以发展和超前的眼光接受信息技术教学的理念，又要以积极的态度对待传统的体育教学手段，使两者共同作用，相得益彰。

（六）强化课程开发与课程实施的基本功

课程开发是指教师在教学中尽可能地联系生活和社会实际，努力寻找教材内容和现实生活和社会实际的结合点。如何联系、联系哪些生活和社会实际，成为教师备课的不可缺少的内容。教师要善于引导学生通过多种途径收集信息，以更好地实现课程标准所规定的教育目标，更有效地促进学生的发展。教材是实现课程标准所确定的质量指标的主要凭借，但既定的教材总会有这样或那样的缺憾，这就需要教师的驾驭和取舍。同时教师还要寻求教材以外的各种“材料”（如平时阅读积累的，从报纸、广播、电视等媒体中获得的，从互联网上收集的），用它们来丰富学生的学习过程，使学生收集、处理和利用信息的能力、分析和解决问题的能力得到增强。另外，教师还要善于把课堂教学中的“互动和交流”引向纵深，使课堂上有思维的碰撞和交锋，在“碰撞和交锋”中产生新的问题，力求使学生有所发现，有所创新。

课程最终是要通过教师具体的教育活动转化成实际课程。体育教师既要重视技术性课程，如足、篮、排，又要重视知识性课程，如健康知识和体育文化；既要重视显性课程，如知识和技能，又要重视隐性课程，如情感、态度和价值观；既要重视预成性课程，如教师的教学目标和内容，又要重视生成性课程，如学生的补充完善和创新；既要重视国家课程，如省、市级教材，又要重视地方和学校课程，如校本教材。而对后者，应该给以特别的和足够的关注，应该在教育实践中不断反思、总结。教师不应该只做既定课程的单纯执行者，而应该积极地投身于课程改革中，成为课程改革的参与者、开发者，创造性地实施新课程。

（七）心理健康教育指导的基本功

对青少年学生进行心理健康教育指导是新时期学校体育教育的任务之一，也是一名合格体育教师的必备素质。有目的、有计划地实施心理健康教育，促进学生心理素质的发展，提高学生的心理机能作为全面施行素质教育的有机组成部分，应该成为每个体育教师的自觉意识及行动。

一位心理素质良好的教师，会通过自身的言行为学生塑造一个借以模仿的完美形象，使学生心理在潜移默化中向健康的方向发展，并能在学生中间创造一种和谐与温馨的气氛，使学生轻松愉快地获得教化。另外，如果有对学生进行心理素质教育的意识，对学生心理素质的提高有高度的工作责任感和自觉性，就可能采取多途径，多种教育方式方法，以及通过自己的学科教学培养学生良好心理品质，保证学生心理素质的提高，在教育教学中全面育人。这就要求教师掌握相应的心理健康教育方面的知识，正确认识学生成长中的心理障碍，学会处理一些心理问题，科学引导学生的心理发展。

（八）有效教学评价的基本功

教育评价是教育实践的指挥棒，没有有效、科学的教育评价，就很难沿着素质教育的轨道推进。新课程提出的发展性学生与教师评价的思想，需要教师在学生评价方面，除了掌握传统的以考试为主要评价手段的量化的、终结性的评价方法和技能之外，更需要学习新的质性的、形成性评价的方法与技能。在课堂教学的综合评定上，不仅要关注学生学习什么内容，还应关注学生学到了什么；不仅要关注学生得到什么样的知识结论，也要关注学生参与活动的过程；不仅要观察学生表现的优劣，还应留意学生学习欲望、情感、态度、价值观是否得到提升；不仅要有选拔和竞争，更要关注学生的自我认识、修正与发展。这不仅是转变观念的问题，是否具备这样的技能也是至关重要的。

从操作上来看，教师的课堂即时评价能力直接关系教学效果。优秀教师从来就是激励大师，新课改要求教师成为这样的激励大师。激励是一门艺术，也是新课程思想的具体体现。体态、动作、表情、语言，无声的、有声的，都可以激励学生。可如今，课堂上却常听到干瘪空洞的评价语言，“你真有天赋”，“你非常聪明”；甚至有的整堂课在“棒、棒、棒！你真棒”这样毫无内涵的评价语声中淹没。从中，可看出教师进行评价中存在着一些问题：一是语言贫乏，二是思想苍白，三是文化缺失。教师队伍这方面的基本功在整体上都是十分欠缺的。

在新的课程标准中，对学生的评价强调评价标准和评价内容的多元化，不仅包括基础知识和基本技能，还包括情感、态度与价值观，学习过程与学习方法。因此，依据教育教学目标，对学生进行多方面的评价是促进学生全面发展的必然要求。树立“为了每一个学生发展”的理念，对学生进行发展性评价，了解学生发展的需求，重视被评价者的差异，关注学生在学习过程中的进步和变化，及时给予评价和反馈，帮助学生认识自我，强调通过反馈促进学生改进，促进学生在原有基础上的提高。这需要教师把学生成绩评定与学生的日常学习结合起来，要求教师在关注学生的考试成绩等学习结果的评价的同时，要投入更多的时间和精力关注学生日常的学习活动，关注学生之间的有差异的成长和发展。因此，教师必须练就与新的评价体系相适应的学生评价基本功，必须掌握一些不同于结果评价的过程评价的方法和技能。

体育教学评价从教学活动方面进行评价一般包括对教师教学的评价和对学生学习的评价。

1. 对教师教学的评价

（1）对教学设计的评价，包括对教学活动的目标性，教学过程的完整性和场地器材分布的合理性等的评价。

（2）对教学思想的评价。

（3）对教学目标的评价。

（4）对教学内容的评价。

（5）对教学组织的评价，包括对教师的教和学生学习的主体性的评价。

（6）对教学方法和手段的评价。

此外，还有对场地、器材布局是否安全、合理、适用，全课的练习密度、运动量平均脉搏是否适宜，师生、生生间的配合是否默契、关系是否融洽，课堂气氛是否民主、和谐等方面的评价。

2. 对学生学习的评价

（1）从获得知识的角度看学生是否得到了有效的身体锻炼。

（2）从学习方法、技术掌握的角度看学生是否增长了能力。

（3）从寓德于教的角度看学生情意的发展。

（4）从心理体验的角度看是否娱乐学生的身心。

根据教学评价的作用和功能，教师要熟练掌握诊断性评价、形成性评价、总结性评价的方法和技巧，关注学生之间的差异，及时帮助学生，鼓励学生更好地学习。在模块教学过程中的评价应做到及时口头评、过程中段评、课后归纳评、基于模块的单元评（自评、小组互评）、模块终结评（自评、小组互评、教师评）等。评价要以学生发展为中心，理性评价学生学分成绩，建立发展性的评价体系。

（九）教育科研的基本功

教育科研基本功是教师更高、更深、更具有内力的素质。新课程下的体育教学需要具有科研素质的学者型教师，传统的经验型“教书匠”将逐渐退出教学舞台。这是现代教育发展的必然趋势，也是素质教育对教师的强力呼唤。因此，重视教育科学研究，提高教育科研能力是提高教师素质的一个有效途径，是推进素质教育这盘棋中的重要一步。同时，课程改革提出许多新的教育思想和目标，需要通过教师的教育实践来检验；新课程在实施过程中还会出现许多新的问题，甚至产生一些矛盾，需要教师对其中的一些问题展开研究，形成新的认识。总之，新课程需要教师成为一个研究者。教师如何进行科学研究，也是对教学基本功的一个挑战。

在新课程的实施过程中，人们逐渐认识到，教师是课程改革成败的关键。因此，教师素质对教育而言至关重要。由于时代的变迁及基础教育课程改革的需要，我们不得不重新思考体育教师的教学基本功，从时代和发展的高度来重新定义体育教师教学基本功，使体育教师在教育教学的实践中磨炼、铸就新时代教师所必需的教学基本功。

三、提高中学体育教师教学基本功的策略

（一）在实践中勤学苦练

体育教师教学基本功需要教师在长期的教学实践中勤学苦练才会提高。它凭借教师专业知识、专业技能的熟练程度和合理应用，以及运动体能的表现来评价的。结合体育教学项目内容繁多，练习方法手段各不相同，教学资源、教学对象差异性较大等特点，体育教师要有针对性、系统性地勤加练习，做到“拳不离手、令不离口”，由简到繁、由易到难、由单一到综合、由普通到特长，力求各项基本功项项精湛。

（二）在培训中快速提高

1. 听专家、名师关于提高教学基本技能的专题讲座

通过专家、名师对先进的教育教学理念和案例的分析，以及针对教学决策和教学设计能力的培训，逐步掌握、积累体育教学经验。

2. 借助“传帮带”，快速提高实践能力

“传帮带”也被称为“师徒结对”，青年教师通过与经验丰富的老教师结对子，采用听课、评课、教学经验交流等形式进行学习，可以在短期内迅速提高教学基本功的水平。

3. 积极参加体育教研组的校本教研

通过教研活动、集体备课、专题研讨等形式，相互交流、相互切磋、合作研究，这也是一种立足本校的、快捷高效的促进体育教师教学基本功提高的校本培训。

4. 参加集中式的体育教师培训班

培训班的培训时间可长可短，培训内容主要针对体育教师必备的教学基本功。这种培训具有两大优点：一是培训内容正规、与时俱进，符合教师专业发展需求；二是学习时间相对集中，便于教师深钻、细学，以及同行之间的相互学习。

5. 观摩省、市体育教师教学基本功竞赛和评优课，并认真参与评课

（1）要端正观摩态度，虚心细致地观察、观摩优秀教师的示范，使自己从多方面吸取营养，改进、夯实教学基本功。

（2）认真记录同行教师特色、创新之处，如果条件许可，还可以进行摄影、摄像，并将影像资料保存。

（3）在听取同行教师的评课建议后，要互换角色（如果自己来上这节课，运用这种教法手段，能否胜任）并加以分析，通过逐步积累，不断提高自己的教学基本功。

（三）在教学中深刻反思

深刻反思是体育教师研究、解决教学过程中存在的问题的重要手段，也是体育教师提高教学基本功、促进专业发展的有效途径。具体方法包括：

1. 总结反思

主要总结反思在教学过程中自己的教学基本功的表现及其正确性、合理性和有效性。例如，在学生集合队伍时，什么情况下使用口令，应该怎样使用；什么时机用口哨，应该怎样吹；什么时候将两者结合使用，才能使学生有序、快速地集合。

2. 对话反思

主要通过与其他教师的研讨交流、与学生的对话交流来反思自己的教学行为。

3. 录像反思

该方法是教师通过录像再现教学过程，让自己以旁观者的身份，反思自己的教学过程的方法，可以获得“旁观者清”的效果。通过观看录像，教师可以分析自己在教学过程中的一言一行，评价自己主要教学环节所体现出的教学基本功的水平，反思需要进一步提高完善的地方。

（四）在参赛中勇于展示

体育教师要抓住机会，积极参加各级各类的教学基本功竞赛，因为整个参与过程也是学习体验的过程。首先，参加体育教学基本功竞赛，教师要根据竞赛规程和内容，精心准备，而准备过程正是教师刻苦训练获得提高的过程。其次，每次的体育教学基本功竞赛的内容都在不断更新，这对教师全面扎实提高教学基本功有不可替代的引导作用。因此，体育教师要积极参加各级各类的教学基本功竞赛，做到思想上重视，态度上端正，训练上刻苦，心理上宽松，进而勇于自信地展示自己的教学基本功，促进自己的专业发展。

强化小结

【小结1】加强了体育教师对教学基本功内容的了解，使教师明确了自身教学基本功的薄弱环节，使教师寻求到了提高自身教学基本功的有效途径。

【小结2】加强了体育教师自我分析和反思的能力，将不断提高教学基本功作为自己的职业目标和追求，有效培养了体育教师的职业精神。

【小结3】加强了体育教师对业务能力、专业水平的自省意识，有效提高了教师对教学基本功的重视，有效引导了体育教师从对教学基本功的模糊认知向具体的方法性行为的转变。

强化课程三　阳光体育运动强化

教师简介

张庆新，女，北京教育学院体育与艺术学院教师。

韩兵，男，北京教育学院体育与艺术学院副教授。

强化目标

【目标 1】强化中学体育教师对阳光体育运动概念、目标、内容、特性的理解和认识。

【目标 2】强化中学体育教师对阳光体育运动开展的原因、背景、诞生、推进的了解和思考。

【目标 3】结合政策、案例和思考，强化中学体育教师正确看待并应对阳光体育运动开展中的问题和困惑的能力；基于省市联合优势，依托寻找、分析、解答、解决问题的途径，个人、小组、班级的智慧碰撞，带给体育教师实施阳光体育运动更宽的视野和思路。

强化内容

【内容 1】阳光体育运动是什么——阳光体育运动的主要内涵与工作内容。

【内容 2】为什么要开展阳光体育运动——开展阳光体育运动的关键指向与诞生历程。

【内容 3】如何科学有效地开展阳光体育运动——开展阳光体育运动的核心与实施途径。

一、阳光体育运动是什么

近年来，全国各级各类学校积极响应党中央的号召，在开展阳光体育运动方面做出了大量卓有成效的工作。目前，阳光体育运动已成为一个社会认同、学生欢迎、家喻户晓的品牌活动。在推动阳光体育运动广泛、深入开展方面，各校摸索了一些很好的方法和总结了一些鲜活的经验。随之而来的是与阳光体育运动相关的理论困惑和实践问题，值得我们深思，有待我们解决。

（一）阳光体育运动的概念

阳光体育运动这一新事物的出现，引起了国家领导、相关部委领导、学校体育专家、广大体育教师、学生家长和各类新闻媒体不同层面的热烈讨论和大力宣传，但至今未给出一个明确的概念。阳光体育运动概念主要体现在国家行政部门颁布的各类文件，如《中共中央　国务院　关于加强青少年体育增强青少年体质的意见》（以下简称“中央7号文件”）、《教育部　国家体育总局　共青团中央关于开展全国亿万学生阳光体育运动的通知》（以下简称“教体艺2006［6］号文件”）等；其次还体现在有关领导在相关会议上的讲话及接受媒体专访的文献中，如中共中央政治局委员、国务委员刘延东，教育部原部长周济，教育部体卫艺司司长杨贵仁等同志针对阳光体育运动实施背景、重要意义进行的解读和说明。

链接1

中央7号文件与教体艺2006［6］号文件关于阳光体育运动的论述

——中央7号文件：广泛开展“全国亿万学生阳光体育运动”。鼓励学生走向操场、走进大自然、走到阳光下，形成青少年体育锻炼的热潮。要根据学生的年龄、性别和体质状况，积极探索适应青少年特点的体育教学与活动形式，指导学生开展有计划、有目的、有规律的体育锻炼，努力改善学生的身体形态和机能，提高运动能力，达到体质健康标准。对达到合格等级的学生颁发“阳光体育证章”，优秀等级的颁发“阳光体育奖章”，增强学生参加体育锻炼的荣誉感和自觉性。

——教体艺2006［6］号文件：

开展阳光体育运动，要进一步提高对体育的认识。

开展阳光体育运动，要以“达标争优、强健体魄”为目标。

开展阳光体育运动，要以全面实施《学生体质健康标准》为基础。

开展阳光体育运动，要与体育课教学相结合。

开展阳光体育运动，要与课外体育活动相结合。

开展阳光体育运动，要营造良好的舆论氛围。

开展阳光体育运动，要加强组织领导。

还有少数硕士论文和期刊论文对阳光体育运动的描述，如阳光体育运动是以“健康第一”为指导思想，以提高学生体质健康水平为目标的群众性体育锻炼活动；阳光体育运动是为切实推动全国亿万学生阳光体育运动的广泛开展，吸引广大青少年学生走向操场、走进大自然、走到阳光下，积极参加体育锻炼，掀起群众性体育锻炼热潮的活动；阳光体育运动是以身体练习为基本手段，以增进学生健康为主要目的，以提高全民族素质为最终目标，而开展的一场声势浩大的全国性的学校体育活动。

综上所述，要给阳光体育运动下定义，要明确其实施对象、实施目的、实施人员、工作性质。因此，本教材认为阳光体育运动是一项旨在促进大中小学生积极参加体育锻炼，提高体质健康水平，由学校、社会、家庭多方组织的一体化的体育工作。阳光体育运动的工作重点和重心是提高学生体质健康水平。

练习1

给阳光体育运动下定义

自定义：请每位体育教师给阳光体育运动下定义。

组定义：以小组的形式，交换并综合自定义，给阳光体育运动下定义。

班级定义：以班级的形式，共享各组定义，研讨分析得出班级最认可的定义。

研究者定义：将专家和自定义、组定义、班级定义进行对比，寻找异同点。

（二）阳光体育运动的目标

教体艺2006［6］号文件明确提出了开展阳光体育运动的目的是“在全国亿万学生中掀起群众性体育锻炼的热潮，切实提高学生体质健康水平”。教体艺2006［6］号文件有关目标的表述则是“开展阳光体育运动，要以‘达标争优、强健体魄’为目标”。那么达什么标？争什么优呢？其实是指要达《国家学生体质健康标准》（以下简称《标准》）的标，争《标准》测试的优秀等级。

教体艺2006［6］号文件还提出了目标实现的检测量化标准，就是“用三年时间，使85%以上的学校能全面实施《标准》，使85%以上的学生能做到每天锻炼一小时，达到《标准》及格等级以上，掌握至少两项日常锻炼的体育技能，形成良好的体育锻炼习惯，体质健康水平切实得到提高”。也就是说到2010年，评价阳光体育运动目标是否实现，主要通过是否有85%的学校全面实施了《标准》，是否有85%以上的学生能做到每天锻炼一小时，是否有85%以上的学生能达到《标准》及格等级以上，学生体质健康水平是否得到了提高等。

链接2

阳光体育运动提出85%目标的依据及达成现状

——《标准》从2002年试行，在实行中，比较集中的反馈是标准定得太低，对于很多学生来说，几乎不用怎么努力参加体育锻炼就可以顺利通过标准测试达到及格等级。为了进一步调动学生体育锻炼的积极性，在2007年修订完善《标准》时提高了达标的难度，如果按现行实验的数据来看，至少有15%的学生达不到及格标准，也就是说现有的15%的学生只有通过积极参加体育锻炼，才有可能达到标准及格等级，这就是85%数据的主要依据。

——在整理2008—2010年31省市区及新疆生产建设兵团上报给教育部的阳光体育运动实施经验及现有《标准》测试相关数据的基础上得知，至今已有12省市区达到85%以上的学校能全面实施《标准》；2008年全国近9万所学校的测试结果表明，达到《标准》及格等级以上的学生占85.94%；没有一个省市区明确地指出已达成使85%以上的学生能做到每天锻炼一小时和让学生掌握至少两项日常锻炼的体育技能。

（三）阳光体育运动与学校体育的区别

在开展阳光体育运动时，许多学校体育工作者会问：阳光体育运动与学校体育是什么关系？在现实中也确实存在无法准确区分一般学校体育工作与阳光体育运动的问题，并因此出现在正常开展的学校体育工作或活动上冠以阳光体育运动之名，就算是开展了阳光体育运动的现象。因此，一时间，放眼望去，到处都是阳光体育运动的横幅标语；竖耳侧听，经常响起阳光体育运动的宣传口号。但我们看到的和听到的不一定都是真正意义上的阳光体育运动。

另外一些地区，还存在着对阳光体育运动实质理解不准的问题，不知在学校体育中如何开展工作，不知哪些工作属于阳光体育运动的范畴；存在着对开展阳光体育运动实现三年后的目标没有长远详细的落实规划；对学校体育和阳光体育运动、对中央7号文件和《标准》等文件的一体化理解不够，还没找到一种相互结合、相互促进的方法等实际问题。

1. 历史沿革

我国学校体育作为学校教育的重要组成部分始终存在。学校体育的内容与形式可以追溯到夏、商等时期。新中国成立以来，学校体育实现了很大的发展，取得了长足的进步，期间虽然了经过了文革时期的低谷和弯路，但在改革开放以后，学校体育重新步入正常、健康的发展轨道，得到高速发展。阳光体育运动是2006年年底才登上历史舞台，之后全国各地开展形式多样、内容丰富、具有民族与地域特色的阳光体育运动，旨在掀起青少年的健身热潮，落实每天锻炼一小时，提升青少年体质健康水平，促进青少年全面发展，对于推动学校体育工作起着重要的作用。因此，它在启动之初就与学校体育之间存在着千丝万缕的关系。

2. 概念内涵

对于学校体育的概念大多数专家学者主要从体育学科或体育课程的视角来定义，这是一种相对狭义的概念范畴，如2000年出版的《体育科学词典》中将学校体育定义为“以身体练习为基本手段，以增强学生体质，促进学生身心全面发展，培养学生终身体育的意识、兴趣、习惯和能力为主要目标的一种有计划、有组织的文化教育活动”。实际上，学校体育工作内容和范畴要广泛得多，不仅包括体育课，还包括了课外活动、运动训练和运动竞赛等内容。相比之下，阳光体育运动比学校体育在外延上更宽泛一些，教育性、学理性、学科性要求比学校体育更宽松一些，侧重于先让学生们动起来、练起来、兴趣转移到体育上来。

3. 达成目标

学校体育与开展阳光体育运动二者并不矛盾。二者的目标一致，都是为了增强学生体质，但是阳光体育运动更具有明确性，有时间限制和量化标准。二者的实现途径是一致的，都依托于体育课教学、课外体育活动等，但是阳光体育运动更注重《标准》的实施和达标，更关注学生每天一小时体育活动的落实，更重视课外体育活动的开展。二者的要求也是一致的，都是积极贯彻国家的教育方针，切实推进素质教育，认真落实“健康第一”的指导思想，要按照学校体育工作政策要求开展工作，要保证课时，要按课程标准教学，要配齐配强体育教师，要广泛开展课外体育活动，要加强学校体育设施器材保障，要确保学校体育安全，等等。

4. 结构形式

学校体育主要以体育课堂教学为主要内容和形式，其结构主要表现为时间结构（如体育活动中教师与学生活动顺序）、空间结构（如体育活动中学生、教师、场地器材之间的位置与方向）和时空混合结构（如学生、教师对身体活动内容的选择及练习顺序的安排）。阳光体育运动在结构上是与体育课教学和课外体育活动相结合，即保证学生每天锻炼一小时，将学生课外体育活动纳入教育计划并形成制度。在其活动内容上丰富多彩，在活动方式上多种多样。既可以以各种集体性运动项目（如集体舞、广播体操、太极拳等）为内容，以大课间体育的活动形式出现，也可以以各种竞技性与娱乐性都很强的运动项目为内容，以俱乐部或者体育社团的形式出现，又可以开展学生体育集体项目的竞赛、主题鲜明的冬季象征性长跑、具有地方特点和民族特色的学生体育活动等。这样，阳光体育运动不论在活动时间上还是在活动空间上都具有很大的灵活性，因此，阳光体育运动在结构上具有不确定性和复杂性。

综上所述，学校体育与阳光体育运动是两个联系紧密而又不同的概念。如果说二者的区别，可以这样去理解：学校体育更多的依托于体育课，注重教育性、学科性、学理性，培养全面发展的人；而阳光体育运动则以实施《标准》为基础、为主线，围绕在短期内提高学生体质健康为目标，采用广泛开展各项课外活动，积极落实每天一小时为手段，达到学校体育和阳光体育共同的目的。二者的侧重面也不一样，阳光体育运动比学校体育在外延上更宽泛一些，教育性、学理性、学科性要求比学校体育更宽松一些，侧重于先让学生们动起来、练起来，把兴趣转移到体育中来，从一定程度上说，阳光体育运动的提出正是在加强以往学校体育工作比较薄弱的方面。因此，阳光体育运动与学校体育并不矛盾，二者工作的开展是互相促进的，并不是要求在开展学校体育工作的同时，另外再搞一套相对独立的阳光体育运动。

链接 3

阳光体育运动与中央 7 号文件的关系

虽然阳光体育运动早于中央 7 号文件出现并开展，但开展阳光体育运动的文件是由教育部、国家体育总局和共青团中央一起发布的，而中央 7 号文件则是学校体育领域规格最高的文件。所以，现在看来，是阳光体育运动被纳入到中央 7 号文件的内容和要求中了，同时，广泛开展阳光体育运动实质上也是落实中央 7 号文件的要求。而中央 7 号文件毕竟是一个文件，需要有载体才能落实，那么阳光体育运动目前就是落实中央 7 号文件的一个很好的载体。

（四）阳光体育运动的主要工作内容

开展好阳光体育运动，首先，要明确阳光体育运动工作的范畴，要了解哪些工作是阳光体育运动的内容；其次，要明确阳光体育运动工作的要求是什么，要达到什么样的程度，否则，阳光体育运动就成为空中楼阁，成为流于形式的面上工作。开展阳光体育运动的对象是全国的大、中、小学生群体，阳光体育运动的具体内容则可根据《通知》、《标准》和中央 7 号文件的内容而设置（表 3–1）。

从表 3–1 来看，开展阳光体育运动的工作主要涉及《标准》、体育课教学、课外体育活动、舆论宣传、组织领导五大方面 14 个小项的工作。如果各级教育行政管理部门及各级各类学校能把这些工作保质保量做好，阳光体育运动的目标会成为现实。

表 3-1 阳光体育运动的工作内容

工作范畴	具体内容	要求
全面实施《标准》	1. 建立和完善《标准》测试结果记录体系 2. 健全《标准》通报制度 3. 认真组织全体学生积极开展“达标争先”活动 4. 对达到《标准》优秀等级的学生，颁发“阳光体育奖章”	1. 初中以上学生测试成绩要记入学生档案，并作为毕业、升学的重要依据 2. 教育部定期公布各省、自治区、直辖市《标准》的实施情况和测试结果。教育部直属高校每学年开学初，要对本科生实施标准测试，并以省、自治区、直辖市为单位公布测试结果。针对《标准》测试成绩连续下降的省、自治区、直辖市，教育部将调整直属高校在该地区的招生计划。各地也应该根据标准的实施情况和测试结果，调整示范高中、初级中学的招生计划
与体育课教学相结合	1. 坚持依法治教，规范办学行为 2. 深化教学改革，不断提高教学质量	1. 严格执行国家有关体育课时的规定，上足、上好体育课，不得以任何理由挤占体育课时 2. 通过体育教学，教育、引导学生积极参加阳光体育运动
与课外体育活动相结合	1. 保证学生每天锻炼一小时 2. 将学生课外体育活动纳入教育计划，形成制度	1. 认真组织实施“全国中小学生课外文体活动工程” 2. 大力推行大课间体育活动形式 3. 积极创建中小学快乐体育园地 4. 加强学生体育社团和体育俱乐部建设 5. 通过广泛开展学生体育集体项目的竞赛、主题鲜明的冬季象征性长跑、具有地方特点和民族特色的学生体育活动等，不断丰富学生课外体育活动的形式和内容 6. 要把学生体育工作的重点放在群众性体育活动上，形成人人参与、个个争先的学校体育运动氛围，创造生动活泼、生机勃勃的校园文化环境
营造良好的舆论氛围	1. 大力宣传阳光体育运动 2. 广泛传播健康理念 3. 建立评比表彰制度	1. 使“健康第一”、“达标争优、强健体魄”、“每天锻炼一小时，健康工作五十年，幸福生活一辈子”等口号家喻户晓，深入人心 2. 对在阳光体育运动中取得优异成绩的单位和个人给予表彰，以唤起全社会对学生体质健康的广泛关注，吸引家庭和社会力量共同支持阳光体育运动的开展
加强组织领导	1. 教育部、国家体育总局和共青团中央共同成立全国阳光体育运动领导小组，制定实施细则，领导和组织全国阳光体育运动的开展 2. 各级教育、体育行政部门和共青团组织要成立相应的工作机构 3. 各学校要成立以校长牵头的领导小组	按照全国的统一部署，制定具体的措施，组织本地、本单位的阳光体育运动的开展

二、为什么要开展阳光体育运动

（一）开展阳光体育运动的关键指向

随着2005年全国学生体质与健康调研结果的公布，社会舆论一片哗然，惊诧和指责声不绝于耳，更有甚者将声讨之矛头直指学校体育。诚然，学校体育对于学生体质的下降应承担一定的责任，但不是全部。解决学生体质健康水平下降问题是开展阳光体育运动的关键指向，因此，所有关心学生健康的有识之士应该坐下来，冷静地思考，究竟是谁的责任，其中哪些是体育教师、学生、学校、教育行政部门的责任，应该如何解决问题，这才是有益的、必要的。

导致学生体质健康水平下降的可能因素有：

1. 学校教育导向存在偏差

学校衡量学生的主要标准是分数，而分数的背后是书本的学习，是大量的作业和记忆训练。这无形之中加大了学生的课业负担，减少了业余锻炼的时间。学生从小到大，主要精力和大部分时间都用来读书。由于分数挂帅，造成周围环境尤其是家长最关心的是孩子的智力方面，而很难去认真考虑孩子的身体，觉得没有病，凑合过得去就行了，忽略了学生体质的健康发展。

2. 教师整体水平有待提高

体育教师是教学的主导者和学生兴趣的激发者，体育教师丰富的理论知识、高超的运动能力、优美的示范姿势以及恰当的教育语言，都能使学生提高学习兴趣，养成自我锻炼的习惯。但是现实中仍然有部分学校体育教师的专业素质和教学水平还有待提高，很多农村学校里的体育教师大部分采取“放羊式”教学管理；更有一些体育教师是由其他学科任课教师兼任的，没有接受过专业培养。

3. 学生缺乏主动锻炼意识

唯物主义辩证法告诉我们：外因是事物变化的条件，内因是事物变化的根据，外因通过内因起作用。学校、家庭、社会的不利因素是青少年体质健康水平下降的外因，而青少年缺乏主动锻炼的意识，则是青少年体质健康水平下降的内因，《2005年中国学生体质与健康调研报告》面向学生的调查问卷显示，有66%的学生每天锻炼不足一小时，近24.8%的学生基本不锻炼；有60.4%的学生没有养成体育锻炼习惯，有74.6%的学生认为他们体质不好是由于体育锻炼不够造成的；有28.9%的学生说没有时间进行体育锻炼。

4. 体育场地器材设施不足

学校体育场地器材设施及体育活动的组织和开展情况反映了学校对体育工作的重视程度，也是影响学生体质健康的一个重要方面。但是当前学校体育教育中仍然存在运动场地面积与学生人数比例严重失调，体育活动场地和器材明显不足的问题，更有甚者，一些学校把活动场地改成教师楼和商品楼，剥夺了广大学生体育锻炼的场所，影响了学生的体质健康。

5. 国家政策落实效果欠佳

学生体质下降的另一个重要原因就是《标准》实施办法落实不到位。早在2002年，国家教育部和体育总局就下发了关于实施《标准》的通知和实施办法等文件。从2002年逐步实施

《标准》，2003 年 50% 的学校实施《标准》，2004 年各级各类学校全面实施《标准》。2005 年上报的数据，基本上是实施《标准》后的统计数据。这些年过去了，学生的体质却在下降，原因之一就是《标准》的实施办法没有完全落实到位。

练习 2

谈谈实施阳光体育运动之前您眼中的学生体质健康状况

贵校实施阳光体育运动之前学生的体质健康状况。

贵市实施阳光体育运动之前学生的体质健康状况。

贵省实施阳光体育运动之前学生的体质健康状况。

全国实施阳光体育运动之前学生的体质健康状况。

（二）阳光体育运动的诞生历程

1. 目光聚焦学生体质健康

阳光体育运动的诞生是在我国学生体质健康水平下降的大背景下产生的。2005 年全国学生体质与健康调研结果显示，随着我国社会稳定，经济快速发展，人民生活水平稳步提高，我国学生身体状况总体是好的，形态发育水平继续提高，营养状况继续改善，低血红蛋白等常见病检出率继续下降，握力水平有所提高；但仍存在一些不容忽视的问题，学生肺活量水平、体能素质持续下降，体能素质中的速度素质和力量素质连续 10 年下降，耐力素质则连续 20 年下降，超重和肥胖学生的比例迅速增加，城市男生已达 24%，视力不良率仍居高不下，初中生为 58%，高中生为 67%。这些结果的公布引起了社会各界对学生体质健康水平的广泛关注，媒体在争论，学者在反思，行政管理部门在研究。

2. 专家领导回忆《劳卫制》

在教育行政管理部门面对如何促进和提高学生体质健康水平问题时，一些专家和行政部门领导对我国在 20 世纪五六十年代实施的《准备劳动与保卫祖国体育制度》（以下简称《劳卫制》）印象颇深，认为他们现在的身体就是得益于当年积极参加《劳卫制》。《劳卫制》的提出是在新中国成立后，为改变“东亚病夫”的形象，党和国家确立了重视国民体质健康的指导思想，学习苏联的“劳卫制”的结果。其特点是：根据身体全面发展、循序渐进的原则和性别、年龄的不同分为少年级、一级和二级 3 个级别。各级别中对年龄级进行了详细的划分，规定了设立的运动项目（如田径、体操、举重等贯穿着速度、力量、耐力、灵巧的项目）和测验的方法，参加劳卫制锻炼的人通过规定运动项目的测验，及格后由国家体委（现为国家体育总局）授予相应级别的证章和证书，证章、证书有效期为 3 年，每隔 3 年复测 1 次，以鼓励人们经常参加体育锻炼、增强体质。1956 年，为了贯彻执行好《劳卫制》，教育行政管理部门和学校，一方面将《劳卫制》中规定的运动项目编入体育教材，使学生通过体育课学习，掌握《劳卫制》有关的知识和技能；另一方面要求学校将《劳卫制》作为课外体育活动的中心内容列入工作计划，学校领导和教师定点进行辅导、定期组织测验。由此，迅速掀起了《劳卫制》锻炼的高潮，越来越多的青少年要求参加锻炼，并把获得证章、证书视为一种荣誉。到 1957 年年底，全国约有 1 000 多万人经常参加各项体育活动，有 168 万人通过《劳卫制》，有等级运动员 9.5 万多人。行政部门领导和专家对《劳卫制》的做法、产生的效果等分析后，非常希望在学生体质健康水平下降的今天，借鉴《劳卫制》的合理成分和经验，切实采取有效措施改善学生体质健康，在全社会掀起青少年积极参加体育锻炼的热潮。

3. 阳光体育运动正式诞生

借鉴《劳卫制》特点而推出的，为提高学生体质健康水平服务的新举措命名，是比较困难的事情，命名要符合社会实际，要有创意、吸引力和针对性。在这样的基本原则要求下，针对目前学生从学校到家庭，从教室到书房单一的、缺少体育锻炼的学习生活方式，为了号召广大青少年走出教室、走到阳光下、走向操场户外积极参加体育锻炼，提出了“阳光体育运动”这个用语。2006 年 12 月 20 日，为全面贯彻党的教育方针，认真落实“健康第一”的指导思想，在全国亿万学生中掀起体育锻炼的热潮，切实提高学生体质健康水平，教育部、国家体育总局、共青团中央下发了教体艺 2006［6］号文件，从 2007 年开始，结合《标准》的全面实施，在全国各级各类学校中广泛、深入地开展全国亿万学生阳光体育运动。自此阳光体育运动诞生，并在全国各地蓬勃开展。

链接 4

阳光体育运动的推进历程大事件

2006 年 12 月 16 日，首次全国学校体育工作会议召开。

2006 年 12 月 20 日，教育部、国家体育总局、共青团中央颁发《关于开展全国亿万学生阳光体育运动的通知》。

2007 年 4 月 4 日，教育部、国家体育总局印发《关于实施〈国家学生体质健康标准〉的通知》。

2007 年 4 月 23 日，胡锦涛总书记主持中共中央政治局会议，专门研究加强青少年体育工作。

2007 年 4 月 26 日，教育部、国家体育总局、共青团中央发出《关于全面启动全国亿万学生阳光体育运动的通知》。

2007 年 4 月 29 日，在北京朝阳公园隆重举行“全国亿万学生阳光体育运动”启动仪式。

2007 年 4 月 30 日，由教育部、国家体育总局、共青团中央共同成立全国阳光体育运动领导小组。

2007 年 5 月 7 日，中共中央国务院下发《关于加强青少年体育增强青少年体质的意见》。

2007 年 5 月 25 日，国务院召开“加强青少年体育增强青少年体质”电视电话会议。

2007 年 6 月 1 日，以全国亿万学生阳光体育运动领导小组名义举办了“2007 中国青少年体质健康论坛”。

2007 年 7 月，教育部组织创编了《第三套全国中小学生系列广播体操》，并于 2008 年 9 月 1 日在全国普通中小学校、中等职业学校推行实施。

2007 年 8 月 16 日，教育部、国家体育总局、共青团中央在河北承德举办了“全国亿万青少年学生阳光体育运动展示大会”。

2007 年 8—9 月，教育部新闻办就阳光体育运动的宣传工作进行研究策划，加强对阳光体育运动各项活动的宣传。

2007年8—10月，教育部先后分别对陕西、山东、河南、湖北、湖南、浙江、江苏、吉林、黑龙江9省进行了阳光体育运动调研与督导检查。

2007年9月，教育部、国家体育总局、共青团中央共同组织创作了《阳光体育之歌》，设计了阳光体育奖章。

2007年11月，由教育部、共青团中央、国家体育总局共同启动了主题为“阳光体育与奥运同行”的全国亿万学生阳光体育冬季长跑活动。

2008年5月8日，在江苏省张家港市召开“迎奥运全国亿万学生阳光体育运动推进会”。

2008年8月19—22日，来自全国各地的1 000多名大、中、小学生分三期在北京参加了阳光体育奥运夏令营。

2008年10月26日，由教育部、国家体育总局、共青团中央共同组织实施的主题为“阳光体育与祖国同行”的第二届全国亿万学生阳光体育运动冬季长跑活动启动。

2008年11—12月，国家督学和专家先后对河北、福建、浙江、山西、安徽、甘肃、广东、重庆8省（市）学校体育卫生工作进行了专项督导检查。

2009年5月14日，第二次全国亿万学生阳光体育运动推进会在重庆举行。

2009年11月1日，第三届全国亿万学生阳光体育冬季长跑活动全国暨北京市起跑仪式在北京市第四中学举行。

2010年5月，在陕西省西安市阎良区召开了“全国贯彻落实中央7号文件推进会议”。

2010年5—12月，第六次全国学生体质健康调研工作全面展开。

2008年7月—2010年8月，由教育部组织，北京教育学院等承办的面向全国29个省、市、区及新疆生产建设兵团的“国培计划——中学体育骨干教师国家级培训”，共计培训1 300名中学体育教师。

2010年9月，教育部、国家体育总局联合制订并颁布了新中国成立以来第一套民族形式的健身操《全国中小学生系列武术健身操》，在全国普通中小学校、中等职业学校推行实施。

……

三、如何科学有效地开展阳光体育运动

（一）开展阳光体育运动的核心

我国学校体育实施的“学生每天锻炼一小时”从最早提出到现在全面实施，从部门文件到列进国家法规，从加强学校体育工作方面到增强青少年体质健康范畴都经历了一个发展的过程。其内容也从单纯的课外体育活动到体育课、早操、课间操和课外体育活动，再到体育课、课间操和课外体育活动，以及到现在的体育课、课外体育活动和大课间体育活动，经历了不断丰富和完善的过程。目前，随着中央7号文件和《全民健身条例》的全面贯彻和落实，“学生每天锻炼一小时”已成为学校体育的主要工作内容，并且已成为当前开展青少年体育，增强青少年体质的关键。保障“学生每天锻炼一小时”是阳光体育运动落实的关键和核心，具体落实途径包括体育课、大课间活动、课外体育活动甚至各种校外体育活动等。

链接 5

学生每天锻炼一小时的计算方法

——“学生每天锻炼一小时”是指学生在学校里的一小时，所以，有些学校把学生在上、下学路上的时间和在家里、社区体育活动的时间算作该时间是不妥的；

——一小时必须是由学校有计划组织的集体体育活动，有些学校把学生自由的课间活动和个别学生自发的体育锻炼算作一小时是不对的；

——只有体育课、大课间体育活动和有组织的集体课外体育活动才能算作是“学生每天锻炼一小时”的时间。

（二）如何确保体育课的质与量

体育课是落实学生每天一小时锻炼的主渠道，中学要认真执行国家课程标准，保质保量上好体育课。量的保证，即初中每周 3 课时，高中每周 2 课时。地方和学校不得以任何理由削减、挤占体育课时间，特别是毕业年级更要开足、上好体育课。质的保证，即注重体育课的教学质量，切实提高学生的体育能力，增强学生体质健康，为终身体育打下坚实基础。

体育教师在课堂教学中，应该坚持贯彻合理安排运动负荷的原则。这里我们重点讨论体育课上的身体素质练习，即“课课练”。

1.“课课练”内容的选择原则

（1）有利于适应身体素质发展的敏感期。运动生理学和身体训练的实践都表明，根据身体素质发展的年龄特点，在运动素质发展的敏感期，及时地优先发展该部分的素质，效果最为理想。如学生 12—15 岁发展快速力量效果最好，10—13 岁速度素质的提高最快，13—14 岁灵敏素质的提高最为显著，因此在选择练习内容时，根据不同年龄、不同学段学生身体的发展特点进行教学，就能使身体素质得到显著的提高。

（2）有利于促进学生较薄弱环节的发展。对于那些在总体水平上达不到基本要求的学生，从促进学生身体全面而平衡发展的角度出发，要重点抓好薄弱环节练习。如有的学生上肢力量较弱，有的耐力较差，面对这种状况就必须有针对性地选择相应的练习内容作为课课练，以促进这部分素质的发展。

（3）有利于补充主教材内容活动的不足。所谓对教学起补充作用就是弥补因主教材局部活动的限制，而造成的其他部位活动不足。如在推铅球的教学中，主要是上肢用力，那么素质练习的内容就应该以下肢和躯干部位为主，既可防止因局部负荷过大引起的疲劳，又可弥补基本教材在学生身体全面发展中的不足。

（4）有利于充分发挥体育课堂教学效果。在体育课教学中，素质练习内容间的不同搭配及其前后时间顺序，可影响学生练习的效果。如在快速跑等速度练习前，适当进行强度大、数量不多的短跳，对速度的发展是有益的；在力量素质练习后进行速度素质练习，可以有效地发展力量和速度素质等。

2.“课课练”的基本组织形式

（1）按优势特长分组。这种组织形式，一般在课的后半部分利用 8 ~ 10 分钟的时间，把学生分成若干兴趣小组，采用某些运动项目（如短跑、长跑、投掷、跳跃、球类等）的练习，一方面保证身体素质的练习效果，另一方面可促进学生终身锻炼的习惯形成。

(2) 按薄弱环节分组。根据学生身体素质发展的不平衡性（如大部分男生的柔韧性差，女生的上肢力量差，有的速度素质较差等），教师可按学生的弱项进行编组，有步骤地安排和组织学生进行不同内容的练习。

(3) 集体练习。在实际教学过程中，根据练习目标又有两种不同的形式，一种是在课前准备活动或为了完成主要教学内容，在教师统一指挥下，按照规定练习内容和顺序进行的集体练习；另一种是在教师的设计和监督下，学生参照全部练习手段及其要求，凭借其自身的近期锻炼目标或者个人的需要选择其中的部分练习。

3. "课课练"中各项身体素质练习的要求

(1) 速度素质练习。速度素质指人体在单位时间内迅速完成某一动作或通过一定距离的能力，根据完成动作的形式可分为反应速度、动作速度和移动速度等。中学生神经传导过程（兴奋和抑制过程）快，是发展速度素质的大好时机。因此要在全面身体素质练习的基础上，注意速度素质练习，每次课都应有计划的安排发展速度素质练习。进行速度素质练习应在学生体力充沛、精神饱满和运动愿望强的情况下进行，安排在体育课前半部为宜。速度素质的发展比较迟缓，特别是提高到一定的程度以后，再提高就比较困难，因此，在体育教学中不能急于求成。

(2) 力量素质练习。根据中学生骨骼生长的特点，不宜搞长时间的静止用力练习，以防骨骼弯曲。一般来说，多安排些活动性力量练习和小力量练习为好。要把局部肌肉力量练习和全面肌肉力量练习结合起来进行，促使青少年身体全面发展，防止畸形。力量练习应根据循序渐进的原则，每次达到一定的量，直至极限负荷，使学生懂得贵在坚持最后一两次。练习结束后应立即组织学生进行放松活动，防止肌肉僵化，失去弹性。力量练习一般安排在课的后半部分，免得影响课的其他内容。

(3) 耐力素质练习。中学生的心血管系统和呼吸系统的功能比成年人差，耐力练习应以有氧代谢能力为主，运动量要适宜，以促进青少年心血管系统机能的改善和耐久力的增强。由于中学生大脑皮层对呼吸的调节能力较差，往往出现呼吸与动作不协调的现象，因此在练习中，要教会他们呼吸与运动配合的方法，有节奏的用口鼻呼吸，增大换气量。

(4) 灵敏素质练习。灵敏是指人体在复杂条件下快速、协调、准确、灵活地完成动作的能力。中学生体重轻，大脑皮层神经传导过程的可塑性大，是发展灵敏性的好时机。一般在性成熟期之前应注意灵敏的练习，特别是女学生应该在青春期基本上解决灵敏素质的发展问题。因此低年级学生应多安排灵敏素质的练习。灵敏素质的练习也要在学生体力充沛、精神饱满的情况下进行，一般安排在体育课的准备活动之中，也可和其他素质练习同时进行。

(5) 柔韧素质练习。柔韧是指人的各个关节的活动幅度，肌肉和韧带的伸展性，是发展柔韧素质的良好条件。柔韧素质比其他素质容易发展，且收效快，但要经常巩固已取得的练习成果。发展柔韧素质练习要做好准备活动，注意贯彻循序渐进的原则，防止肌肉、韧带拉伤。柔韧素质练习还必须与放松动作交替进行，防止肌肉的消极拉长，失掉有弹性的收缩能力。

各项身体素质的发展，彼此有密切联系，不应孤立进行。为了对学生进行综合素质练习和有效的利用时间，加大课的练习密度，可把教学计划中规定的各种发展身体素质的练习，编组配套，定期调整，反复的组织练习。

（三）如何开展精彩纷呈的大课间活动

大课间活动的前身就是10～15分钟的课间操，包括广播体操和眼保健操。直到2005年8月教育部下发《关于落实保证中小学生每天体育活动时间的意见》，把学生每天锻炼一小时内容中的课间操变为大课间体育活动，把时间延长到了25～30分钟，一般分为两个部分，第一部分仍然做操，第二部分开展各种形式的体育活动（也可以围绕其目标根据学生情况、季节情况采用其他安排形式）。

中央7号文件明确指出：全面实行大课间体育活动制度，每天上午统一安排25～30分钟的大课间体育活动，认真组织学生做好广播体操、开展集体体育活动。

1. 课间操的主要内容和形式

课间操主要以眼保健操和广播体操为主，除眼保健操外，学生还要做三套广播体操，其中有两套为规定操，即中学阶段的《舞动青春》和《放飞理想》，另外一套广播体操是学校的自编操。自编操让学校有了更多的发挥空间，学校可以根据地域特点、民族特色、学校特色、学生情况等创编适合本校学生的课间操，还可以根据年级、水平、性别、季节等各种因素创编不同难度、风格的课间操，以丰富课间操的内容，提高课间操的新颖性和学生的兴趣，促进课间操实施质量的提高。

（1）无声操：在主操开始前，有约30秒的时间做集中注意力的练习（无声操）。目的是培养学生的认真态度，使学生的注意力集中起来，全身心地投入到课间操中来。简单的手臂练习，不但调整好间隔距离，使队伍整齐，更重要的是培养学生做操时正确的手臂动作。

（2）队列操：队列操是把队列动作，如转法、踏步立定、半蹲、站立等和集体练习动作有机结合起来。并且动作简单，主要突出大动作整齐度，穿插较多的互换位置移动动作，使学生充分活动。较多的男、女生相互配合动作的练习，对高年级学生处理好异性同学间的关系有一定的帮助作用。操的编排形式类似于团体操，但主要都是平行的左右、前后移动，方法简单易行，重点培养学生团体意识和集体精神，对于班级建设起到一定的促进作用。

（3）哑铃操：哑铃操要求学生动作规范、整齐划一，体现出操的常规要求。操中有各种举、绕、振、旋的上肢动作，也有提膝、踢腿、蹲、跳等下肢练习，关节活动较全面，并且每节操都有进一步的提高，前两个八拍动作幅度、力度小而且简单，后两个八拍幅度加大、力量增强动作较复杂，是一个渐进的练习形式。通过哑铃相互碰撞发出整齐划一的声音，可以使学生振奋精神，提高节奏感和集体整齐度。

（4）韵律操：韵律操采用的音乐节奏感强，动作简单、美观。韵律操动作连贯，节奏感好，重复性动作比较多，每个动作、每个姿态、每个方向、每个节奏都有严格的要求。有利于在标准的基础上提高身体素质。

（5）武术操：武术操是将武术基本动作进行简化和串联，再配以音乐以节拍的形式呈现出来，武术操对学生的柔韧、协调和平衡等素质都有很好的锻炼价值。武术操动作时快时缓，节奏感强，富于变化，深受学生的欢迎。但是武术操的创编还要根据学校的师资情况和学生的喜爱程度、武术基础综合考虑，音乐的选择要激昂和动感，动作的选择要幅度大、有力度。在做操时最好让学生发声，以气助力，以雄壮的声势激发学生的练习兴趣。

（6）放松操：学生在乐曲的伴奏下，随带操员做放松操动作。

此外，自编操还有如拍手操、棍棒操、模仿操、沙袋操、筷子操等。

链接 6

北京市东高地外国语学校——筷子操

——在广播操的基础上，结合中学生的兴趣爱好及身体特点，自编自创，既有广播操全身运动的特点，又加强了青少年在运动中韵律和柔韧性的锻炼。

——据统计，全套操中头、颈、肩、肘、腕、脊柱、髋、膝、踝等各主要关节活动的次数达到 1 600 次，平均每分钟有 40 多个关节活动，比一般的操超出 3～4 倍，运动中最高心率平均可达到每分钟 120～130 次，因此这套筷子操使身体的各个关节、主要肌群、韧带及心血管和呼吸系统，都能得到充分的锻炼。

——在有限的时间和场地条件下，既有一定的运动量，又加强了柔韧性和韵律节奏锻炼的比例；动作上既生动有趣，舒展大方，又有一定的难度。

2. 大课间体育活动的原则和基本形式

(1) 开展大课间活动应遵循的十大原则

① 全体性原则。师生全体参加，充分发挥学生锻炼的积极性和创造性，互相激励，做到人人锻炼，并能够满足不同特长、不同兴趣、不同层次学生的发展需要，促进中学生身体健康发展和心理素质全面提高，形成在普及的基础上提高的良性发展局面。

② 安全性原则。严格器材管理，落实安全职责。既要让全体学生都参与到活动中去，也要加强安全管理，制定出必要的安全制度。高度重视，以预防为主，做到器材保护与人员保护相结合，避免事故的发生。对于一些身体情况特殊的学生，要给予特别的关心，锻炼强度要适中，以免引起身体不适。但也要防止以怕出事故为由，排斥利于学生吃苦耐劳、顽强拼搏等体育运动项目。

③ 科学性原则。遵循学生身心发展的规律，遵循运动负荷的变化规律，根据季节的变化，合理地安排大课间活动内容及活动量，不影响下一节课的正常学习。

④ 教育性原则。大课间活动是一项集体活动，需要学生之间的互帮互助、互谅互爱、团结协作，要注重培养学生的集体主义精神、团队精神、爱国主义精神和竞争意识，寓学于乐、寓练于乐。

⑤ 创造性原则。经常进行同样的活动，学生会厌烦，其锻炼价值也会降低。只有不断地翻新和发展，体育活动才会有生命力。因此教师要引导和培养学生的创新意识和创新能力，让学生自编自创各种趣味体育活动，集思广益，自制器材，让大课间活动“时时有趣，常常新鲜”。

⑥ 愉悦性原则。选择健康的游戏和有趣的活动，集体舞，踢毽子，跳绳，拍球等将艺术、体育，融为一体。让学生在欢快优美的乐曲声中，轻松的节拍中，自由地活动，把健身寓于快乐之中，使健身成为一种享受。

⑦ 实效性原则。能否满足少年儿童生长发育的需要，能否达到增强学生体质的目的是开展活动的出发点。活动的开展不能流于形式，而要讲究实效，最后的评价应放在学生素质的提高上。

⑧ 适应性原则。大课间体育活动要根据学校规模、场地、设施和气候特点因地制宜地进行。学校要挖掘体育资源，调动一切积极因素，充分发挥师生的主观能动性，丰富活动内容与形式，满足不同特长、不同兴趣、不同层次学生活动需要。

⑨ 主体性原则。学校在组织学生参加大课间活动的过程中，教师要进行鼓励和引导，同时要充分尊重学生的自我选择权和自主活动权。要为学生营造一个自主活动、相互交流和自我评价的环境和氛围。

⑩ 适度性原则。教师要掌控学生的运动量，指导学生适度进行体育活动，并组织做好放松活动。避免由于学生的自控能力较弱、活动时间相对较长、超负荷运动等原因，造成影响下一节文化课学习效果的现象。

(2) 大课间活动的基本形式

学校大课间体育活动要注重“九个结合”，即把原则性和灵活性结合起来，把理论与实践结合起来，把课内与课外结合起来，把教师和学生结合起来，把集中和个体结合起来，把上午和下午结合起来，把体育与美育结合起来，把大课间体育活动与校本课程开发结合起来，把大课间体育活动与《标准》测试项目结合起来，开展形式多样、丰富多彩的大课间体育活动。

① 做好眼保健操、中学系列广播操和校园集体舞。学校要教育学生懂得保护视力的重要性，指导学生运用正确的手法每天认真做好眼保健操。学校在每年新生入学时要强化广播操的教学和评比，使全体学生都能做好国家颁布的广播操，积极普及由教育部主编的《第一套全国中小学校园集体舞》。另外，还可以根据本校的特点，自编一些符合学生身心发展特点的健身操或舞蹈，如武术操、健美舞、韵律操、特色操、器械操等，农村学校也可以编一些体现农村乡土风情的操或者舞蹈，如秧歌、霸王鞭、锅庄舞等。

② 集体跑步活动。学校可在冬春两季根据操场容纳情况，安排全校或部分年级（班级）进行运动量适度的集体跑步。如遇班级较多的情况，可分内外圈相向进行跑步。跑步活动可在音乐伴奏下进行，音乐的选择要恰如其分，学校可自创或借鉴跑步音乐。

链接 7

如何坚持冬季长跑活动

由于冬季长跑活动运动量相对较大，持续运动时间较长，形式比较枯燥，再加上学生总体体质较差，天气寒冷，所以学生在参加长跑时畏难情绪较为严重。因此，如何创新冬季长跑的形式，增加长跑的趣味性，缓解学生的畏难情绪，提高学生参与的积极性是体育教师必须思考的问题。

奇异组合跑：让学生分组沿行进路线进行“蛇形跑+直线跑+五角星跑+直线跑”或“8字形跑+直线跑+跳绳跑+直线跑”等各种形式的组合跑练习，分散学生注意力，使学生获得新鲜感，以提高练习兴趣。

超越障碍跑：在跑的过程中设置各种障碍、适当增加跑的难度，可以激发学生运动活力，提高练习兴趣。如在跑进路线上 20 米左右的路程内用小体操垫组成 7～8 座拱状小山让学生跨或跳过；让学生钻过长约 10 米、高约 1 米的“时空隧道”等。

校园越野跑：充分利用学校的场地资源，组织学生进行计时越野跑比赛（可男女混合），设计相当于长跑活动的距离和路线，并做好标记，排除安全隐患；练习中要严格要求学生按照规定路线跑进。

趣味搬运跑：把学生分成男女混合的几个小组，进行计时跑，在跑进的过程中各小组每2人搬运一块小体操垫子或每4人搬运一块大体操垫子，搬运形式不限，但在练习过程中体操垫子不能触及地面，以各小组垫子到达终点的时间分别计时，累计各组全部垫子到达终点的总时间来排定最后名次。

师生同乐跑：在长跑活动的初始阶段，各科教师特别是班主任应与学生一起参加长跑活动，以榜样的力量激励学生的参与，促成学生长跑习惯的养成。

快乐达标跑：依据《标准》，在教研组或竞赛组的统一布置下对全年级的各班学生进行统一标准的达标等级赛。一方面，教师要鼓励学生顽强拼搏、全力以赴以获得更高的级别；另一方面，比赛结束后每个学生的成绩都要计入班级团体总分。

荣耀明星跑：根据达标跑的成绩，选拔达到优秀级以上的学生参加“三跑两胜制”的总决赛（取三次比赛中较好的两次成绩相加排定最后名次），通过长跑比赛推出各班的长跑“明星”，并由他们组建学校长跑明星运动队，以此为冬季长跑活动树立榜样，并带动、促进冬季长跑活动的持久化、深入化。

③ 分组活动。在班主任、体育教师和科任老师的组织和参与下，以班为单位分成小组，充分发挥班委会和学生骨干的作用，进行游戏、体育趣味比赛、身体素质练习等活动。

A. 与快乐体育园地相结合。充分利用体育园地的各种器材设施，创编各种组合活动，提高学生参与的兴趣。

B. 与游戏相结合。选择适合不同学生年龄和生理特点的游戏内容，激发学生参与的兴趣，培养学生的集体荣誉感和班级凝聚力。

C. 自由活动。学生根据自己特点与爱好，自主进行活动，如打篮球、排球、羽毛球，踢三人或五人足球，跳绳、跳皮筋、抖空竹、打沙包、踢毽子等。

大课间活动安排可参照表3-2、表3-3、图3-1。

表3-2 大课间活动安排

结构内容	开始部分	基本部分	结束部分
	热身活动	分组活动	放松活动
活动过程	集体做操（广播操、集体舞或特色操等）	以班级为单位，分组活动。活动内容如游戏，球类等体育类项目	放松活动
时间	5分钟左右	15～20分钟	3分钟左右
组织形式	集体	以班级为分组单位	以班级为分组单位
管理方式	体育教师巡视指导，班主任纪律督导，政教部门组织检查评比		
活动成果展示	无		

表 3-3　广播操与学校校本特色活动相结合的大课间活动

<table>
<tr><th>时间</th><th>内　容</th></tr>
<tr><td>第 1~2 周</td><td>全校集体练习广播操活动：入场（3 分钟）—各班集合整队（2 分钟）—广播操（舞动青春 5 分钟）—广播操（放飞理想 5 分钟）—自编操活动（5 分钟）—各年级、各班整队集合，学校总评（2 分钟）—退场各年级、各班讲评（3 分钟）</td></tr>
<tr><td rowspan="2">第 3~4 周</td><td>高一：乒乓球（一周一轮换）、短跳绳、踢毽子
高二：女生花样跳绳、踢毽子、游戏，男生篮球活动
高三：女生软式排球、花样跳绳、踢毽子、游戏，男生篮球活动</td></tr>
<tr><td>初一：跑步两圈、跳长绳、短跳绳、踢毽子、游戏
初二：跑步两圈、拔河比赛、游戏等
初三：跑步两圈、练习立定跳远、仰卧起坐、实心球等</td></tr>
<tr><td rowspan="2">第 5~6 周</td><td>高一：女生花样跳绳、踢毽子、游戏，男生篮球活动
高二：乒乓球（一周一轮换）、短跳绳、踢毽子
高三：女生软式排球、花样跳绳、踢毽子、游戏，男生篮球活动</td></tr>
<tr><td>初一：跑步两圈、拔河比赛、游戏等
初二：跑步两圈、跳长绳、短跳绳、踢毽子、游戏
初三：跑步两圈、练习立定跳远、仰卧起坐、实心球等</td></tr>
</table>

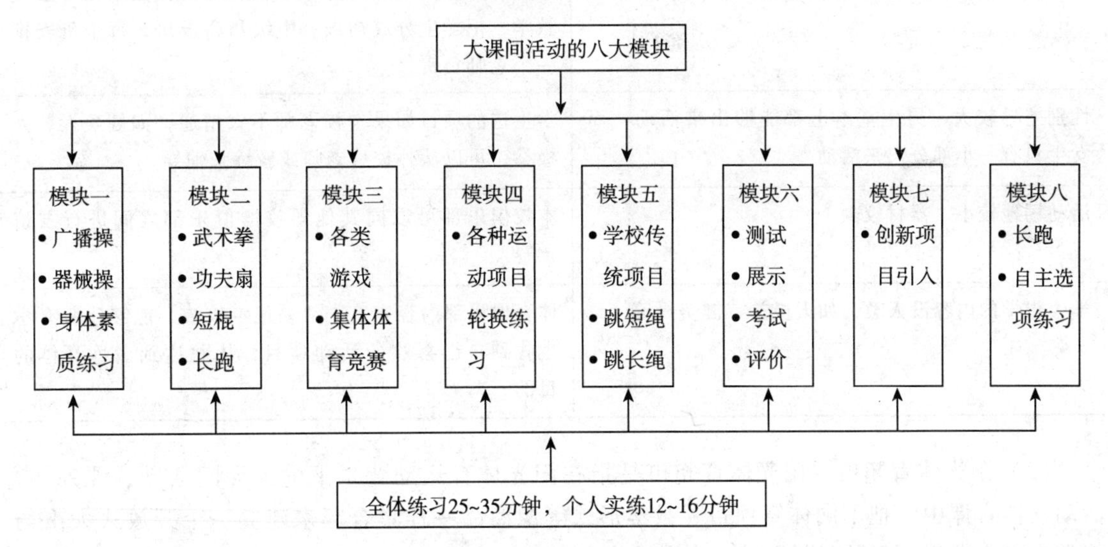

图 3-1　大课间活动模块

（四）如何开展丰富多彩的课外体育活动

课外体育活动是体育课的延伸，是学生练习运动技术，掌握运动技能的必要保证，是增强学生体质健康的重要途径。中央 7 号文件中明确指出：凡没有体育课的当天，学校必须在下午课后组织学生进行一小时集体体育锻炼，并将其列入教学计划严格执行。

1. 课外体育活动的常规组织形式

（1）班级体育锻炼。根据季节、场地器材等条件，开展象征性长跑、游泳、跳绳、踢毽子、游戏、健美操、武术、舞蹈等多种多样的活动。

（2）年级体育锻炼。主要分布在班级数额比较多并且划分校区和级部进行管理的学校，典型的活动有年级举行的拔河比赛、足球巡回赛等。

（3）打破班级界限的兴趣小组。根据学生的运动特长和兴趣组成兴趣小组，分别开展课外体育活动，类似于高中学段的选项教学，有利于学生个性需求的满足，以及终身体育理念的形成。

2. 课外体育活动的新兴组织形式

（1）学校体育俱乐部。学校体育俱乐部作为一种新的课外体育锻炼形式，是有共同体育锻炼爱好的学生以体育锻炼者自觉自愿结合为基础，以学校体育场馆为依托，围绕着某一运动项目，以俱乐部的组织形式把体育教学、课外体育、运动训练、群体竞赛融为一体的体育课堂教学模式。具有自由选择项目、教师、上课时间的特点（表 3-4）。

表 3-4　学校体育俱乐部下的课外体育活动与以往体育课的对比表

以往课外体育活动的局限	学校体育俱乐部的优势
学校领导不重视，有的学校个别年级不安排课外活动，占用学生的活动时间，还有的学校安排的次数不够	根据学校实际情况成立各项体育俱乐部，如篮球俱乐部、足球俱乐部、乒乓球俱乐部、健美操俱乐部等
课外活动无人组织或者无人辅导，全靠学生自觉锻炼，学生不能够正确的锻炼身体	每个项目的俱乐部按照人数安排一到两名教师负责组织辅导。根据学生的身体素质和运动技能采用分层法教学，把学生分成初级、中级和高级班，每个班安排一个老师负责
性别差异较大，男生基本上都能够出来活动，而女生只有一小部分出来活动	学生选的项目如果本校老师不太精通，如健美操、太极拳，可以从外校请老师或教练来辅导
活动场地较小，器材较少	本校俱乐部可以同其他学校的俱乐部之间进行友谊比赛
学生想学的内容没人教，如太极拳、健美操等	体育俱乐部内容丰富，活动气氛较浓，能够让所有学生找到自己喜欢的活动项目，从而达到锻炼身体的目的

（2）阳光体育超市。阳光体育超市是指在阳光体育运动背景下的大课间活动、课外体育活动、体育课中，把不同体育项目、教学形式等像商品一样集合起来建立一个开放式大市场，使学生自由选择项目的教学形式。其特点包括：

① 新颖的活动形式。阳光体育超市是从“商业超市”的形式演变而来。学校网站上对所开设的课外体育活动内容进行介绍和宣传，并将体育教师和学生社团的特长、特点、教学内容、考核方法进行说明，供学生参考。在正式开课前一周为试听试练周，体育组设专人负责收集和整理学生的反馈意见和建议，根据这些意见和建议对将开设的项目进行适当的调整，以满足学生的需要。因此，学生在阳光体育超市里，可以自主选择自己喜爱的学习项目，自主选择教师和社团，自主选择训练时间，进行专项练习。

② 丰富的活动项目。采用多种活动内容的练习形式，使学生在全面发展的基础上，形成自己的专项特长。活动项目设置有：教师主要负责的花式篮球、轮滑、花式足球、散打、跆拳道、瑜伽、竞技体操、体育舞蹈、毽球、网球、定向越野等；学生社团主要负责的篮球、排球、足球、羽毛球、乒乓球等。阳光体育活动超市练习内容、形式最显著的特点就是注重学生体育能力的培养，在练习内容上，教师和学生社团的主责人根据学生的特点，自己编写专项选修教材。

③ 灵活的选项方法。阳光体育超市的选项方法及形式，打破了传统的行政班级，学生在体育超市里根据爱好、特长等因素进行自主选择，并选择参与活动的项目，在教师和社团处报名、注册。学生在任课体育教师的指导下，选出助理教师、队长等，每队可根据自己的兴趣命名自己训练队的名字。班主任督促和监督本班的每一个学生都能在规定的时间内选择至少一项参与的活动项目。

④ 巧妙的课时安排。在教师主要负责的活动项目课时设计上避免与体育课教学重复，既要有个人自主选项分散学习，又要有专项的集中学习。教师和各社团的负责学生对“超市”中活动的安全问题要重视、负责，要有预案。选修课时安排为每周 3 学时。

⑤ 严格的教学评价。教学评价中实行严格的考评制度，所选项目的基本技术动作和裁判工作必须掌握。了解科学健身的原理和自我医务测评、了解社会流行的健身项目特点及方法。教学评价中对体育课必修项目，必须达到体育教师的要求。

⑥ 充足的活动场地。阳光体育超市将各个运动项目、器材、场地像超市里的商品一样，展示在一定的空间里，由学生自由选择，因此阳光体育超市模式能为学生提供丰富的活动场地。如北京市十一学校组织的阳光体育超市模式，学校拥有一座现代化的综合体育场馆，建筑面积 1.1 万平方米，内设 2 741 平方米的主体馆、1 034 平方米的训练馆、1 034 平方米的体操房、248 平方米的健身房和 396 平方米的乒乓球训练馆。学校室外运动场，拥有 1 个 400 米标准塑胶运动场、1 个优质柔软型人造草坪足球场（带看台）、塑胶网球场、10 块塑胶篮球场、10 块水泥地面篮球半场、2 块排球场和 50 多个乒乓球台等体育场地。这些都为阳光体育超市开展提供了丰富的场地资源。

强化小结

【小结 1】提升了中学体育教师对阳光体育运动概念内涵的深层次理解，促使其对学生体质、体育教学、阳光体育、教师发展的多维思考。

【小结 2】探讨了学生体质健康水平下降的原因，梳理了阳光体育运动诞生与推进的历程，依托国家、地方、学校多方合力，把握未来深入推进阳光体育运动的方向。

【小结 3】明确了开展阳光体育运动的核心工作，讨论了如何通过体育课、大课间活动、课外体育活动等措施切实落实“每天锻炼一小时”，并交流和丰富了各地、各学校在开展阳光体育运动中好的、值得推广的经验和做法。

强化课程四　中学体育教学质量强化

教师简介

李健，女，北京教育学院体育与艺术学院副教授。

张锋周，男，北京教育学院体育与艺术学院教师。

袁立新，男，北京教育学院副教授。

强化目标

【目标1】强化体育教师素质，提高体育教学质量。

【目标2】拓宽体育教师对教学关键环节的理解。

【目标3】通过对体育课堂教学质量的分析，为教师提供解决教学问题的方法和手段。

强化内容

【内容1】体育教师的基本素质——体育教师专业理论和专业技能、综合素质和课程执行能力。

【内容2】体育教学环境对教学质量的影响——学校、管理和社会三个方面。

【内容3】提高体育课堂教学质量的方法、手段和策略——明确目标；合理安排内容、过程、组织和负荷；创新方法、评价；开发资源。

一、体育教师的基本素质

（一）体育教师要有高尚的师德

教师搞好教育教学工作首先要具有高尚的职业道德和师德。

1. 体育教师要依法执教、教书育人

体育教师要依法执教，全面贯彻国家教育方针，自觉遵守《中华人民共和国教师法》等法律法规，在教育教学中同党和国家的方针政策保持一致。

2. 体育教师要爱岗敬业

热爱教育、热爱学校，尽职尽责、教书育人，培养学生具有良好的思想品德。

3. 体育教师要热爱自己的学生

关心、爱护每一个学生，尊重学生的人格，平等、公正地对待所有学生；保护学生合法权益，促进学生全面、健康发展。

4. 体育教师要有严谨治学的态度

树立优良学风，刻苦钻研业务，不断学习新知识；探索教育教学规律，改进教育教学方法，提高教育、教学和科研水平。

5. 体育教师要为人师表

遵守社会公德，语言规范，举止文明，严于律己，作风正派，以身作则。尊重同志、相互学习、相互帮助；关心集体，维护学校荣誉，共创文明校风。

（二）体育教师要有先进的教学理念和崇高的职业素养

教师的责任就是教书育人，只有教师率先改变思想观念，提高自身思想水平和专业素质才能顺利的推动改革、实施改革。体育教师要正确领会《中学体育与健康课程标准》的精神，树立“健康第一”的指导思想，要注重激发学生的运动兴趣，培养学生终身锻炼的意识。

1. 体育教师是学生学习的促进者

体育教师是学生学习的促进者，促进以提高学生学习能力为中心的学生的和谐、健康的发展，也就是说教师要促进学生的自主学习。教师要帮助学生确定适当的学习目标和找到实现目标的最佳途径；要培养学生形成良好的学习习惯，掌握适当的学习策略；激发学生的体育学习动机，培养学生的体育学习兴趣，充分调动学生的学习积极性和主动性，建立一个宽容、轻松的课堂氛围，促进学生的学习，为学生的身心健康发展、学生的终身发展服务。

2. 体育教师是学生学习的引导者

体育教师是学生学习的引导者。教师作为引导者，是指教师要注意引导学生转变学习方式，提高学习效率。基础教育的任务不仅仅是传授体育知识，更重要的是让学生掌握体育学习的方法、提高运动技能和运动能力，养成终身体育的意识。因此，体育教师要引导学生改变被动接受的学习方式，积极创设情境和条件，引导学生形成自主、探究、合作的学习方式，让学生成为学习的主人，使学生的主体意识、能动性和创造性不断得到发展。

体育教师在教学过程中要通过讨论、研究、实验等多种教学形式，引导学生积极主动地学习，使学习成为学生在教师引导下主动地探究过程。体育教师要创设学生主动参与的教育环境，激发学生学习的兴趣，培养学生掌握和运用知识的能力，使每个学生得到充分发展。同时还要引导学生通过研究性学习、体验性学习和实践性学习等多样化的学习方式，促进学生知识与技能，情感、态度与价值观的整体发展，完善学生的人格。

3. 体育教师是学生学习的参与者

体育教师是学生学习的参与者。教师作为参与者，是指教师参与到学生的学习中去，成为学生的“学习伙伴”。教学过程是师生交往、积极互动、共同发展的过程，在这个过程中教师与学生分享彼此的想法、经验和知识，交流彼此的情感与体验，丰富了教学内容，求得新的发现，从而达到共识、共享、共进，实现教学相长和共同发展。作为学生的学习伙伴，教师要积极参与到学生的学习过程中去，与学生共同学习，实现教学相长。

4. 体育教师是教育教学的研究者

体育教师是教育教学的研究者。教师作为研究者，是指教师对自己的教学行为进行反思、探究和改进。新课程所蕴涵的新理念、新方法以及新课程实施过程中所出现的各种各样的新问题，都要求教师以一个研究者的身份去观察、了解和解决。教师要以研究者的身份置身于体育教学情境之中，以研究者的眼光审视和分析体育教学理论和体育教学实践中的各种问题，并对自身的行为进行反思，对出现的问题进行探究，对积累的经验进行总结，使其形成规律性的认识。教师要把教学与研究有机地结合，不断提高教学水平，最终实现自我完善，为体育教育的腾飞贡献自己的力量。

5. 体育教师是课程的建设者和开发者

体育教师是课程的建设者和开发者。教师作为课程的建设者和开发者，是指教师在实施课程的过程中，创造性地进行课程建设和开发。首先体育教师要形成强烈的课程参与意识，了解和掌握各个层次的课程知识，包括国家层次、地方层次、学校层次、课堂层次和学生层次，以及他们之间的关系；其次要提高和增强课程建设能力，使国家课程和地方课程在学校、在课堂实施中不断丰富和完善；再次要锻炼并形成课程开发的能力，开发具有本土化、乡土化、样本化的体育课程；最后教师在进行课堂教学时，要对教材进行钻研和处理，使学生更好地理解和掌握教学内容。教师要使教材内容更好地激发学生的探究热情和认知欲望，使教材内容同学生的经验与体验建立联系，使体育教材内容更切合学生的心理特点和生活实际，促进学生终身体育意识和能力的发展。

总之，新课程改革对我们教师提出了更新更高的要求，因此，体育教师应该转变观念，认真学习、领会新课程的改革精神，充分发挥自己在教育教学中的促进、引导和参与的作用，认真总结教育教学实践经验，分析研究自己的教育教学行为，充分利用现有课程资源，不断建设和开发新的课程资源，为每一个学生的身心健康发展贡献自己的力量。

（三）体育教师的专业理论知识和专业技能是体育教学质量的核心

《体育与健康》课程标准提出了新体育课程的基本理念，要求体育教师必须更新知识、提高自身能力，以促进教师更好地适应体育课程的改革。教师的专业理论知识、专业技能、综合素质和课堂教学能力是提高体育教学质量的关键。

1. 体育教师的专业理论知识

体育教师必须具有较好的文化素养，深厚的体育专业知识，掌握教育科学理论知识，掌握相邻学科的基础知识与理论，有效地激发学生的积极性，提高教学质量。

（1）体育科学理论与方法。体育教师要熟悉并掌握体育专业理论知识，在体育教学和课余运动训练中，完成学校体育教学的各项内容。

（2）教育科学理论知识。体育教师应学习和掌握课程论、教育学、心理学、教学法等教育学科领域的前沿知识，了解学生身心发展规律、教育教学过程和规律，掌握教育原则、途径、方法等，能根据不同年龄、不同性别学生的心理、生理特点安排体育教学内容，实施体育教学，增强教育教学的科学性和艺术性，提高体育教育效果和教学质量。

（3）运动科学知识。体育教师应该学习和掌握人体解剖学、运动生理学、运动医学、运动生物化学、人体测量学、体育保健学、运动生物力学等运动人体科学领域的前沿知识，并在学校体育教学实践中，根据不同年龄、不同性别、不同运动项目，科学地组织体育教学，指导学生锻炼身体，提高体育教学质量。

（4）相关知识与技能。体育教师还要掌握丰富的文化科学知识，建立一个良好的知识结构和知识体系，在学校教育实践中灵活运用已掌握的各方面知识，提高教育教学质量。

总之，体育教师要通过专业知识的学习，使自己具有精湛的职业技能，成为某一领域的专家；体育教师要广泛吸收其他领域的相关知识，将它们与体育教学有机结合起来，用于教学实践之中；同时体育教师还要要特别关注体育科学技术的发展动态，及时掌握和运用现代教育技术手段，提高教学效果。

2. 体育教师的专业技能

（1）教学能力

① 制定体育教学计划的能力。体育教师要能科学制定学年教学计划、学期教学计划、单元教学计划和课时教案。

② 选择体育教学内容的能力。体育教师选择教学内容应遵循健身性原则、科学性原则、可行性原则、教育性原则；体育教师还应具备使教材具有趣味性，对练习的负荷量合理设计，理论联系实际，积极挖掘教材中的教育因素的能力。

③ 教学设计的能力。体育教师应以教学和学习理论为基础，依教学对象的特点和自己的教学理念、风格，遵循教学过程的基本规律，对教学活动进行系统规划、安排，提高体育教学效果。

（2）实施教学的能力及教学态度

① 教师上体育课必须穿着运动服装、运动鞋，着装整洁、干净。

② 认真检查学生着装和出勤情况，对学生出勤情况进行登记。

③ 认真组织教学，充分发挥学生骨干的作用。

④ 针对学生的体育基础和身体素质的差异性，实施区别对待，因材施教；掌握好讲解、示范的时机，有机地结合教、学、练。

⑤ 加强学生思想品德教育，正确处理偶发事件。

⑥ 教师教态要亲切自然，有亲和力。

⑦ 下课前安排适当的整理活动，集合整队，进行课堂小结，并简要地记入教案中“课后小结”栏内；下课后指导学生回收器材。

⑧ 体育教师要认真作好教学反思。

3. 体育教师的专业素养

体育教师应深刻理解《中学体育与健康课程标准》精神，熟练掌握与各项教学内容相关的基本技术与技能，教学中的讲解要简明、扼要、突出重点，能正确运用体育专业术语，能下达清楚、洪亮的口令；示范动作准确、优美，示范位置合理；掌握保护与帮助的技能，教会学生正确、安全和有效的保护与帮助的方法。

4. 教育能力

体育教师要善于了解学生，了解学生思想状况、身体健康状态、技术水平以及兴趣、爱好、性格的特点，把一般发展和因材施教相结合，有针对性的采用教育措施。

5. 训练能力

掌握与训练项目有关的理论知识、技术、技能、训练方法以及组织竞赛和裁判工作的方法，并能组织与指导学校课外体育活动与运动训练，提高教学和训练的效果和体育教学质量。

6. 教学研究能力

体育教师要有很强的学科教学能力和学科科研能力。要加强自身业务的学习，根据问题进行教育教学研究工作，解决教学中的实际问题，进行科学化研究，并转化为科研成果，提高体育课堂教学质量。

最后体育教师还应有一定的课堂教学组织与教学指导能力，以及学校体育的各项工作的执行能力。

（四）体育教师应具有良好的社会适应能力

体育教师良好的社会适应能力包括以下几方面：

（1）树立正确的世界观、人生观和价值观。

（2）能以良好的心态对待工作，正确调控工作中的情绪，乐观开朗地对待学习和工作。

（3）坚持进行体育锻炼，能从容地进行教学工作和日常工作，能在紧张、压力大的情况下进行自我调节。

（4）能与同行建立互动互惠、共同提高与发展的交互式合作关系。

（5）能正确、合理、客观、公正地评价他人与自己，并能以正确的心态对待评价结果。

（五）体育教师应具有一定的课堂教学能力

1. 教学设计的能力

体育教学设计是体育教学系统中解决体育教学问题的一种特殊的设计活动，既具有教学设计的一般性质，又必须遵循体育教学的基本规律。根据《中学体育与健康课程标准》的精神，结合地区、学校的具体实际，对不同阶段的教学目标、教学内容、教学手段等进行选择、构思和组织，一般包括各水平教学计划设计、单元教学计划设计和课时教学计划设计。体育课堂教学设计是对体育教学中相关的基本因素进行系统化的规划和经营，是体育新课程理念转化为教学行为的有效载体，对于完成教学任务、达成教学目标、提高体育教学质量有着非常重要的作用，同时也能够有效提高体育教师学科能力，提高体育课堂教学质量。

2. 体育教材处理能力

体育教师对教学内容的分析处理是体育课堂教学设计重要环节之一，也是体育教师所必须具备的专业知识与技能。在体育课堂教学设计过程中，对教材的思考必须是综合的、系统的，体育教师必须对教材的性质及所面对的学生之需要、兴趣、能力水平和学习习惯的特征有深入的了解，从而有针对性地确定课堂教学的重点和难点。

3. 体育教师的语言

体育教学中的教学内容是以身体练习为主要媒介的，每个教学内容中有不同的运动项目，每个运动项目有它的独特性，这就决定了体育教学语言具有专业性的特性。

语言是有艺术的，体育教师的语言是影响体育教学质量的因素之一。语言艺术是打开学生心灵的钥匙，教师语言艺术性越高，教学效果越好。例如：同样一堂体育课，有的教师的讲解能使学生茅塞顿开，心悦诚服；有的教师讲得口干舌燥，却使学生糊里糊涂。在体育教学中，教师不仅要做准确、优美示范动作，而且还要具备一定的语言功底和语言修养。

（1）体育教师在教学中的语言表达要准确、精炼。体育教学在讲解的过程中必须运用准确无误的语言，体现出技术的正确性与完整性，才能使学生在脑海中形成正确的技术表象，从而掌握技术动作。例如：动作技能的形成有“粗略掌握动作、改进提高动作、巩固与运用自如”三个阶段，是一个技术从分解到完整的过程，在每个阶段都可能会出现错误的技术概念。体育教学语言的科学性应当建立在体育教师对教材的正确理解，对技能的熟练掌握的基础上。只有当体育教师全面地掌握教学的重点与难点，并了解授课对象的生理、心理的实际情况，才能运用得当，提高体育课教学效果。

语言的精炼性就是指在教学过程中要措辞精当，能用最简练的语言表达出正确的教学内容、教学思想，使学生理解。例如：口令“由二路纵队成四路纵队——走！”等，语言的目的性明确，使课堂氛围更为紧凑，有“事半而功倍”的教学效果。例如教学前滚翻时，用口诀形式来帮助学生记住动作要领：“一撑二蹲三低头，向前滚动身似球，双手抱腿蹲立起。”这样不仅能提高学生学习的积极性，并能使学生更清晰地了解技术要点，更快地掌握技术动作。

（2）体育教师在教学中的语言表达要有针对性。体育教学要根据学生的实际情况展开，对知识比较丰富，接受力较强的中学生要多使用经过提炼的规范化的教学语言。体育课上，对学生进行思想品德教育时，要“动之以情，晓之以理”，语重心长、亲切诚恳。例如：教师的语言要温和，不要厉声指责或严厉惩罚，应积极鼓励，让学生树立信心；当提醒学生改正错误动作时，一定不能对学生冷嘲热讽，羞辱挖苦，特别是对性格内向、自尊心强的同学，更要注意用词，不能让他感到有丝毫的讥讽和丑化。

（3）体育教师在教学中的语言表达要有启发性。生动有趣的教学语言，容易引起人们大脑皮层的兴奋，给学生留下深刻的印象。因此，要完成教学任务、提高教学质量，教学语言应有趣味性。教师把话讲得生动活泼，新鲜有趣，避免千篇一律，就可以增加教学的吸引力。例如：在跳高练习时用“身轻如燕”，跳马落地时用“稳如泰山”来激发学生对动作质量的追求。

（4）口令的运用要合理、适时。体育教师可以运用指令性的语言，即“口令”，它是教师进行教学调控的重要方面。例如：立正、集合、齐步走—立定、向后转—走。

4. 体育教师的教学示范

动作技术的示范是体育教学中最常用的一种直观的、实用的教学方法，可使学生直观地了解动作技术的结构、要领和方法，也是体育教师教学基本功的重要体现。示范时要合理选择示范位置，示范动作要准确、优美。由于在体育教学中有不同的项目、不同的教材，在运用示范的教学方法时还需要教师具体分析和运用。

（1）体育教学中教师示范的目的要明确。在体育教学中的示范过程中要求教师要有明确的示范目的，例如：学生需要观察动作技术的过程、动作的结构和动作用力的顺序；教师示范时要以全体学生都能看清楚为原则，根据动作性质、结构和要求等因素，提供学生最佳视线和观察角度，并根据动作变化适当移动示范位置。

（2）体育教师要把握好示范面、示范位置。体育教学中的示范面是指学生观察的视角，示范面有：背面、侧面和镜面，采用哪种示范面要以学生了解所学动作的表象、顺序、技术要点和领会动作特征为目的，有规律可循。另外，示范面的选择必须考虑示范的速度和距离等要素。

① 背面示范。背面示范便于教师领做和学生模仿，适合于左右横向移动的动作以及动作方向、路线变化较为复杂的动作。在武术套路的教学中常常采用背面示范。

② 侧面示范。侧面示范有利于展示动作的侧面和按前后方向完成的动作。

③ 镜面示范。镜面示范适用于简单动作的教学，便于教师领做和学生模仿，有利于教师观察学生对动作的掌握情况。

（3）体育教师要合理选择示范时机。教师要根据学生掌握动作的具体情况，合理选择示范时机，以达到好的示范效果，例如：针对初学、复习等不同的学习阶段，要准确把握示范时机。体育课动态性强，示范性强，体育教师要以教学技巧向学生传授知识、技能，教师通过示范这个环节来“引导”，既有“性格”，也有“规范”。激发学生的学习兴趣，不仅要求教师的示范动作准确、清晰，而且还必须具备一定的语言修养和掌握一定的语言技巧。

5. 体育课堂教学组织的合理性、有效性

体育课堂教学组织是否合理，对教学效果会产生直接影响，同时对体育课的时间利用率、练习密度大小、教学环节、场地器材的充分利用、学生学习和教师指导的效率等产生重要影响。

二、体育教学外部环境对教学质量的影响

1. 学校方面

学校场地和体育设施的逐步完善，可以保证学校体育活动的正常、有序开展。在学校体育工作方面，学校领导，全校教师对学校体育工作的理解和支持有目共睹，使学校体育工作取得了可喜的效果，学生的体质健康水平有了明显的改善。

2. 管理方面

各主管部门给予体育师资合理的配置，学校对体育工作高度重视，使教学管理到位，使体育工作生机勃勃。

（1）师资配置要合理：教育主管部门应制定各种方案和采用各种办法，给所有学校配备足够的专职体育教师，保证学校体育的课堂教学与体育活动的正常开展。

（2）教育教学管理要到位：体育学科同其他学科一样，承载着“教书育人”的任务，在教学上，学校要加强管理，每学期学校要对体育教学工作计划、教材使用的情况、学生学习的状况进行日常的惯例检查。在评定教师绩效时要同其他学科一样进行评定。学校体育要树立“健康第一”的指导思想，加强体育教育教学工作，使学生掌握基本知识与基本运动技能的基础上，养成坚持锻炼身体的习惯。

（3）创造空间，鼓励教师积极开展体育教研活动：在教学研究方面，钻研教材教法，研

究民间体育和乡土体育，创造性的开发、引进体育课。开展丰富多彩、形式多样的体育课。教师要认真上好每一节体育课，还要教会学生掌握基本的体育卫生知识，基本的运动技能和技巧，基本的健身方法和手段，使学生自觉地进行各种体育锻炼，培养学生终身锻炼的意识。

3. 社会方面

政府和教育主管部门应高度重视，加大对体育教育经费的投入。特别是各级财政应加大扶持力度，加大对小学体育设施的投入。学校体育设施的配备和完善，是学校体育事业发展的重要物质保障，其发展好坏将直接影响到学校体育改革和发展的前途。配置完善的体育场地和器材，有了宽阔的场地和完善的体育器材，才能开展丰富多彩的体育活动，从而满足学校体育教育的各种需要，使学校体育教育适应体育改革的需要。通过活动才能激发学生的运动兴趣，使学生积极锻炼身体，不断提高身体素质，增强国民身体素质。

三、提高体育课堂教学质量的方法、手段和策略

（一）明确中学体育教育教学目标

体育教学目标是教学的灵魂。体育教学的改革强调转变学生的学习方式，突出“以人为本”，树立“健康第一”的指导思想。从教学目标的实现，教学内容的选择与组织，改革教学方法，合理运用教学评价，有效地运用各种教学手段组织教学。在课堂教学前，教师制定科学、合理、明确、细化的教学目标，将是取得教学成功的先决条件之一，是保证体育教学目标、教学任务高质量完成体育教学的重要手段。

在体育教学中，存在教学目标不够明确，目中无“人”（学生）、心中没“数”，照搬照抄教师用书，或是不考虑学生的学情或是目标空而大，没有结合内容、学生条件制定教学目标。有些课的目标设计重叠交叉、面面俱到——“大而空”、“大而全”等，在体育教学中不好评价、不好操作，教学质量难以保证，因此教师对新课程体育教学目标的理解、把握非常重要。

1. 体育与健康课程需要细化教学目标

体育教学目标的制定需要根据体育与健康课程改革的要求和精神细化目标，新课程目标层次明确，形成了课程总目标、具体目标（五个学习领域目标）、水平目标、单元目标、课时目标五个层次。因此，针对不同层面的进行教学设计时，要根据新课程标准设计相应的教学内容（课时计划除外）的。从新课程总目标到单元目标均体现了“目标统领内容”的理念，每一个下位的内容同时有其上位的目标；课时的目标又是根据具体的体育教学内容确定的，具体一节课时的体现是目标统领方法、手段以及策略。

（1）运动参与的主要目标层次有学生参与体育学习与锻炼，体验运动乐趣与成功，最终形成体育意识与体育锻炼习惯。体育教学中细化表述其目标时，要注意学生的参与能力、教学单元安排的要求、单元课时安排次序，选择与之相适应的形式、内容、语言进行表述。运动参与方面目标属于隐性目标，隐性目标是看不见、摸不着、不容易操作的目标。这样的隐性目标显性化，教师要认真思考、研究。

（2）运动技能的主要目标层次表述通常有学习体育知识，学习体育原理，掌握运动技术、技能与战术技巧，通过体育知识、技能的学习提高安全意识与能力。体育教学中细化表述其目

标，要注意学生的运动技术与技能基础；关注不同学段学生的知识基础和理解能力，考虑学生的认知水平，并要依据教材的技术特点，结合学生掌握技能的能力和基础，制定出明确、可操作的并与之相符的目标层次。

（3）身体健康的主要目标层次表述有掌握保健知识与方法，塑造良好体形与形态，发展体能、身体素质和运动素质及运动能力。体育教学中细化表述其目标，要深刻理解体育教学内容及其与身体健康之间的关系，要准确、有针对性地提出相应的“体育教学目标”，避免大而全、不容易操作和空洞的教学目标。

（4）心理健康与社会适应的主要目标层次表述有形成坚强意志和毅力，能调控情绪并培养自信的品质，具有体育品德和行为。达成心理健康与社会适应的目标，是通过一些教育教学活动来完成的，体育课中的每一个环节都蕴涵着这一目标，是隐性目标之一。体育教学中通过场地、器材的科学、合理安排，教师的言行、仪表、神情和富有想象力的情景创设等，将隐性目标“显性化”或“行为化”。

2. 体育与健康课程要明确单元的目标

单元是指一个有机的教学过程。随着教育教学改革的发展，单元概念不断深化与扩展，一方面在原有的单元概念的基础上向与学生生活经验相联系的教育教学活动方向扩展，形成了如“生活单元”、“课题单元”等理论与实践；另一方面是向教材的体系方向扩展，将单元理解为某一教材的部分，形成教材单元。一个教学单元不仅可以由同类教材组成，形成单一单元；还可以由不同类教材组成，形成复合单元；根据主题来设计的单元，形成课题单元；另外可以根据教学需要形成综合单元、复式单元等。体育单元教学目标的制定要突出“目标统领内容”。

体育与健康新课程标准是确定体育教学内容、体育教学策略，选择教学组织形式及教学方法，进行有效的教学实施与评价等的重要依据，对教学过程具有导向、操作、调控、中介和测度的功能。新课标理念下的单元教学计划的规模，要根据不同水平的学生、不同的学习内容，设计不同的单元模块。一般单元教学计划应包括学习目标、学习内容、课次、重点、难点、学习方法和评价方法。

（二）合理安排中学体育教育教学内容

根据学生身心发展的规律，科学合理地安排体育教学内容。体育教学内容有着多样性的特点，课程的类型应由单一的普通教学课向选项课、专项提高课、保健体育课等多样化的方向发展。未来的体育教学内容，将从“以运动技术为中心”向“以体育方法、体育动机、体育活动和体育经验为中心”转变。具体的教学内容将根据社会体育的发展、学生个体的需要及学校的教学条件，进行科学、合理的调整，而非竞技运动项目、娱乐体育项目及个人运动项目的内容比重将逐渐加大。

1. 体育教材内容安排的科学性

中学阶段的教学内容是非常重要的，但是在实际教学过程中不太容易激发学生的练习兴趣。对每堂课的内容，既要考虑内容的科学性、系统性，又要考虑学生的接受能力，使整个教学过程生动活泼、有张有弛、节奏分明，同时能合理搭配教材内容。在教学设计中要发挥体育教师的智慧，拓展教学内容，通过改变教学方法和练习手段来提高学生的学习兴趣。

2. 体育教材内容安排的趣味性

在实际的教学中，根据学生青春期发育的生理和心理特点，应考虑学生的兴趣和需要，利用体育教材内容的娱乐性和趣味性，巧妙的设计课堂练习方法，使教材在课堂上展现活力和魅力。各种运动游戏，如，自由分组的比赛，既能激发学生的学习兴趣，又能把学习的责任赋予到学生身上，使学生的依赖性学习转变为独立性学习，接受性学习转变为探究性学习。从而不断提高学生的主动性、积极性和创造性。

（三）注重体育教学方法与教学手段的新颖性

体育教学方法是体育教师和学生为了实现体育课的教学目标，完成体育教学任务，保证教学质量，在体育教学过程中运用的方式与手段的总称，是体育教师组织学生进行学习的步骤、程序、规则、方式等。教师要采用各种合理的方式和手段激发学生参与运动的兴趣，培养学生终身体育的意识和能力。采用多种教学组织形式是引起学生兴趣、激发学生良好学习动机的有效手段。

教学有法，教无定法，贵在得法，重在创法。体育教师首先要创造一种自由、轻松、民主、融洽、和谐、愉快的教学氛围，使学生能够积极、主动、愉快地参加体育活动。体育教师在体育教学中运用教学方法应避免单一性、简单性、形式化、成人化。随着教学实践的内外部条件的变化以及教育教学的发展，多种新的教学方法已经应用于体育教学，如发现法、尝试教学法、范例教学法等。体育教学过程中，教师要根据学生在每种教学法中掌握知识过程的不同，采用针对性的教学方法提高教育教学质量，促进体育教学方法和手段的创新。

1. 教学方法选择的依据

（1）根据不同的学段选择相应的方法。在中学阶段，学生自学能力大大提高，可以指导学生以自主练习、创造学习为主。

（2）根据不同的教材选择相应的方法。教材不同，学生的学习方法有很大的差别。田径教材可选择目标学习法、对比学习法等，武术教材宜采用评价学习法、模仿练习法等。对教材重新加工，吸收教材，掌握教材特点，并转化为自身的知识结构，才能获得选择与创新的自由权，才能使教学方法符合学生特点，提高教学质量。因此，在选择教学方法时，应该尽可能考虑不同教学内容的具体特征。

（3）根据学生的个体差异和学生的个性特点选择教学方法。不同年龄的学生其身体素质、心理素质、认知水平是不同的，教学方法的选择受到学生身心发展水平的制约，因此针对不同年龄的学生要选择不同的教学方法。教学方法的选择同教学内容的确定一样，要符合学生年龄、身体、心理发展和学习认识过程的规律，针对具体班级、具体学生全面地执行教学目标，提高教学质量。在具体选择教学方法时，可以根据不同水平阶段的学生采取相应的教学方法。在教学中教会学生运用学法，学会制定教学目标，学会观察，学会与他人合作，学会创造与创新，学会评价等，真正体现学生的主体性。

（4）根据学习的目标选择教学方法。每一种教学方法都有适用的教学目标。体育教学中的教学目标由知识、智能、意向、心理品质和体质等多种因素构成，因此，必须根据各自的目标选择教学方法。

（5）根据教师的特点选择教学方法。教师的素养是影响教师正确、准确和创造性地选用教学方法的一个重要方面，教师在选择教学方法时要扬长避短，选择适合自己的教学方法。因此，提高教师自身的素质和能力，是当代体育教育发展的需要。教师要努力学习、不断丰富自己的知识，选择合适的教学方法，提高教学质量。

(6) 根据场地器材条件选择教学方法。我们在实际的教学中，各校的教学条件、场地器材和教学环境都是不一样的，所以教师选择教学方法时要综合考虑各种因素，合理优化体育教学方法，不断进行教学方法的创新。

2. 有效激发学生的学习兴趣

培养学生对体育课的兴趣，重视提高学生自主锻炼的能力，也是提高教学质量的重要环节。教师应认真研究教材教法，通过各种方法激发学生对体育课的兴趣，使他们自愿地去活动，愉快地去活动。美国心理学家罗森塔尔的“皮格马利翁（Pygmalion）效应”有力说明，教师对学生抱有期望，使他们得到重视，即使各方面条件比较弱、信心不足的学生也能得到各方面的发展。

(1) 在体育教学中要使学生产生愉悦的心理体验，应该善于发现和运用他们的闪光点，并对学习兴趣产生积极的影响，进而促进其学习提高学习效果。

(2) 在体育教学中要给学生更多的体验的机会和参与运动的乐趣，培养他们的自信心。使其有自我表现、自我展示和发挥特长的机会，满足其愿望。

(3) 教师应把自己的感情，情绪融于教学之中，主动与学生进行思想沟通。在教学中教师一般常利用课余时间与他们谈心，如教师能参与学生的活动，学生对体育课、体育活动的兴趣会更浓。

3. 采用新颖多变的教学方法

新颖多变的教学方法包括集体教学、分段教学、循环教学、提示教学、电化教学、分组考核、小组创编队形，以及理论教学等。要有意识地组织多样化的、生动有趣的活动来感染学生，激发学生的兴趣。例如：组织学生观看体育题材的录像、电影，访问体育明星，回顾我国体育发展史，现场观看体育比赛等，陶冶学生性情，激发学生兴趣。在体育教学中，教师有必要在活动方式上做一些变化，如：采用体育器材的重组、体育游戏的结合、按同质或不同质的分组（分组的变化），使学生产生新鲜感和兴趣，进而收到良好的教学效果。

4. 合理运用游戏法和竞赛法

体育运动的游戏性和比赛性较强，能使学生情绪高涨，能使学生最大限度地发挥机体机能。合理运用游戏和竞赛法，不仅能够调动学生参赛的积极性，还能培养学生的集体主义观念和社会责任感。

5. 采用情境教学法

在体育教学中，可以采用音乐来渲染课堂气氛，使课堂气氛盎然生辉。体育课堂教学需有利于“发展学生的基本活动能力”和“培养学生对体育学习的兴趣”，更有利于德育在体育中的渗透。

(四) 合理安排体育教学过程

体育教学过程的合理安排要做到教学过程清晰，教学重点突出、教学难点把握准确。

增强教学过程的吸引力。在体育活动的教学过程中，加大学生喜欢的娱乐体育活动和教学竞赛课程安排，突出以“体育活动课”为主的教学特点。使学生在生理上、心理上得到满足，从而激发学生的锻炼热情。活动课进行大量的运动实践，使学生了解一些体育竞赛知识和规则，了解体育文化，了解人文风情，学生也在活动中体会到体育知识和技术的重要性，激发了学生锻炼身体的兴趣，培养了学生参与体育活动的意识、能力和习惯。丰富多彩的体育活动锻炼了学生的身心，培养了学生竞争意识和团结协作勇于拼搏的精神。

（五）合理安排运动负荷

1. 运动负荷的量和强度的把控

体育课堂教学中的运动负荷主要指的是负荷的量和强度。负荷量反映着负荷对机体刺激量的大小，负荷强度反映着负荷对机体刺激的深度。体育教师可以通过不同的指标去反映负荷量和强度的大小。负荷量的评价指标反映了负荷量的大小，一般为次数、时间、距离、重量等。负荷强度的评价指标反映了负荷强度的大小，常常通过练习的速度、远度、高度、单位练习的负重量或练习的难度来衡量。测量的方法和指标构成了负荷的整体，彼此依存而又相互影响，任何负荷的量都是以一定的强度为条件而存在，任何负荷的强度又都以一定的量为其存在的必要基础。一个方面的变化必然会导致另一方面的相应变化，比较负荷的大小时，应综合考虑量和强度。

在体育教学过程中合理的运动负荷必须根据学生通过练习或学习可以达到的目标和符合人体机能训练适应的规律安排，并通过合理安排负荷量和强度，获得理想的锻炼效果，提高体育教学的质量。

在保证练习的密度和运动强度的基础上，合理安排运动负荷，并不断改变活动形式，能取得较好的效果，同时能提高学生的学习积极性。对于处于月经期的女生，一定要给予适当照顾，可安排健美操、舞蹈等运动负荷小的内容。

适宜的运动负荷在一定条件下，机体的应激会随之变化，但并非只要施加了负荷，就一定会产生良好的效应。运动负荷的合理安排对课堂教学效果有着重要的影响，如果负荷太小，不能引起机体的应激反应，而过度负荷则会出现劣变反应，使学生造成不必要的运动创伤。另外，不同的项目，不同的环境和季节，新授课与复习课等都对运动负荷提出不同的要求。

2. 教学中运动负荷安排的方法

在教学中合理调整运动负荷，常常采用的有练习法、游戏法、比赛法等。

（1）田径运动技术教学。田径项目中的长、短跑的教学过程中，运动强度和运动量一般较大，教学中应根据学生情况、季节、练习的时间、密度和速度来调整运动强度，达到最佳教学的目的。在田径运动技术教学中跳类和投掷类等练习，要有一定运动强度，通过改变练习形式，提高练习的密度和次数，调整运动量达到理想的教学效果。

（2）球类技术动作教学。在球类技术教学课中，技术动作复杂、难度大，在课堂上须增加专项身体素质练习，采用游戏法、比赛法等提高运动强度。比赛法和游戏法在某种程度上既能提高学生学习兴趣，又能增加练习次数，达到增加运动负荷的目的。

（3）体操类动作教学。在体操类教学中，例如滚翻、技巧、器械、队列等项目的教学，在教学中增加适当的力量素质练习内容，特别是一些有利于提高专项技能的力量练习、耐力练习、柔韧练习等，既能实现学生对运动技能的掌握，又能达到课堂运动负荷的要求。

（六）合理进行教学组织与管理

体育课堂组织管理指课堂纪律的管理，使学生能在一种有秩序、有意境、有保证的环境中进行学习，它是一种师生平等的，学生没有压抑感的环境；同时以充分发挥学生的积极性和主动性为目的，既使学生生动活泼地进行学习，又要有纪律作保障。因此，教师在进行课堂组织管理时，既要不断地启发诱导，又要不断地纠正某些学生的不良行为，以保证体育课堂教学的顺利进行。

体育课堂教学中，选择合理、科学的组织教法，是教学能力的体现，又是对学生进行教育的有效途径。体育教师要善于把学生心理和身体、意志和行为结合起来，利用课堂的组织教法中各个环节对学生进行教育。例如：通过队列队形练习，培养学生的组织纪律性；通过场地和运动器材的保护，增强他们热爱劳动、爱护公共财产的思想；通过发挥积极分子骨干作用，培养学生相互协作和独立工作能力；通过课堂最后小结，表扬好人好事，激励学生奋发向上的拼搏精神。

1. 队列队形的变化

组织纪律性是学生学习的保证。体育课教学中，可以根据队形的变化提高学生的纪律性，如直线（多列或多纵）站位，圆形（半圆、扇形、弧形）站位、三角形站位、多角形站位等。俗话说“没有规矩，不成方圆”，体育课上对学生服装、整队集合、解散、练习等，一定要严格要求，使学生养成良好的纪律习惯，否则就容易产生教学事故，给正常的教学工作带来隐患。体育教学中，教师可采用多种方法合理地组织教学：

（1）集体成一列或多列的直线走。对角线、对角线交叉走，三角形、三角折线走等。

（2）结合跑的内容调整队形、激发兴趣。如蛇形、“8”字形、螺旋形、圆形、各种图形跑等。

（3）越过障碍跑练习。利用校内外自然地形，进行绕物、越过、钻过障碍跑，摸高物跑等。

2. 分组练习的组织

根据学校的体育教学条件，合理安排课的结构。教学条件也是影响教学结构的一个方面。教学的仪器设备、学生人数、场地器材都会对教学结构安排产生影响。采用班级授课制形式对教学组织有一定的要求，教学班级人数多，教学组织形式也表现出多种组合。教师在课上是采用集中指导、全体集中练习，还是分组练习，则应依具体条件而定。学生人数多，场地器材有限，就可能采用分组轮换的形式，这就必然要调整课的结构。

体育教学的合理分组，可将学生分成多个小组进行练习或活动，既便于教学，又能培养学生的团队意识和团队精神。教学分组时，要根据教学内容进行分组，同时要选好小组长，使其发挥体育小组长的助手作用。

3. 体育教学组织中的安全教育

加强安全防范意识与方法教育。对危险器材和运动技能的学习，要事先考虑可能会出现的问题，在教学环节中，制定预防措施；同时在教学中要切实提高学生的安全意识，避免伤害事故发生。

4. 体育教学场地的合理运用

场地、器材是体育课教学中的重要辅助手段。教师在教学过程中要选择适宜的运动项目，充分开发、利用现有的场地、器材资源，最大限度地让学生掌握体育知识和体育技能。

（七）采用多元的教学评价方式

体育教学评价是学校体育教学中的一项重要工作内容，有对体育教学活动及其效果进行诊断，并通过教学信息的反馈，调控教学过程，确保体育教学活动向预定目标发展的作用。

体育教学是教师的教和学生的学共同来完成和实现的，体育教学中教师对学生的评价是促进学生更好地进行体育学习和积极参与活动的有效手段，教师评价学生在课堂的表现和对所学内容的掌握情况，其评价方式多种多样，重视评价者与被评价者之间的互动，有助于评价者在评价过程中有效地对被评价者的发展过程进行监控和指导，帮助被评价者接纳和认同评价结果，促进其不断改进和发展。

1. 体育教学中对学生学习效果评价

（1）知识与技能评价。可采用多元的评价方式来评价学生的知识与技能，如自我评价，同伴评价和教师评价等。其中自我评价可让学生随时了解自己的学习情况，也为教师了解教学效果提供了依据。

（2）学习态度与学习行为评价。在学习态度与行为评价上依据小组共同学习的理念，对学生学习态度与行为作出评价，评价因素有学生能细心观察和模仿，刻苦学习；能与教师和同学主动交流，能够做到以个人的需要和集体的荣誉主动地参与教学活动，师生关系和睦、融洽。学生能够积极参与学习，学会学习，实现我要学、我要练的最终目的。

（3）教师自身教学效果评价。贯彻新课程理念和“健康第一”的思想，根据学生的年龄特征和心理特点，使学生在宽松愉快的课堂气氛中学习。通过学生研究与探讨，激发学生的学习行为，努力为学生营造了拓展的空间，进一步体现学生主体地位和参与教学过程作用，为学生展示才艺搭建平台，培养了学生学习积极性。

2. 建立多元化的体育教学评价体系

（1）教师要转变观念，建立多元化的体育教学评价体系，使体育教学评价真实有效。

（2）重视和加强主观评价与客观评价的有机结合。新课程标准要求不仅要对体能和技能进行评价，也要对学习态度、习惯养成、意志力、自信心和合作精神等方面进行评价。

（3）课堂教学中应强调评价的互动性。可自评、互评、他人评价相结合，实现评价主体的多元化。被评价者要从被动接受评价逐步转向主动参与评价，一改以往以管理者为主的单一评价。体育教学评价逐步成为由教师、学生、家长和管理者共同参与的交互过程，这也是体育教学评价今后的发展方向。例如：学生自评时根据自己的体能、运动技能与知识的成绩，结合平时的学习态度、情意表现、合作精神，按优、良、及格和不及格评定自己的等级。他评时根据组内各成员的具体情况逐个互评，最后确定等级。

3. 提高实施发展性评价的意识与能力

在对教师即时评价行为的改进训练中，我们应该从正确评价、及时评价开始，逐步学会多作积极的发展性评价，学会在教学中创造性地利用学生的信息进行有策略地点拨，有技巧地引导和有艺术地评价，关注学生在学习过程中产生的困惑和错误，因势利导，以促进学生更好地发展。

我们所提倡发展性评价，是因为它不是简单地作出对与错的评价，而是指导学生对回答作出具体的分析，就不对的地方做出必要的解释，对不完善的地方给以适当的补充，提醒学生从更开阔的视野中看问题。这类评价不仅有即时效应，更有它的长期效应，这也是我们在教学中应积极倡导、实施的。

（八）注重课程资源的开发

体育场地、器材资源是有限的，但所能提供给教师和学生开发和利用的空间是无限的。体育教师要充分利用和发挥场地、器材资源的多种功能，尽量开发一切可以使用的体育场地、器材资源，这样不仅能抑制教学内容的单一所带来的枯燥、乏味感，同时，也克服了学校体育场地、器材设施匮乏的困难，丰富了体育课的内容，让学生真正享受到体育的乐趣。

1. 创新体育课程资源

教师指导学生利用楼梯台阶进行跑、跳、体前屈练习；利用教室的课桌凳进行支撑练习；利用门框进行引体向上练习；利用草坪替代地毯或海绵垫。有的教师从学生的实际出发，重新对学校器材进行创新利用，以满足学生体育活动的需求。例如：对篮球、排球、足球、乒乓球、垒球、实心球、体操垫、体操棒、跨栏架、短绳、橡皮筋、毽子、小哑铃、小沙包、小旗、塑料圈等进行合理创编和利用，能收到事半功倍的教学效果，同时激发学生的学习积极性。

2. 整合体育课程资源

整合体育课程资源主要体现在对民间体育活动教材的发掘和对流行时尚教材的引进，以及学生生活教材的收集、课外和校外体育资源、自然地理资源、体育信息资源的整合等方面。学校可以结合教学实际开发和整合 3 ~ 5 人制足球赛、武术、地掷球、轮滑、搏击、柔道、街舞、定向运动、拓展运动、女子防身术等教学内容；开发大课间体育活动、课外活动、课外竞赛、体育节、体育月等课外体育课程资源以及校外运动会、社区体育活动、家庭体育活动、业余体育训练、节假日体育活动和观看体育竞赛等校外体育资源。

体育教师有责任和义务教会学生利用生活中废旧物品和简单工具自制教具。一张废报纸在体育教学中也有无限的使用空间——放在胸前迎面跑，既能激发学生奔跑的兴趣，又能锻炼学生挺直腰板向前跑的习惯。同样一张废报纸，也可当轻物投掷，既不伤害到学生身体，又能起到锻炼身体的效果。

传统、创新、因地制宜，是自制教具的关键。在教学当中，善于运用传统的体育教具，能起到事半功倍的效果。例如：踩高跷，用易拉罐拴上皮筋，脚踩在其上行走。这样培养了学生的创造精神和实践能力，并在课余时间利用自制的体育器材，通过使用自己制作的器材更愉快的锻炼了身体。

3. 代用器材的运用与开发

以一根绳子拴在两棵树之间可以打羽毛球，以沙包等物可以代替垒球掷远，以跳背可以代替“山羊”练习分腿腾跃，采用器材代用法既可以达到锻炼身体的目的，又节约了经费，丰富了教学内容，同时也培养了学生艰苦朴素的精神。

下面介绍几种代用器材的开发方法：

（1）跳绳的设计与玩法。跳绳可以用来做绳操、跳移动绳、拔河等。

（2）滚圈的设计与玩法。一手持推手的推把儿，另一手拿圈，使圈与推手的推口接触。可拿在空中，也可置于地上。滚圈时，拿圈的手向前轻推放圈，同时，另一手持推手向前跟进，并使推口不脱离圈继续向前推动。

（3）沙包的设计与玩法。沙包有多种玩法，可用作“毽子”，也可用作投掷物，最典型的玩法还是集体打沙包，可用长方形场地，也可用渐进螺旋形场地。

① 长方形场的玩法。一队在宽边的外侧用沙包打场内的另一队队员，场内队员可以任意跑动。

② 渐进螺旋形场地的玩法是。进场队一人先站在入口，打击队从入口对面的场外投沙包

打，开始后进场队每名队员可以随时从入口向中心安全点跑动，每人只有一次机会，只能按跑进路线跑动，进场队员只有从开始点进入安全点，再从安全点退至开始点才为胜。不管哪种场地的玩法，只要比赛中被击中便失败。

4. 体育课程资源“一物多用”

在体育课中，体育器械的安排和使用应当慎重，既要考虑器材在课堂上的作用，又要考虑器材存在的安全隐患。课中利用率不高的器材，尽量不用，要因地制宜地做到“一物多用”，首先，节省器材的布置时间；其次，节省人力物力资源，学生在学习过程中不要频繁调动队伍，频繁布置场地，使得学生有充足的学习时间，提高学生的锻炼密度。例如：跳绳可以用来进行单双人或多人跳绳，可以做绳操、斗智拉绳、悬垂秋千、扫堂腿、踩龙尾、三人角力、夹抛绳、跳移动绳、绳球、绳投掷、跑蛇绳、二人三足跑等。实心球可以用来投掷，也可以用作负重物、障碍物、标志物，还可以用来打保龄球。呼啦圈可以用来做障碍物，也可以用来替代跳绳。

强化小结

【小结1】通过教师对体育课堂教学质量关键因素的了解，使教师明确体育教师的基本素质和技能对体育教学的重要作用。

【小结2】通过对体育教师专业理论和专业技能、综合素质和课堂教学能力的分析，使教师明确保证体育教学质量的基础是自身素质的提高。

【小结3】体育教学质量各个环节的手段、方法与策略。

技 能 篇

基于中学体育教学中存在的问题，本篇设置了武术、体操、田径、篮球、排球、足球、韵律舞蹈等七个技能强化课程，每个技能课程包括：教学重点、教学内容、教学思考、教学创新四个关注点。通过技能课程培训，提升中学体育教师的教学设计能力、教学重点与教学难点的分析能力，解决中学体育教学中存在的问题，培养中学体育教师教学的创新能力。

技能课程一　中学武术教学指导

教师简介

陈雁飞，女，北京教育学院体育与艺术学院院长，教授。
温佐惠，女，成都体育学院武术系教授。
陈振勇，男，成都体育学院武术系搏击教研室主任，副教授。
周志勇，男，北京教育学院体育与艺术学院副院长。

课程目标

【目标1】通过分析中学武术教育的文化内涵和教育功能，帮助中学体育教师进一步了解中国武术文化的精髓、武德和武礼。

【目标2】结合中学武术教学特点和案例分析，拓宽中学体育教师武术教学的方法，重视武术动作技术的攻防和实战运用，准确把握武术动作的示范和精气神的体现。

【目标3】探讨中学武术课堂教学的有效途径，创新中学武术教学方法，培养中学体育教师武术课堂教学中分析和解决问题的能力。

课程内容

【内容1】教学重点——基于中学武术教学重技术传授、轻文化传承的现状，对中学武术教学重点进行提炼和强化，突出中学武术三个方面的教学重点。

【内容2】教学内容——基于中学武术教材内容特点和重难点，分析中学武术的基本功、基本动作、拳术套路和器械套路等内容的要点和教法。

【内容3】教学思考——基于中学武术教学中存在的核心问题，分析如何把握武术的项目属性和本质特点。

【内容4】教学创新——基于教师在武术教学中的困惑，提出中学武术教学创新的视角、思路和方法。

教学重点

一、加强学校武术的教育功能

1. 增强学生体质，发展学生的体能和素质，全面提高学生内在潜力

通过武术的学习和锻炼，可以使学生头脑清醒、思维敏捷、肌肉健美、精力充沛。习练武术不仅是体能锻炼，而且也是内在精神、意志的锻炼，可以培育真气，平衡阴阳，疏通经络，调和气血，从而扶正怯邪，增强学生对疾病的抵抗力和免疫力，如武术中的“以意导动”、“以意运气”、“以气运身”的法则可增强人体神经系统的功能；武术运动中强调“深、长、细、缓、均、柔”的腹式呼吸，有利于增强人体心肺功能；武术中丰富的功法动作可使人体的速度、灵敏、协调、柔韧、耐力等综合素质得到充分发展。

2. 培养学生良好的心理品质

武术中的搏击运动，不但有利于学生的健康，而且可以增强学生斗智斗勇的信心，培养学生的武德与修养，培养武术人所具有的健康、端庄、冷静、正义、果断、坚毅、豁达、同情等品质，使学生向健康、自信、勇敢的方向发展。

3. 加强武德的培养

“武以德立”，“武以德先”。所谓武德，就是指习武学艺之人所应遵守的最基本的行为准则和规范要求。简而言之，就是习武的道德。它包括礼节、人品、作风和习武的学风等诸多方面。武术界历代各门各派的武师都十分重视武德这一根本问题，并结合实际制定了许多今之看来仍有意义和作用的武规和戒律来端正武风。武德最基本的有三点：一是服从国家，注重气节。也就是说在任何时候、任何情况下，一个习武之人都必须以国家、民族和人民的利益为重，当国家、民族和人民需要的时候挺身而出，不惜流血牺牲，为国争光，为人民、为民族争气，不做有损于国格、人格的事。二是秉公仗义，不畏强暴。即指利用自己的武艺特长，扶持正义，反对和抵制非正义，在最困难、最危险的时候不惧邪恶，不畏强暴，敢于同一切坏人坏事作斗争。三是遵守公德，做文明公民。就是说以高尚的理想、情操要求和约束自己，始终把自己当做社会中的普通一员，不以武欺人，不以艺压人，舍己为人；言语谦虚不俗，行为善始善终，遵纪守法；平常为人虚怀若谷，讲礼守信。

良好的武德不是天生的，不是自然形成的，而是在实践中靠一点一滴学习、培养和训练出来的。作为武术初学者，首先应该明确习武的目的，那就是为了锻炼体魄、强筋壮骨、防治治病、陶冶情操、培养意志、防暴自卫，决不能为大而学、为霸而练。武术习练的过程，也是武德培育的过程。中学生应自觉地、有意识地培养和训练自己的良好武德，做到既练功又练思想和精神。古人习武之时，不仅重视练功，更重视思想、精神的修炼。因为“心”与人生道路密不可分，它是武学之本。悟心即透理，故保持纯净之心便可容纳天地万物。我们应借鉴古人习武之经验，抛开私心杂念，用正确的思想指导习武。培养良好的武德，要从一点一滴做起，从大事着眼，小事着手，一步一个脚印。以抱拳礼为例，动作姿态是右拳左掌相抱，屈臂前伸，正立，目视受礼者。其中，右手握拳表示崇尚武艺，以武会友；左掌屈拇指，余指伸直并拢，表示自己不自大和四海武林同道，团结齐心发扬武术的意思。又如，练武者在递交兵器时，也有成规的礼节：要以兵器后把向前，不可将利刃直送对方，是为诚挚礼貌。这些都是基本的传统武德。只有从点滴做起，才能建立良好的、健康的师生关系，养成良好的武德。总之，只有习武动机纯洁，端正了武风，树立了高尚的武德，才能更好更快地掌握武术技能，才能以武强身，为促进我国武术运动的发展作出贡献。

二、培养学生个性，展示个人武技，相互促进与提高

武术既是一种人的身体活动，具有人体活动的一般审美价值，又是一种特殊技能，能表现人在攻防技击时的技巧和能力，具有一种技击性强的神秘色彩和审美价值。套路和攻防技击是学校武术教学的主要运动形式，充分体现出“以美启真”、“以美储善”的独具魅力和审美特点。学生在演练套路时能感受到“打”的氛围，在对抗时又能体味到“演”的韵味。学校武术不仅有实战作用，而且还强调动作优美，舒展大方。学校武术套路所强调的造型美、节奏美、矛盾美、难度美、套路美、攻防美等不仅具备健身技击价值，还具备艺术魅力价值。学校武术独有的审美情趣能增强学生的表演信心，特别是套路运动的动静急缓、起伏转折，散打运动的激烈对抗，不仅能培养学生的审美情趣，还能培养学生树立人生价值观、暗示内省心理、情感体验、冷静思索和独立处理问题的能力；另外还能培养学生的适应能力以及交流和切磋技艺的能力，给学生以美的教育和美的享受。

三、通过武术习练，增强中学生对中华民族传统文化认同

武术，是中国传统文化的一部分，经过上千年的历练与发展，形成了一种内容极其丰富、形式多种多样、门类众多且极具中国传统哲学思想基础的武术文化。武术内涵远远超出了武术技能本身，因此我们应该从文化属性的角度认识它丰富的文化内涵。武术的发展与其所在的文化氛围是分不开的。在漫长的历史进程中，它不断受到中国传统文化以及社会习俗的影响，因此，中华民族独特的思维方式、道德观念、审美情趣、价值取向以及人生观、价值观等在武术中都有集中的反映。“内外兼修”言简意赅地反映了它的文化属性，使武术超越了一般体育项目的技术层面，它以阴阳哲学为基础，体现了内容丰富的文化内涵，如整体运动观、阴阳变化观、形神论、气论、动静说、刚柔说、虚实说等等，形成了独具特色的中国武术文化体系。它既具备了人类体育运动强身健体的共同特征，又兼具东方文化特有的哲理性、科学性和艺术性。它是中国文化在人体运动中的表现，从一个侧面反映出我国民族文化的博大。

武术作为文化的一种载体，集技击性、健身性、艺术表演性于一体，武术运动同西方竞技体育的最大区别就在于注重内外兼修（这同地域、人种、文化、哲学有密切关系）。学校武术不仅是一种技能技术的学习，还是一种武术精神、武术文化的学习，是一个涵盖德、智、体、美等诸多教育因素的武术教育体系。

一、武术基本功、基本动作与教学要点分析

武术基本功和基本动作包括肩、臂、腰、腿等部位的练习以及手型、步型、手法、步法、身法、平衡及跳跃平衡等静型和动态的练习，它是武术技能所需的身体综合运动素质及练好武术的基础，是专业武术运动员必须掌握的基本能力。但对于中学教学来说，既没有时间保证更谈不上选材之说，我们必须清楚地认识到所面对的是广大中学生，如果完全按照“只有好基本，才能学习更多其他武术动作”的原则来要求的话，恐怕没有一个学生能通过武术基本功这一关。因此，对于学校武术教育来讲，武术基本功、基本动作的学习应始终贯穿于学校教育过程中，它与其他形式的武术动作学习相互促进、共同提高。此外，不是所有的武术基本功都要学习，我们应该选择那些对学生来说比较容易学习，又有助于体现武术动作风格的基本功，如手型、步型、手法、步法等，而且在对这些动作的要求上也可以适当减小难度，如步型偏高、幅度减小等，以此来适应学生的身体条件，调动学生学习的积极性。

二、手型、步型的教学与要点分析

中学武术的手型教学主要教授拳、掌、勾，步型教学主要教授弓步、马步、虚步、仆步和歇步。较好地控制身体各个部位的“形”的问题，是一件看起来简单做起来不易的事，学生需要反复地练习和不断地调整才能具有良好的本体感觉，才能更加准确、自如地控制肌肉的用力，以体现出良好的“外形”。因此，武术教学中需要教师不断地进行语言提示，督促学生进行自我调整并不断加强肌肉感受，从而逐渐形成良好的“形”。此外，步型的练习可以适当调整身体重心的高度，从相对简单的高姿势练习开始，让学生体会身体的肌肉感觉，再逐渐降低重心提高难度。总之，在基本手型、步型的教学上应采用提示、设定击打目标、定势和动态结合、先易后难、组织游戏等多种方式进行教学，切忌单调枯燥地进行教学和练习。

例如，弓步的练习方法可以从半高位的练习开始，先摆形，通过“静练”的方式，增强腿部力量和平衡能力，形成一定的动力定型。练习时要求调匀呼吸，静心体会各部肌肉感觉。其次进行“动静结合”的练习，将弓步与上步、退步等基本步法结合，完成一个步型时先静定片刻，再动步变势。练习中培养学生由静变动则迅速、由动变静则定型的能力。针对上述内容进行练习时，还应采取不同方法的组织方式，如分组练习小组表演、比赛定势时间、创编简单动作、学生互相纠正等，以增强学生的练习兴趣和学习效率。

三、手法、步法、腿法的教学与要点分析

中学武术教学中的手法主要包括冲拳、贯拳、推掌及架掌；步法主要包括上步、退步、插步、跳等；腿法主要包括弹踢腿和蹬腿（包括前蹬腿和侧蹬腿）。法，即方法，是为了进攻或

防守而采取的一些方法。中学阶段的学生独立思考能力和分析能力增强，对事物有自己的看法，因此，我们在教学中也一定得注重“法”的教学，也就是说让学生体验、并掌握这一类动作的基本规律和方法。

注重手法、腿法动作的整体协调用力，如怎样才能使打出的拳、推出的掌更有劲呢？教师在教学时必须要告知学生手法动作的要领。就拳法来说，下肢为根节，躯干为中节，上肢为梢节，其用力顺序是：蹬腿、转髋、拧腰、送肩、出拳，这样才能用力完整、顺达，劲力充足。这其中要让学生充分体会腰部的重要作用，如果没有腰的快速转动催肩前送，或者下肢的蹬劲没有通过转腰传递到上肢，都会使动作不协调，冲拳无力。此外，还要注意“以气催力”，屈得充分、伸得迅速。这就要求伸肘用力前，臂部肌肉要适当放松，以便转化为更加迅速的爆发力，充分体现冲拳的劲力。

腿法动作的完成也需要身体的协调完整用力，特别要强调支撑腿的充分蹬伸，以帮助进攻腿的发力。在教学中，让学生能够直观地体验手法、腿法的有效方法就是设定击打目标，可以是简单的报纸、书本、衣物、手靶、脚靶，还可以让学生发挥想象自制一些击打目标，但最好是能够在击打后发出较大声响的物体，这样可以让学生听到、感觉到自己力量的大小，激发其进一步学习的积极性。

就以上武术基本功、基本动作来说，一方面，教师可以在教学中通过不同方式组织学生进行练习，通过反复练习提高学生的武术专项运动素质；另一方面，教师还可以对上述基本功或基本动作进行简单组合，丰富练习内容，避免单一练习的单调。此外，就完成质量来说，对于中学武术学习，武术动作方法的获得远比武术动作外形的掌握更加重要。因此，在提示和要求武术动作外形的同时，应更加注重学生拳法、腿法等动作要领的教授，让学生知道如何用力、如何击打，使学生更好地体会武术动作的攻防特点。

【案例1】

单式攻防组合练习法

在练习过程中，根据每个动作的攻防含义和基本要求，采用相应的攻防组合动作，一对一地进行原地或行进间的重复性练习，称为单式攻防组合练习法。在不同的教学阶段、课上课下，均可采用此练习方法。既能提高学生的学习积极性，又能使学生更好地掌握动作要领。

1. 学习弓步冲拳和弓步格挡：可采取单式攻防组合练习法，一人进攻做弓步冲拳动作，另一人防守做弓步格挡动作，动作重心不必太低，先原地反复进行练习，然后再行进间练习，最后再交换重复练习。

2. 学习弹踢动作：可采取单式攻防组合练习法，一人进攻做左、右弹踢腿动作，另一人防守做左、右砸拳或左、右勾手动作。先原地进行练习，然后再行进间练习，最后再交换重复练习。

四、拳术套路教学与要点分析

拳术套路是指以人体自身的各种进攻或防守动作连接而成的组合。平时我们说的套路似乎都是比较长的，而把比较短的几个动作的连接称之为组合，但从基本构成和形式来看，它们之间没有本质的区别，只是在数量上有多少而已。因此，我们可以根据自己的思路把几个动作连接起来构成小套路。

中学教材中的形神拳套路的特点是架势舒展、动作灵活、快速有力、节奏明显，并包含蹿蹦跳跃、闪展腾挪、起伏转折和跌仆滚翻等动作，运动负荷大，结构复杂，对提高人体机能，发展人体素质具有良好作用。但上述特点也正是长拳对于普通学生来说相对较难的原因，因此可以进行适当简化，形成2~3个小套路教学，或者选取一些其他短小、简练的拳种作为学校武术的教学内容。

1. 拳术套路教学的注意事项

（1）拆分套路加强单个动作练习，提高基本动作质量。拳术的基本手型、手法、步型、步法在套路中也处处可见，教师需时时留意、提醒学生不断提高动作质量。教学中可以充分利用每节课有限的准备活动时间，可以把武术基本动作合理地编串起来，结合假想的对象进行有攻防含义的练习。在套路练习中，允许有个人个性的发挥，比如不同的节奏、不同的幅度等，让学生把自己特色的动作加入其中。这样每节课的内容虽有重复，但方法手段不断变化，学生仍有新鲜感。

（2）以“劲力”为突破，提高武术动作攻防意识。武术动作的本质属性是用于进攻或防守，这也是武术区别于其他运动项目的主要特征。因此，无论在单个动作还是套路动作的练习中都需要提醒学生动作的主要目的，但是除了动作基本形态上需要符合攻防的用途之外，还需充分强调动作“劲力”在表现攻防中的重要作用。因为既然是为了进攻对手就一定涉及“用多大的力去击打”、“如何能达到更大的用力”的问题，学生的注意会适当地集中在完成进攻或防守动作的力度上，这种潜在的心理活动是学生攻防意识的表现。而且，只有加强动作劲力才能提高学生体能，更好地实现武术练习的健身锻炼价值。

（3）难度动作早期渗入。每个拳术套路不宜有太多难度动作，平均十个动作中有一个难度动作即可。对于难度动作，可以在教学的初期就开始进行分解教授，然后逐步过渡到完整练习，这样在需要教授套路中的这一动作时，该动作的掌握已经较好，整套动作的学习会更加顺畅，就不会影响学生学习的积极性，而且学生对难度动作的反复练习和快速提高会带给学生更大的信心。

（4）区别对待，发展优势。无论是男生，还是女生，在武术教学中要抓住其不同特点、区别对待，结合其自身优势巩固提高。男同学普遍柔韧性较差，做定势动作时身体姿势会偏高，动作的规范性稍弱，但男生的爆发力和上下肢力量相对较好，因此，应引导他们进一步提高动作的速度和劲力，体现武术动作的迅猛和力量。而对于女学生来说，她们的柔韧性相对较好，但肌肉力量较弱，因此其动作的外形规范性和动作幅度会稍好，应在这个基础上尽量提高学生的动作速度、力量，以提高动作的攻防意识和增强锻炼效果。

2. 拳术套路教学的步骤

（1）讲解示范、慢速领做，使学生看清动作过程。这一步的基本任务是通过教师的慢速示范和简练的讲解，使学生弄清和掌握所学动作的路线的来龙去脉，这一阶段对于动作势式、步型可作一般要求，可以重心稍高，不必要求动作太工整。

（2）熟练动作，强调用力，体验攻防。这一步，是指在学生基本能够做出动作之后，使学生进一步明确每个动作进攻防守的目标，强调学生进攻动作的劲力，使学生有一个较为明确的攻防意识，为体现武术的精、气、神打下基础。此时，学生的动作可能还不够规范、协调，但应提示学生在不断提高劲力程度的同时，动作的协调性和规范性也应不断提高。教师此时的示范领做可以稍快一些，以促进学生动作熟练程度。

（3）提高动作势式、步型的准确性和规范性。这一步的基本任务是，使学生在弄清了动作方向路线的基础上，进一步做到动作势式的准确与规范。这时教师的示范、领做要以正常的速度进行，手、眼、身、步尽量要求做到准确规范，反复提示学生注意步型、手型的动作规范，逐步形成良好的动力定型。

（4）完整连贯、节奏明显。在一个套路学习的最后阶段应使学生逐渐领会武术动作的特点，了解武术神形兼备的要求，要向学生分析动作的性质、作用、意向、节奏，并使学生体会这方面的技巧，逐步使形体动作和心志意向结合起来，以便进一步达到武术神形兼备的要求。

【案例 2】

形神拳

1. 把握形神拳的教学重难点

（1）重点：套路中动作与动作之间的衔接自然。动作幅度、节奏的把握与处理要恰到好处，攻防含义的理解要到位。配音乐练习时的感受与武术精、气、神的统一。

（2）难点：开步前推双掌，翻掌抱拳；震脚砸拳，马步冲拳；抡臂拍脚，弓步顶肘；仆步轮拍等动作有较大的难度，也是教学、练习中的难点。

2. 弄清动作的方向路线。这一步的基本任务是，使学生通过教师的慢速示范和简练的讲解，弄清和掌握动作方向路线的来龙去脉。对于势式、步型可作一般要求，不必太低、太规范。

3. 在以上基础上，掌握准确和规范的动作势式、步型。这时教师的示范、领做要把前一步骤采用的慢速示范变为正常速度的示范。手、眼、身、步必须做到准确规范。但是，动作的示范、领作速度相对变快，不等于就是动作的贯串完整。如果某些动作在第一步骤里运用的是分解教法，在这里还是要分割开来，不必贯串成完整动作。因为，要求势式、步型的规范，不仅要求静止时势式、步型的准确与规范，同时还要求动态活动过程中手、眼、身、步变化部位的准确与规范。所以，先不要求动作的贯串完整，而要利用分解教法去解决动态活动动作的准确与规范。

4. 完整贯串动作。这一步，使学生掌握动作的完整性。教师的示范、领做必须是快速的、正确的、连贯的、完整的。带领学生把分解的动作连贯起来做，不但要求势式连贯、完整，而且要求用力适度、恰当。

5. 分析、加强动作的劲力、节奏、精神、眼法等技巧。使学生领会武术动作的特点，了解武术神形兼备的要求。教师要向学生分析动作的性质、作用、意向、节奏，并使学生体会这方面的技巧，逐步使形体动作和心志意向结合起来，以便进一步达到武术神形兼备的要求。

五、器械套路教学与要点分析

器械，传统上称为兵器，现在武术界称各种武术演练兵器为器械。器械套路是指手持武术兵器（器械）进行武术演练的一种形式。器械又可分为长器械、短器械、双器械、软器械，目前最常用的器械是刀、剑、枪、棍，这也是现代武术竞赛主要项目。在学校武术教学中主要开展刀术、剑术、短棍、太极扇等器械形式的学习，器械套路的教学主要突出以下几个方面：

1. 安全和武德教育

学生刚看到或拿到武术器械会比较新奇，经常会尝试模仿某些武林大侠的一些动作，甚至有的会开始两人对打起来。教师应抓住学生的好奇心理及时对学生进行安全防范教育，并提出一些课堂上使用、练习器械的基本要求，提高学生的武德修养。

2. 结合不同器械的典型动作，介绍该器械的特点和演练风格

不同的器械具有自身的外形特点，同时也具有鲜明的演练风格，比如刀术和剑术的特点就迥然不同。因此，在学习器械基本动作和套路之前，应先向学生讲明各器械的结构和各部位的名称，加强学生对器械本身及其相关文化的了解，以提高学生的学习兴趣。此外，注重该器械典型动作的教学和练习，如刀术的缠头裹脑、扎刀、腕花等，剑术的刺剑、点剑和挂剑以及各种剑花等，通过典型动作练习让学生更加深刻地感受到所学器械的风格，并熟练掌握该动作，并对接下来的学习充满自信。

3. 体验器械动作攻防，强调动作劲力

在教学中，选择个别有代表性的动作让学生慢速体会动作的攻防特点，明确器械的实际用法，并强调进攻性动作的力度的重要性，有助于学生更好地领会动作的精、气、神。需要指出的是，让学生体验动作攻防时要注意提醒学生安全问题，并借此培养学生对同学、对合作练习者、对坏人应持有的态度和原则，提高学生的武德修养。

4. 逐步提高动作规范，重点体验武术器械的风格

武术动作基本动作的步型、步法以及各器械的基本动作规范不是一蹴而就的，需要进行长期反复训练，因此就学校武术器械教学来讲，应在教学中反复提示，促使学生不断改进提高。让广大学生在较短的时间内体验到各武术器械的风格特点，提高其对武术的深入了解，这是继承和弘扬中华武术的一个重要目的。

【案例 3】

中学刀术

中学二年级的刀术教材内容，是由18个动作组成的套路。其中包括缠头、裹脑、劈、扎、撩、砍、舞花等刀法，弓步、高虚步、马步、独立步、跳步、插步等步型步法，蹬腿、箭踢等腿法和腾空动作。通过刀术的套路练习，促进柔韧、灵敏、速度、耐力和力量等身体素质的发展，培养勇猛顽强的作风，体验武术器械的攻防特点和运动风格。

(1) 教授刀术基本动作和套路之前，应先向学生讲明刀的结构和各部位的名称，以便在学练时听懂教师的课堂术语，及时领会动作过程和要领，尽快学会和表现出准确的刀术动作。

(2) 缠头裹脑、扎刀、腕花等刀法是刀术套路的典型动作，也是体现刀术风格的主要内容。对此，教师要精讲，组织学生多练，狠抓动作规范。

(3) 本套刀术共含18个动作，往返共两段。其练习难度主要取决于刀法是否准确、有力，不持刀手的手法与刀法能否协调配合。其重点动作主要有：跳步、歇步、劈刀、缠头裹脑虚步藏刀、插步蹬腿扎刀、裹脑提膝推掌、跳起插步砍刀、左右腕花高虚步劈刀、缠头箭

踢等。

(4) 刀术套路的勇猛风格要表现在动作的连贯和力度上。因此，教每个刀术动作时，首先通过分解法使学生掌握动作基本结构，然后带领学生由慢渐快地进行完整动作的练习，以保证刀术动作的连贯完整。当学生学会了全套动作之后，用抑扬顿挫的口令诱导学生在全套动作中表现出每个完整动作的节奏和力度。

(5) 因刀术教材有一定的难度，所以要布置学生进行课后练习，并背熟18个动作名称，规定学生课后练习次数。

(6) 为安全起见，无论在刀术的新授课上还是复习课上，主要采用集体教学，应注意学生的距离，互相关照。如果进行分组练习，也应以4~5人一组为宜，1人练习，其他人观摩。不宜进行分散的个人练习，以免发生伤害事故。

(7) 课堂上进行刀术套路教学时，有针对性地讲解其攻防含义，并重视武德教育。

教学思考

一、新课程理念下学校武术目标和功能的升华

随着人们对武术教育功能的深入理解，以往的教学理念和模式已经不能够为武术教育提供一个良好的氛围。新的课程标准提出的五大领域的教育目标，为武术发挥其项目特点提供了机会和保障。新课标的出台和实施意味着学校武术教育工作重点的重新分布，心理健康和社会适应领域，强调的是对人内在品格的要求，更多的是锻炼人的内心。在社会适应中，学生逐步地认识、提升自己。而这恰恰是与武术内外兼修的理念相一致，武术要求外练筋骨皮，内修精气神，力求使双方相得益彰。所以，现在学校武术教育在新课标的理念下，其目标和功能得到了升华。

体育与健康课程改变了传统的按运动项目划分课程内容和安排教学时数的框架，三维健康观、体育自身的特点以及国际课程发展的趋势，拓宽了课程学习的内容，将课程学习内容划分为运动参与、运动技能、身体健康、心理健康和社会适应五个学习领域，并根据领域目标构建课程的内容体系。可以说，武术自身的特有魅力可以在新的课程理念下“大展拳脚”。

二、武术教学忽视学生的全面发展

中国体育的教学思想、教学模式在过去的几十年中，受苏联的学校体育理念的影响，表现出以下特征：武术教学突出对学生运动技术、技能的培养和提高；在教与学的双边关系中，突出教师的主导作用，忽视学生在学习过程中的主体作用；在考试体系中，专项体育技术、技能的评分比重占90%甚至100%。但是专项体育成绩的优良，不仅取决于专项技术，还要求专项身体素质、心理素质的协调发展。也就是说，武术对人的教育作用，不仅应使学生学会技术，还应使学生的身体、心理素质得到发展。由此可见，武术教学存在着许多缺憾和不足，武术教学没有从学生的实际情况和客观需要出发，没有发挥武术的多元化功能，使得武术教学越来越脱离学生的需要，学生对武术的兴趣在逐渐下降。

三、武术教学脱离武术的技击属性

从部分学校的武术教学情况来看，老师在教学过程中少讲或不讲武术动作中的攻防含义，只教动作不讲意识，导致学生只知其然，不知其所以然，学生学习没有积极性或会练不会用，更谈不上掌握武术运动特有的内外合一、形神兼备的风格和特点。这样把武术运动与广播操、健美操等同起来，严重影响了武术教学的质量和学生的积极性。

在武术教学过程中，攻防意识不明显，动作规格和强调形神兼备的教学主导思想不突出。要提高武术课的教学质量，除了对武术运动的作用有充分认识外，防身自卫的作用不应被忽视，例如强身健体、祛病益寿、陶冶情操、丰富生活等。在武术教学的过程中要把这些积极的效用多向学生传授，让他们更多地体会到武术的好处，从而产生更高的学习积极性，反过来促进学校武术教学的进一步开展。

四、师资力量匮乏，严重束缚着武术的普及发展

现有的武术师资，大多是兼职的体育教师，专业教师数量很少，而且又局限于自己的某一项，对武术缺乏系统完整的学习。另外，师资的薄弱还表现在教学水平上。一个国家级的武术健将不一定能教出一批好的学生，他们自己会练而不会教学生练，其原因在于没有好的基础理论知识和武术教学方法。实践表明，教同样的技术动作、同样的套路，教学经验丰富的老教师比武术专业技能扎实的新教师教得快、学生学得轻松。这就形成老教师教法得当，但动作不规范，而新毕业的教师动作规范、优美，但武术教学方法简单的现状。

五、武术的健身功能

武术教学比较呆板，无法调动学生的积极性，出现学生“喜欢武术而不喜欢上武术课”的现象。武术具有很多的功能，但是就目前看来，其健身功能才是国人的主要追求，也是练习武术的动力。下面用一个例子来说明这一现象。

【案例4】

2004年8月，在天津举行的“全国首届青少年武术大赛”中，教练们一致感慨：“现在学习武术的孩子正呈逐年减少的趋势，为什么我们的传统国粹不及跆拳道了！”据国家A级武术裁判、天津青少年活动中心的郭秀英老师介绍，“我们活动中心办武术班已经有20多年，平时学生只能招到100多人，可刚兴起的跆拳道去年一下子就招了200多个学员，今年的暑期班甚至超过300人”。

原因分析：其一，武术难练，需要从小下大力气才能练成；其二，对武术的宣传还不到位，谁都知道武术是中华国粹，但除了影视片给人的一些印象外，武术的推广缺少必要包装。

相比之下，韩国为了推广跆拳道，在中国下了一番工夫。据介绍，两三年前，韩国有关方

面投入大量财力进行宣传，如无偿培训老师，赞助场馆的内装修等。现在练跆拳道几乎成为一种时尚运动，各种健身场馆几乎都有这个培训项目。

一位送13岁孩子练跆拳道的家长说，武术太难太苦，跆拳道招式简单而且好学。他的孩子也表示，跆拳道讲究礼仪非常文明，练习馆里有统一标志，大家穿着统一服装，让人感觉很正规。而一位小时候练过武术，现在正在练习跆拳道的女士认为：跆拳道有一套升级的规则，从开始练的白带，到黄、绿、蓝、红、黑带，一级一级考，让人明确自己的水平和努力方向。

目前，各地武术学校的招生也大不如以前。山东淄博少年宫的武术老师丰丽分析："这恐怕与这些年课外培训项目兴起有关，舞蹈、器乐、足球，包括各种英语班，都吸引了许多孩子。"而青海省青少年活动中心的张荣老师则认为，现在的家长普遍把孩子的学生成绩放在第一位，参加课外项目也是以提高学生成绩为目的的。像武术这种项目，除非孩子身体不好需要强身健体外，家长是不愿意让子女在这上面"耽误时间"的。很多身体条件非常好的孩子，到了十三四岁，力量、速度、反应能力、技术水平都达到了一定程度，可这时恰恰是他们准备中考的时候，学习第一，只能中断练习。另外，家长溺爱孩子，看不得孩子吃苦；孩子自己也不能吃苦，这让许多孩子练功半途而废。

六、挖掘中华武术精神内涵

很多人认为，中国武术范围太广，内容太多，要求太高，学会一套武术套路要花很多时间，而且还记不住，练不下来，学校武术有限的那点时间根本练不成真功夫。另外一个最重要的原因是中国功夫要求有"神"，也就是神韵，这个要求很抽象，不能具体描述，只能靠练习者自己体会。此外，武术动作要求四肢都有特定的运动路线，连头怎么摆、眼怎么看，都有要求，不经过大量的训练，根本难以有成，特别是武术基本功中的压腿、踢腿等。可以说，武术的复杂性决定了练习者需要耗费大量的时间和工夫。这也形成一个不可避免的矛盾，一方面练习者想有所突破，期望看到自己的进步和得到别人的承认，但又不想花很多时间；另一个方面，武术的玄妙需要不断的探索和练习。所以，虽然喜欢中国武术的人才不少，真正练习中国武术的人却不多！尤其是学生。

中学武术教学的改革，要以素质教育思想为指导，使武术教学围绕着学生的发展需要，结合现代年轻人的特点进行改革。中学武术教学不应只停留在武术套路及实践技巧的掌握上，还应根据武术教学特点和武术技法的特有功能及丰富的内涵来达到领悟、探索中国优秀的传统文化的目的，以此培养学生的民族自豪感和爱国主义精神。

（一）从武术技术教学与提高学生养生保健、生活能力相结合入手

结合武术内外兼修、形神合一的健身养生特点，向学生进行传统保健文化知识的传授，使武术教学与增强学生养生保健意识，提高学生的生活能力密切联系。教学实践证明，当学生对武术技术有了一定的掌握后，配合介绍传统保健文化知识，将学生的武术学习定位在练习和实用相结合、专项武术技术与提高学生生活能力相结合上。向学生传授保健养生知识是非常必要、非常实用的，如精神、情志与脏腑之间的关系；四季与运动时间、运动量；保健穴位按摩等。这对科学合理安排学生的衣、食、住、行起到了指导作用。这样的武术教学，提高了武术对学生生活的应用价值，丰富了学生的生活知识。

（二）从武术教学与培养学生能力相结合入手

学校武术教学中，应该培养学生独立锻炼能力、保健能力和管理能力，加强学生武术知识、武德教育，提高学生对中华民族武术文化的认识，逐步培养学生的健身意识，为终身体育奠定基础。同时武术教学的焦点可以更多地集中在体质较差、无运动特长的学生，丰富的武术教学内容适用于不同体质的学生，逐步改善其体质状况。

（三）从对学校武术教育中的教学内容、方法和形式进行合理改良入手

武术作为学校体育的组成部分，教学中应该强调学生“主体”地位，将教学目标定位于促进学生的全面发展。因此，在教学内容和教学方法的选择上应该注意结合不同年龄阶段学生的身心发展特点，有针对性地进行调整，以培养学生学习武术的兴趣，充分调动他们学习武术的积极性和热情。

受学校和学生特点的限制，学校武术的教学内容主要以武术基本功和套路练习为主。近年来，教育主管部门和教材编写者根据现代青少年的特点和需要，对传统的武术套路进行改编和再创造，如在保持传统长拳套路特点的基础上创编配乐的“形神拳”、刀、剑、太极拳的招式和招法等，使学生学习武术的兴趣有了很大提高。还有准备活动如何进行改创，一些学校创编的“搏击操”深受学生的喜爱，也振奋学生的精神。

在教学方法和形式的选择上，要力争运用自主与合作、思考与提问、课堂与课外、自学与互学、分解与组合等多种方式和形式进行教学。例如，部分教师在讲解套路时过分强调学生动作的整齐划一，强调武术基本功的练习，忽视了武术的技击特点，对动作的攻防含义理解不透、讲解不清，久而久之，致使武术课堂教学达不到应有的武术学练效果。因此教师的讲解、示范、攻防含义的把握，是带动学生学好武术的重要方面。

（四）从武术教学中降低动作学习的难度入手

现在很多的家长认为武术学习必须要求投入很多的时间，而在目前社会普遍重视文化课学习的大背景下，说服家长让学生投入到武术学习中来是很难的。所以只能从教学入手，改变原来的武术教学形式。降低动作难度并不贯穿于整个教学过程，而是在教学初期使用，目的是调动学生的积极性。因为现在学生选课的目的大都集中在健身方面，希望有一定的趣味性和运动量，达到愉悦身心的双重效果。所以这里的降低难度是解决学生“进武术门”的问题。

（五）从改变武术教学呈现的形式入手

只靠降低难度不足以激发学生兴趣，因为难度只是学生需求的一个方面。男生可能更容易喜欢动作频率快的武术，比如长拳，而不喜欢练太极拳。相反，女生可能更喜欢动作轻缓的太极拳和女子防身术。

相比之下，跆拳道的练习显得更大众化，在练习中特有的发声，显得很有感召力。它的动作并不复杂，但给视觉以巨大的冲击。这些外在的因素使得它更容易被学生所接受，而且它的升级也较容易，学生可以清楚地看到自己的进步，尽管这种进步不是实质性的，但关键在学生眼里，这是重要的！而武术包含的众多可以吸引人的东西，在我们的课堂里反而没有体现，套路尽管包含攻防含义，但是，却常被学生称为“花拳绣腿”。

（六）从学校武术套路教学与散手相结合入手

目前的武术课（以长拳为例），除了准备活动的基本功练习，就是套路。虽然学习武术不是为了伤人，但武术很讲究“学以致用”，起码要让学生知道动作的来历和用处。武术源于实战，很多招数也只是几个动作的组合，经过数百年的发展，其中加入了不少非实战性的串联动作，这样便于记忆，易于流传。而且，有些流派融入了养生的内容，这样更使武术从动作形式和节奏上看起来“不实用”。所以，在套路教学中，配合攻防意义讲解的同时，适当加入散手的内容，会使武术更接近于学生的“生活”。套路教学中最大的问题是缺少对练，整套动作都是在对“空气”。与散手课相比而言，后者可能更受学生喜欢，可能的原因是套路和散手太过“泾渭分明”。而实际上，二者是武术的两个方面，前者重神，后者重体。但是教学的对象是学生，他们更易于被后者吸引。

（七）从学校武术教材内容的改革入手

目前，学校武术教材在原有的基础上，进行了大量的改革和创新，更加符合学生的生理和心理特点，是传统和现代武术的结合，既体现了武术的搏击、招法、防卫本质特性，又符合了学校场地、学生人数、农村和山区地域等特点。

对于中学来说，武术学习的内容主要以基本功、组合动作和套路为主，学习的目的有三个：第一，使学生了解武术健身、防身等方面的知识；第二，使学生学会并较熟练地掌握一两个武术套路；第三，学练中磨炼意志品质、陶冶情操，培养民族自尊意识。因此，武术作为体育与健康课程的内容之一，有其自身的运动特性，在教学中把握武术的特点和学习规律是取得良好教学效果的关键。随着社会的发展，基础教育事业的改革，学校武术教材还应该在以下几个方面完善：

1. 学校武术教材要增加武德内容

武德教育可以使学生养成良好的行为规范，这是促进青少年身心健康发展的重要手段。用中华武术发展的历史，对青少年进行爱国主义教育，它的确是生动而实际的好教材，能够激发出他们热爱祖国文化，参加武术运动的积极性。日本的空手道、柔道、剑道等体育项目在这一方面就体现得很好。通过武术的武德教育，使学生养成良好的行为规范，既符合武德的要求，也符合社会主义精神文明建设的要求。

2. 学校武术教材内容的精选补充

近几年来，学校武术教材有了进一步的改进和创新，但还是缺少符合学生喜爱的武术招法内容和吸引学生的武术套路。学校武术教材内容中的基本功、基本动作还缺少灵活和有效的练习方法，没能以武术基本功、基本动作编成层次不同的核心动作组合。老师可以根据实际情况，通过缩编太极拳，创编自选拳和刀、剑，增加散手、擒拿、解脱、摔跤等技击性内容，来激发学生的练习兴趣。

3. 学校武术增加规范化的竞技内容

武术教材内容在适应演练的基础上，应增加规范化的竞技内容。竞技内容要与保健项目相结合，所设项目及内容应便于学生实际学习并和应用相结合，要符合学生的特点和需要。同时开辟新的多层次的适应不同体质和年龄特征的教材内容，突出竞技性、对抗性和适用性，如武术搏击操、招法套路等的学习与演练。

4. 学校传统武术与现代体育的关系

传统武术是根植于我国民族传统文化，以技击为核心，讲究形神兼备、内外双修的一种以防身、健身、修身为目的的融合多种表现形式的个人修炼。现代体育虽然也是增强体质、掌握技能和技术，但现代体育与传统武术所体现、演练的目的和要求不一样。练武术时，一伸手，一投足，均有明确的技击含义。比如“推掌”，就须以掌外沿为力点向前或向侧立掌推出，动作意识是以掌沿推击假设中的对手，这与体操运动中的平伸掌动作，无论在外形上还是在意念上都大不一样。又如“侧踹腿”，必须先屈后伸，力达脚跟，而不能像体操那样将腿摆在体侧。这种攻防技击特点是武术运动的精髓，丢掉了这一特点，武术运动就会丧失其民族体育的内涵，也就谈不上“味道”了。

5. 学校武术教材内容的创编，应发挥武术自身的特点

教材内容要体现民族特色，使学生养成“尚武崇德”的精神风貌。结合各地的实际，允许不同版本的教材内容。如南方沿海地区南拳盛行，则应适当收编；北方长拳较流行，就应以长拳为主，包括功法、搏击、招法、对练、短精套路等教材内容。学习武术套路和散手技术，发展全面素质和技能，养成“终身体育”的习惯。

技能课程二　中学体操教学指导

教师简介

李健，女，北京教育学院体育与艺术学院副教授。
索玉华，女，北京石油学院附属中学体育教研组组长，特级教师。
王艳荣，女，北京华夏女子中学教研组组长，市级骨干教师。

课程目标

【目标1】通过体操教学内容的学习，使中学体育教师了解体操教学内容的意义和价值。

【目标2】结合体操教学重点和教学难点的分析，帮助中学体育教师掌握体操教学方法、保护与帮助方法。

【目标3】通过体操的教学准备、教学组织、体操动作口诀的创编，创造性地开发体操教学资源，拓宽中学体操教学创新思路。

课程内容

【内容1】教学重点——基于体操教学目标、教学重点、教学难点分析，使中学体育教师掌握体操动作的教学规律和动作要领，为中学体育教师提供教学指导。

【内容2】教学内容——基于体操教学的意义、特点、内容、安全保障、方法的学习，为教师提供多样的体操教学方法及教学措施。

【内容3】教学思考——基于体操（技巧、支撑跳跃、单杠、双杠）优秀教学案例的分享，为教师提供体操安全教学的方法。

【内容4】教学创新——基于体操教学的特点，为教师提供创造性开发体操教学资源的方法。

一、体操技巧教学的教学目标、动作要点和重点

1. 体操技巧教学的教学目标

(1) 通过体操动作的学习，使学生学会并掌握技巧的组合动作和成套动作。

(2) 通过体操动作的学习，发展学生灵敏、协调、柔韧、力量等身体素质，提高平衡能力。

(3) 通过体操动作的学习，提高对技巧动作的学习兴趣。

(4) 通过体操动作的学习，使学生学会自我保护和相互保护的方法，避免意外事故及损伤的发生。

(5) 通过体操动作的学习，培养自信、果断、顽强的品质，培养学生的合作意识和交往能力及掌握健身手段和方法。

2. 技巧动作教学要点、教学重点及教学难点分析（表6-1）

表6-1　中学技巧教学内容、动作要点、教学重点及教学难点

动作名称	动作要点	重点与难点
前滚翻	蹲撑开始手远伸，两脚蹬地腿要伸 头肩背臀依次滚，团身抱腿上体跟	重点：两腿迅速蹬直 难点：团身紧
鱼跃前滚翻	两臂前摆腿要蹬，腾空屈臂垫上撑 屈臂低头要缓冲，屈膝团身抱腿成	重点：蹬地、摆臂 难点：把握屈臂缓冲与低头团身的时机
头手倒立	头手撑垫重心移，手掌前额三角起 紧腰升髋腿上举，稳定重心成倒立	重点：两手与前额撑垫成等边三角形 难点：紧腰升臀，举腿压髋的配合
手倒立—前滚翻	含胸直臂要顶肩，立腰夹臀再移肩 屈臂低头脚远伸，头背腰臀依次滚	重点：正确的倒立姿势，直臂移肩脚远伸 难点：掌握移肩和低头的时机
侧手翻	手脚撑地一条线 身体垂直一个面 分腿倒立要顶肩	重点：两腿充分踢蹬 难点：四点一线
直腿后滚翻	上体前屈髋后移，支撑过渡臀着地 迅速倒肩快举腿，两手快速肩上撑 身体叠紧腿要直，用力推撑成站立	重点：举腿翻臀 难点：推手
肩肘倒立	后倒举腿挺直髋，紧身立腰眼看天 夹臀夹肘腿上伸，背腰腿脚一条线	重点：举腿升髋压垫 难点：展髋夹肘
经单肩后滚翻成跪撑平衡（女生）	分腿翻臀头侧屈，右臂侧伸左臂屈 举腿及时腿高举，脚尖着地再屈膝	重点：举腿、翻臀 难点：翻臀与倒头的配合

二、体操支撑跳跃的教学目标、动作要点、重点和难点

1. 支撑跳跃内容的教学目标

支撑跳跃对发展学生的腿部和上肢的爆发力，增强肩带、腰腹肌和关节、韧带的力量有重要作用。支撑跳跃需要完成三个抛物线才能腾越过器械，对发展协调、灵敏、速度、力量素质和增进心肺功能都有积极的作用，对提高学生的前庭分析器的平衡功能有一定的作用，通过练习可以培养学生克服困难的品质，增强学生的自信心。

2. 支撑跳跃教学要点、教学重点、教学难点分析（表6-2）

表6-2　中学支撑跳跃教学内容、动作要点、教学重点及难点

动作名称	动作要点	重点与难点
纵箱分腿腾越	助跑踏跳臂领先，远撑提臀要顶肩 分腿推手抬上体，挺身落地树信心	重点：踏跳跃起，手撑远端 难点：顶撑有力，抬起上体
侧腾越	助跑速度不宜快，含胸提臀腿侧摆 以脚带体侧上摆，展髋顶肩推离快	
横箱分腿腾越	快速助跑踏跳，两腿迅速蹬直向前上方跃起，两臂积极前摆远伸用力顶撑器械远端，同时分腿抬上体越过器械	

三、体操双杠教学的教学目标、动作要点、重点和难点

1. 中学双杠动作的教学目标

（1）了解双杠的特点及作用，提高学生学习双杠的积极性，通过学习使学生能较好地完成全套动作。

（2）掌握利用双杠发展身体素质的方法，增强体能。

（3）提高自编、自练、自评、互帮、互学、互练、互评的能力，增进合作意识和能力。

（4）培养良好的思想品德和勇敢顽强的意志品质。

2. 双杠动作的教学要点、教学重点、教学难点分析（表6-3）

表6-3　中学双杠动作教学要点、教学重点及教学难点

动作名称	动作要点	重点与难点
挂臂摆动屈身上成分腿坐	支撑前摆出杠面，收腹屈髋成屈体 展髋伸腿要制动，两臂用力压杠起	重点：伸腿压臂、跟肩分腿 难点：展髋压臂与跟肩分腿的配合
分腿坐—前滚翻成分腿坐	收腹提臀肘外张，低头换握臂压杠	重点：提臀分肘 难点：掌握换握时机
跳起前摆成分腿坐—分腿坐前进	支撑前摆要出杠，分腿向后滑压杠 前倒挺髋要撑杠，两腿伸直滑夹杠	重点：前倒挺髋 难点：前倒挺髋撑杠后摆腿配合

四、体操单杠教学的教学目标、动作要点、重点和难点

1. 中学单杠动作的教学目标

（1）使学生了解单杠运动的特点及锻炼价值，较好的完成全套动作。

（2）使学生掌握利用单杠发展身体素质练习方法，增强体质。

（3）培养学生克服困难、勇敢顽强和自信的良好品质。

（4）树立安全意识，使学生学会保护与帮助的方法。

2. 单杠动作的教学要点、教学重点、教学难点分析（表6-4）

表6-4　中学单杠动作教学要点、教学重点及教学难点

动作名称	动作要点	重点与难点
单（双）脚蹬地翻身上成支撑	蹬地摆腿拉压杠，腹部贴杠并腿上 举腿倒肩拉紧杠，抬头翻腕挺身上	重点：蹬地踢（举、摆）腿、引体贴杠 难点：蹬地举腿与引体贴杠的配合
支撑后回环	预先前摆接后摆，落下直臂腹贴杠 快速倒肩腿跟上，制动翻腕挺身上	重点：腹部贴杠，踢腿倒肩 难点：踢腿倒肩的配合

一、体操教学的意义

体育教师通过学习，明确中学各年级学生学习体操教材的特点，并能根据不同教学对象，设计体操教学。中学体操教学具有以下作用：

（1）通过体操动作学习增强肌肉力量，提高灵敏程度，塑造健美形体。

（2）通过体操动作练习培养学生克服困难的意志品质。

（3）掌握体操技能能有效提高学生自我保护能力、帮助他人及克服自身心理障碍的能力。

（4）通过体操动作学习培养中学生的自信心，完善人格。

（5）体操动作内容的全面性、综合性、拓展性对学生健身发展有积极作用。

二、体操教学的主要特点

（1）初中体操教学在小学体操动作的基础上增加了联合动作，高中体操教学在增加难度的基础上，进一步加大动作的难度。

（2）初中体操动作难度呈递进性增加，高中体操教学变换了器械的使用方法，如男生横跳箱改为纵跳箱，低单杠改为高单杠等。

（3）各项体操教材内容循序渐进地增加了组合动作练习，动作的灵活性增强。

（4）体操教学中广泛运用保护与帮助。

在体操教学过程中，要激发学生学习体操动作的兴趣，使体育课程、体操教学的基础性、健身性、实用性得以创造性地发挥，真正实现《体育与健康》课程的价值，达到学生终身体育的目标。

三、体操教学的主要内容（表 6–5）

表 6–5　体操教学的主要内容

项目	内　容
基本体操	队列队形练习，徒手体操、轻器械体操、实用体操以及专门器械体操
技巧	前滚翻、鱼跃前滚翻、头手倒立、手倒立前滚翻、侧手翻、直腿后滚翻（男生）；肩肘倒立，经单肩后滚翻成跪撑平衡（女生）
双杠	挂臂摆动屈身上成分腿坐、分腿坐，前滚翻成分腿坐、支撑前摆向内转体 180°下、支撑后摆转体 180°成分腿坐、分腿坐前进
单杠	单（双）脚蹬地翻身上成支撑、骑撑后倒单挂膝摆动上、骑撑单挂膝后回环一周半、支撑后回环、支撑后摆转体 90°下、骑撑转体 180°成支撑
支撑跳跃	横箱分腿腾越，纵箱分腿腾越（男生）、侧腾越（女生）

四、体操教学的安全保障

保护与帮助是预防运动创伤的安全措施，中小学体育教师必须掌握这一基本体操教学技能。

1. 保护与帮助的作用

保护与帮助是体操教学与训练的一种手段与方法，也是预防运动创伤的安全措施和有效方法。由于体操器械类型不同、体操动作类型多样，有动力性和静力性动作，有滚动和翻腾类动作等，同时还需要在运动中克服自身的重力完成动作，因而存在一定的危险性。因此，在体操教学中，要运用正确的保护与帮助方法，减轻学生身体、心理负担，增强学习的自信心，同时帮助学生尽快建立动作概念，掌握技术要点，防止伤害事故的发生。

2. 保护与帮助的分类

体操教学中的保护与帮助内容、形式和方法多种多样，保护中有帮助，帮助中有保护，两者相辅相成，在体操教学时要根据练习者的具体情况有效的、合理的运用。

（1）保护。保护是指学生在做动作时由于发生错误、动作失败或因失手发生危险，教师应根据实际情况及时采取使其摆脱险境的措施，以保证学生的安全。保护又分为他人保护和自我保护两种。

① 他人保护。保护者常采用接、抱、拦、挡和拨的方法，以减缓或加快动作的速度，改变身体的姿势和位置，使学生避免摔倒出现危险。例如学生头朝下跌落时，将他拦腰抱住或顺

势拨转身体，避免其头部直接着地。

② 自我保护。一般在没有别人及时保护的情况下，应采取自我保护的方法，如停止练习、自动跳下，在摔下器械时顺势做屈臂团身滚动等，以避免造成伤害。

（2）帮助。帮助是用直接帮助或间接帮助使学生更好地学习、体会、掌握、改进和提高动作技术。帮助一般分为直接帮助和间接帮助。

① 直接帮助。是指学生在练习中，帮助者采取托、顶、送、挡、拨、搓、扶等手法给予助力。

② 间接帮助。是帮助者通过信号（语言、击掌等方式）、标志物和限制物（绳、杆、球和醒目的物品），使练习者掌握正确的用力时间、方向和节奏，体会身体所在空间的位置、方向，以帮助其尽快学会动作和提高动作质量。

3. 保护与帮助方法的运用

保护与帮助者要有高度责任感，不仅要做到注意力集中、熟悉动作技术、熟练掌握体操保护与保证手法，还要做到站位好、判断准、出手快、手法对、效果好。

体操动作的联合动作较多，对联合动作进行保护与帮助时，既要熟练运用单个动作的保护与帮助方法，还要运用综合手法，随着联合动作的变化，及时移动站位、变换手法和调整保护与帮助的方法，同时要求保护与帮助者注意力集中、反应快速、移动敏捷（表6-6）。

表6-6　保护与帮助方法的应用

保护	他人保护	接、抱、拦、挡、拨
	自我保护	停止练习、自动跳下、屈臂团身滚动
帮助	直接帮助	托、顶、送、挡、拨、搓、扶、拉、提、推
	间接帮助	绳、杆、球、手帕、语言、击掌、纸张
利用器械	利用器械保护	海绵垫、海绵坑、保护带、护掌
	利用器械帮助	滑轮

4. 保护与帮助的建议

（1）首先在备课环节中，要预设所教的技术动作中学生可能会出现的问题，如双杠支撑摆动前摆下动作，要预设学生在学习支撑摆动时，支撑点与固定点的位移问题，摆动时，学生可能会出现肩的固定点向前或向后位移，导致人前扑或后仰情况。

（2）教师在教会学生技能的同时，要教会学生保护与帮助的方法，当每个学生都掌握保护与帮助方法时，教学的安全系数就会大大提高。

（3）体操教学中，把保护与帮助作为考核的内容之一，用来约束学生，提高学生对保护与帮助的重视程度。考核方法按成绩册学生顺序1保护2，2保护3，以此类推，在考核1号学生技术的同时对2号学生进行保护与帮助考核。

（4）在分组练习中，建立责任制，如学生相互一对一保护责任制，循环保护与帮助责任制，小组间相互监督评比制等。

五、中学体操动作教学的保护与帮助方法

1. 技巧教学保护与帮助方法及教学方法（表6–7）

表6–7 中学技巧教学保护与帮助方法、教学方法

动作名称	保护与帮助	教学方法
前滚翻	单膝跪立于练习者的侧前方，一手扶头（后部），另一手扶大腿后部	1. 在帮助下，从高向低在垫子上做前滚成蹲立 2. 反复练习前滚成蹲立
鱼跃前滚翻	保护者单腿跪立或站立，一手托腹，另一手托大腿前部，帮助腾空和屈臂缓冲前滚	1. 练习远撑前滚翻 2. 设置障碍物做鱼跃滚翻 3. 逐渐提高腾空高度和远度 4. 逐渐减少助力，过渡到独立完成 5. 助跑接挺身鱼跃前滚翻 6. 由低向高或由高向低处做鱼跃前滚翻
头手倒立		1. 屈臂屈体静力练习 2. 做屈腿或单腿蹬地摆腿成头手倒立 3. 靠墙或器械做头手倒立 4. 滚翻时，保护者站在练习者侧前方，两手扶脚，帮助慢动作体会低头、含胸、向前滚动
手倒立—前滚翻	自我保护：当摆腿力量过大，不能接前滚翻时，可推一手，并稍加转体，两脚依次着地。保护与帮助：站在练习者侧前方，两手扶其小腿，帮助做好手倒立动作，当练习者重心前移时，稍提拉，帮助屈臂低头缓冲，接着放手跟进，推其背部完成蹲立	1. 通过讲解、示范和启发教学，使学生明确动作的概念和对锻炼身体的作用 2. 教师示范并讲解保护与帮助的方法 3. 复习前滚翻，建立滚翻感觉 4. 在保护帮助下做手撑地小幅度蹬摆练习 5. 在帮助下练习手倒立 6. 掌握正确的手倒立姿势，要求控制蹬摆力量以及身体姿势 7. 在帮助下由肩肘倒立经向前滚动成蹲立，体会倒立前倒身体着地时的滚动技术 8. 在帮助下从低向高垫子上做移肩屈臂缓冲低头前滚，体会正确的前倒技术 9. 在帮助下直臂做手倒立前滚翻，进一步掌握正确的前倒技术，体会完整动作技术 10. 用语言或信号提示团身的时机 11. 区别对待，加强个别辅导 12. 逐步脱离保护帮助，独立完成动作 13. 互相观摩、分析、纠正错误；反复练习，改进和提高动作质量和熟练性

续表

动作名称	保护与帮助	教学方法
手倒立—前滚翻		14. 组内评价，并展示与交流 15. 创编以手倒立前滚翻为主的2~3个动作组合
侧手翻	1. 两手扶练习者髋部两侧，帮助摆成分腿倒立 2. （以右侧为例）保护者站在练习者右侧前方，当练习者侧倒时，两手交叉扶其腰的两侧，练习者完成蹬摆后，顺势上提帮助翻转成分腿站立	1. 教师示范并简述侧手翻的动作以及要求 2. 讲解，示范保护与帮助的方法 3. 靠墙练习手倒立、分腿手倒立 4. 在保护与帮助下练习手倒立，分腿倒立，侧翻成分腿站立 5. 在保护与帮助下完成蹬摆练习 6. 利用图版讲解侧手翻经分腿手倒立的要点和方法 7. 在保护与帮助下练习侧手翻（不翻过）成分腿倒立，体会侧手翻时身体在空间的动作过程 8. 垫上划一条直线，反复进行练习 9. 在保护下完成动作练习 10. 学生展示，相互交流 11. 将已学过的技巧动作与侧手翻进行组合练习
直腿后滚翻	站于练习者侧后，两手扶腰侧，帮助身体缓冲坐地；当练习者滚翻至两手肩上触地时，两手提拉髋部，帮助翻转、推手成站立	1. 教师示范并简述动作要点 2. 教师示范并讲解保护与帮助的方法 3. 徒手练习：低头，夹肘，推手练习 4. 直腿体前屈的练习 5. 站立体前屈，经两手体后撑地成坐撑。体会重心后移、撑手、坐地技术 6. 直腿坐，屈体滚动，体会倒肩，屈体，收腹，翻臀，撑地 7. 在斜坡上，由高向低做后滚翻。体会推撑用力和翻转后的动作 8. 练习屈体分腿后滚翻 9. 在保护与帮助下做完整动作练习 10. 重点环节（推手，撑地）的反复练习 11. 完整动作练习 12. 组合动作练习 13. 组内相互评价，教学交流与展示

续表

动作名称	保护与帮助	教学方法
肩肘倒立	保护者站练习者侧面，两手扶其小腿上提，同时可用膝顶其腰背部，帮助展髋挺直	1. 教师示范肩肘倒立或学生观看教学挂图，使学生初步建立肩肘倒立的动作概念 2. 教师讲解动作要领与保护与帮助的方法 3. 原地扶背夹肘练习，体会扶背的手法及位置 4. 后倒两臂撑垫展髋伸腿脚触皮筋练习，体会伸腿方向、时机 5. 直腿坐后倒翻臀，绷脚尖头后触地练习，体会肩着垫的部位 6. 在练习5的基础上两手扶背屈肘撑垫，形成肩和肘的三角支撑，然后上举双腿成肩肘倒立 7. 连续练习后倒两臂撑垫，上举双腿展髋伸腿练习，体会后倒举腿的时机和方向感 8. 教师保护与帮助或同学互相保护与帮助完成肩肘倒立 9. 独立完成肩肘倒立（停留3秒钟）
经单肩后滚翻成跪撑平衡（女生）	1. 保护者跪立于侧面，一手托肩，另一手托后举腿，助其完成动作 2. 保护者站在练习者后举腿一侧，两手握其脚踝，助其腿后举 3. 站在练习者后举腿的一侧，当做肩肘倒立时，两手握练习者的脚踝稍向上提；在分腿向后滚动时，一手握后举腿的脚踝，助其维持身体重心及增加后举腿的高度	1. 教师示范并简述动作要点及要求 2. 运用分解教学的方法，复习和改进肩肘倒立动作 3. 引导学生明确跪撑推及头侧屈的方法，使学生进一步明确经左（或右）侧肩向后滚翻时，头应向右（或左）侧屈，左（或右）侧臂侧伸，右（或左）侧臂屈肘于肩上推手，左（或右）腿跪撑，右（或左）侧腿后举 4. 由直腿坐开始，反复练习后倒头侧屈、伸臂、撑手动作 5. 由肩肘倒立开始，练习分腿、伸臂、头侧屈动作 6. 根据动作完成的顺序，在教师的提示下慢速体会动作的全过程 7. 讲解并演示保护方法 8. 在帮助下加语言提示进行练习 9. 经单肩后滚翻成跪撑平衡，重点要求控制身体重心，提高动作稳定性 10. 完整动作练习 11. 创编小组合 12. 启发学生自查、互评、互帮、互学、互比，活跃课堂气氛

2. 支撑跳跃教学保护与帮助方法、教学方法（表6-8）

表6-8　中学支撑跳跃教学保护与帮助方法、教学方法

动作名称	保护与帮助	教学方法
纵箱分腿腾越	1. 帮助：在纵器械远端一方，面向学生前后分腿站，在其撑箱时，双手握其上臂顺势提拉过跳箱，并随之迅速后退 2. 两人保护时，站在练习者落地的右侧，面向学生前后分腿站立，右腿在前，当撑箱时，握其上臂，同时撤右腿帮助其缓冲落地 3. 保护：保护者站于练习者落点的侧方，一手扶腹，另一手扶背，使其平稳落地	1. 教师示范并简述动作方法及要求 2. 集体做俯撑蹬地后摆腿推手成分腿屈体立撑练习 3. 山羊分腿腾越练习 ① 逐渐加大踏板与山羊之间的距离 ② 适当提高山羊高度，提高后摆和加大腾起高度 4. 在器械远端划出标志线，要求学生手撑远端标志线 5. 在低跳箱上练习分腿腾越，或在帮助下练习分腿腾越 6. 助跑踏跳支撑提臀分腿回落练习 7. 远端1/3处画一白线，让学生练习远撑标记线成分腿坐 8. 在帮助下练习 9. 教师巡回指导，并进行个别辅导
侧腾越	帮助者站在练习者侧摆腿的异侧，（踏板与横箱间一侧或落地点旁），在其提臀侧摆时，一手扶其上臂，另一手托其髋侧，顺势帮助侧摆挺身	1. 教师示范并简述动作要领 2. 垫上俯撑，提臀侧摆成侧称 3. 原地或行进间，做手扶器械跳起提臀侧摆练习 4. 在帮助下完成动作 5. 以语言提示法帮助提高动作质量 6. 在器械上放限制物（实心球等）或悬吊标志物（吊球等）使练习者向侧高摆越过限制物或触标志物（海绵块）练习
横箱分腿腾越	1. 帮助：面向学生前后分腿站，在其撑箱时，双手握其上臂顺势提拉过跳箱，两腿随之迅速后退 2. 两人保护时，站在练习者落地的右侧，面向学生前后分腿站立，右腿在前，当撑箱时，握其上臂，同时撤右腿帮助其缓冲落地 3. 保护：保护者站练习者落点的侧方，一手扶腹，另一手扶背，使其平稳落地	1. 地上俯撑蹬地提臀收腹成分腿立撑 2. 摆、推手成屈体分腿立接挺身跳，体会摆、制、推、展技术 3. 分腿屈体跳，要求快分、快展，不屈膝、不勾脚 4. 3~5步助跑踏跳练习 5. 助跑踏跳支撑提臀分腿回落练习 6. 教师示范或让学生观看教学挂图 7. 利用横箱练习助跑踏跳支撑提臀分腿回落练习，体会高提臀、大分腿 8. 在教师的保护帮助下学生练习（开始可把跳箱降低一些，消除学生的恐惧感后再恢复原跳箱高度） 9. 教师个别辅导与纠正

3. 双杠教学保护与帮助方法、教学方法（表6-9）

表6-9　中学双杠教学保护与帮助方法、教学方法

动作名称	保护与帮助	教学方法
挂臂摆动屈身上成分腿坐	保护与帮助者站在杠侧，在其前摆时，两手于杠下，一手托背、一手托臀，或一手扶上臂、一手托臀。助其上成分腿坐	1. 教师示范并讲解动作的方法及要点 2. 学习挂臂摆动 3. 挂臂摆动收腹成屈体挂臂撑，要求臀部高于杠面 4. 垫上辅助练习：屈体仰卧于垫上，做向前上方伸腿展髋，同时两臂体侧压垫，跟肩成分腿坐练习 5. 讲解、示范保护与帮助的方法 6. 在低双杠上做一腿蹬地，一腿摆，成屈体挂臂撑 7. 低杠挂臂屈身上成分腿坐 8. 杠上屈体挂臂撑开始，做伸腿展髋，压臂，跟肩成分腿坐 9. 教师讲解、示范完整动作 10. 分解练习：挂臂摆动，屈体挂臂成分腿坐 11. 在高杠保护与帮助下练习屈身上成分腿坐 12. 在保护与帮助下进行完整动作练习 13. 拓展性练习，创编组合
分腿坐—前滚翻成分腿坐	保护与帮助者站在杠侧，一手托练习者的腿，另一手于杠下托肩，帮助提臀屈体，提高重心，当臀部移至垂直部位时，两手换至杠下托其腰，背部，帮助前滚成分腿坐 站在练习者侧前方，当其前倒提臀时，一手托腿，另一手在杠下托肩；在其换握时，换托其腰背。可用两人托腿托肩	1. 教师示范并讲解动作方法及要点 2. 在垫子上做分腿站立前滚翻成直腿坐练习 3. 在垫子上做分腿站立前滚翻成分腿坐撑 4. 在垫上屈体仰卧，手于肩上撑垫，当向前滚动时，经换手撑地跟肩成分腿坐 5. 在垫上摆放两个接力棒，滚翻后两手迅速换握接力棒成分腿坐撑，体会换握时机 6. 教师讲解动作要领和保护与帮助的方法 7. 杠上分腿坐，收腹提臀 8. 做屈臂分肘，臂撑杠练习 9. 利用保护带或跳箱在保护与帮助下练习 10. 根据图版提示，进一步理解动作要领和方法 11. 在保护和帮助下，进行练习

续表

动作名称	保护与帮助	教学方法
跳起前摆成分腿坐——分腿坐前进	站在学生侧面前方，在其体前撑杠时，一手握其上臂，在其推后摆时，另一手托其膝部进杠，并顺势换托其臀部前摆成分腿坐，可有两人保护与帮助	1. 练习支撑摆动 2. 杠端跳起顺势前摆，分腿向后滑杠成分腿坐。体会站位、顺势前摆和向后滑杠 3. 跳箱上分腿坐，前倒挺髋体前撑箱，两腿顺势后摆并腿成俯撑 4. 在帮助下做杠上分腿坐，推杠、立髋、夹杠练习 5. 在帮助下做杠上分腿坐，前倒挺髋体前撑杠练习 6. 四人一组，一人做三人做保护与帮助，体会挺髋后滑杠动作 7. 三人一组在保护与帮助下练习 8. 教师巡回指导相互观察 9. 结合已学过的动作，创编组合动作

4. 单杠教学保护与帮助方法、教学方法（表6-10）

表6-10　单杠教学保护与帮助方法，教学方法

动作名称	保护与帮助	教学方法
单（双）脚蹬地翻身上成支撑	站在杠前学生摆动腿一侧，等其踢腿上翻时，一手扶肩，一手托腿，帮助其上翻使腹部贴杠。回环结束时，握手腕的手迅速托腿，另一手扶上臂，帮其成支撑	1. 教师示范或观看教学挂图，使学生建立动作概念 2. 教师讲解动作要领及保护与帮助方法 3. 握杠蹬地、摆腿、拉杠的蹬摆拉的配合练习要求腹部尽量靠近单杠 4. 屈体俯撑于杠上，帮助者固定其两脚，练习者做抬上体、抬头、翻腕、挺身成支撑 5. 单杠下放一定高度的斜踏板或跳箱盖，脚踏斜踏板或跳箱盖在保护与帮助下完成翻身上 6. 单杠后上方设吊球或拉皮筋，让学生蹬摆腿时脚能够触到球或皮筋，体会摆腿方向和高度 7. 教师个别辅导纠正 8. 体重超重学生练习跳上成支撑后摆下或前翻下 9. 仰卧悬垂屈臂拉杠引体练习，发展双臂拉杠力量 10. 在保护与帮助下练习翻身上动作
支撑后回环	站在杠前学生侧面，一手从杠下翻握其手腕，一手在其前摆时托其臀部贴杠。回环快完时，一手挡腿，一手托肩	1. 教师示范并简述动作方法及要求 2. 教师讲解保护与帮助的方法 3. 在低杠上练习翻上，体会在翻上时腿的制动技术 4. 在低杠上练习起摆，适当控制起摆高度，体会腹部贴杠的动作 5. 双手握体操棒于体前，迅速倒肩体会重心后倒 6. 支撑、后摆回落成支撑，体会腹部贴杠 7. 在保护下完成完整动作 8. 独立完成动作

一、体操教学安全的思考及各项目教学注意事项

体操教学的安全预案非常重要，教师要做好课前认真检查场地，器材，确保教学安全。体操不像其他项目，练习密度小，在体操课的教学组织方面，在练习次数和分组教学方面要周密安排，既保证教学的安全，又合理、科学地安排活动量；此外，保护与帮助者的责任心要强。

1. 技巧动作教学注意事项

（1）课前认真检查场地器械的安全性，保证教学的安全。

（2）前滚翻是所有动作的基础，也是一种自我保护的方法，可做为专项准备活动内容。

（3）练习前要做好充分的准备活动，在一般性的准备活动基础上，还可根据教学内容的需要，做好专项准备活动，特别是头颈、手指、手腕、肩、腰、背、膝、踝等部位。

（4）在教学过程中，还应教会学生正确的保护与帮助方法，使学生人人参与保护与帮助，并且在加强保护与帮助的同时，积极鼓励学生树立信心，克服依赖思想，尽量独立完成动作。

（5）教学中要强调体操动作的姿态，使动作规范化，并在练习过程中使学生感悟技巧运动的美感。

（6）教会学生充分运用小垫子进行身体素质练习的方法，进行柔性、力量的练习。

2. 支撑跳跃动作教学注意事项

（1）课前师生要认真检查器械，确保其稳定、牢固，垫子要平整；组织教学要严谨，确保活动安全。

（2）坚持循序渐进的原则，动作由易到难；在保护与帮助下练习，并逐步过渡到独立完成动作。

（3）采用分解练习与辅助练习相结合的方法，如在保护与帮助下练习上板踏跳、跳起后推手、各种跳上、跳下动作练习等。

（4）支撑跳跃教学中，加强保护与帮助。教师要在教会学生保护与帮助方法基础上，帮助学生树立自信心，培养勇敢顽强的意志品质，克服学生学习体操动作的胆怯心理，要充分做好专项准备活动。

（5）支撑跳跃教学，可充分运用现代化手段，分析动作要点，反馈学生掌握动作情况，分析原因，以帮助学生更好地掌握动作技能和保护帮助方法。

（6）教学中注意启发学生相互观察、交流体验、互相学习、共同提高。

3. 双杠动作教学注意事项

（1）双杠教学的动作，可作为专项准备活动和身体素质练习的内容。

（2）教师的讲解要做到简练、清楚，示范动作要正确。给学生留下深刻的动作表象，激发学生学习的兴趣和积极性。

（3）联合动作的练习时，教师应强调整套动作的协调性、连贯性和基本姿态，可根据学生的具体情况逐渐增加动作的数量。

（4）教学时，教师应将技术教学和发展身体素质有机地结合起来。

（5）教师要根据学生学习动作的具体情况及器械的特点，采用有针对性的保护与帮助方法，并针对学生学习器械的个体差异，采用有针对性的保护与帮助方法。

4. 单杠动作教学注意事项

（1）初学单杠动作阶段，在讲解、示范的基础上，有些动作可先做模仿练习和辅助练习。

（2）教师可采用降低动作的难度、辅助练习、条件练习（加标志物等）或开展互相观摩、评比、竞赛活动（比数量、比质量、比高度）等各种方法不断提高动作质量。

（3）加强保护与帮助，增强自信心和责任感。介绍一些专项准备活动（如拉肩、压肩，活动腕、膝、踝关节等）及自我保护安全措施，以防拉伤、扭伤、摔伤。

（4）在掌握单个动作的基础上进行组合动作练习，自编组合动作。

（5）通过多种手段和方法，积极引导学生加强上肢及背部肌肉力量练习（如引体向上，悬垂举腿、快速仰卧举腿等），提高学生的专项素质。

二、体操教学设计

【案例】

（一）指导思想

根据《体育与健康》新课标的精神，在教学中注意发挥教学活动中教师主导作用的同时，应特别强调学生主体地位的体现，以"健康第一"为指导，面向全体，以人为本，关注个体差异，因材施教，调动每一个学生的学习积极性和学习潜能，激发和培养学生参与运动的兴趣。通过双杠技术的学习，使学生在身体素质得到增强的同时，充分体会到学习的快乐和成就感，从而促进其德、智、体的全面发展。通过相关小游戏的练习提高学生学习的能力，使学生在积极主动的参与中，团队意识、团结合作能力得到提升。

（二）背景分析

1. 学生分析与活动

本节为双杠教学单元的第三次课，学生基本掌握支撑摆动动作。所以，本课教学内容为支撑摆动—外侧坐—向内转体90°下。对于初中二年级第一学期的学生来讲，特别是女生及部分体弱男生在上肢和腹背力量上面临一定困难。为了保证安全，可以采取两条措施：①分层教学，设置不同的练习场地让能力不同的学生进行练习；②安排同学间相互保护、帮助，在教学任务顺利完成的同时，培养学生协同合作精神与对他人的责任意识。

2. 教材分析及任务确定

双杠是人们用以健身的实用性很强的器械体操项目之一。其多种形式的支撑摆动、转体、推手等动作练习能够提高人体对时间和空间位置的判断和调控能力，从而促进学生身体协调性、灵敏性及平衡能力的发展。而且，双杠教学在培养学生克服困难、勇于战胜自我、果断顽强及与同伴相互帮助、合作共处等良好心理品质方面具有积极的促进作用。另外，不同的练习内容和组织形式可以满足学生活泼好动、喜欢比赛和竞争以及对团体活动的心理需求。因此，它深受学生的喜爱。

本节课的主要任务是发展学生上肢、肩带、躯干等部位肌肉的力量素质，使腕、肘、肩、腰等关节、韧带的灵活性及柔韧性得到提高。提高学生的支撑能力，初步掌握外侧坐—向内转体90°下。用与双杠技能相关的拓展练习培养学生团队意识和集体荣誉感，在竞争的同时提高学生良好的体育道德素养和团结合作的精神。

3. 教学目标

（1）认知目标：通过初步学习支撑摆动—外侧坐—向内转体90°下，学生能够正确认识双杠外侧坐—向内转体90°下的动作要领，能了解支撑摆动在双杠练习中的作用。

（2）技能目标：通过学习过程，预计有40%以上学生掌握外侧坐—向内转体90°下动作，有90%以上学生支撑摆动超过杠面，力争有60%同学能按照正确的技术要领纠正同学的错误动作。

（3）情感目标：通过学习过程激发学生对体操运动的热情，让他们体验成功的喜悦。预计90%以上学生与教师达到师生共融，生生之间能够相互协作、帮助、评价、欣赏他人。

（4）教育目标：在教学中加强对学生勇敢精神的培养，激发其参与活动的积极性；在集体活动中加强学生团结协作能力，建立明确的自我安全意识，集体责任感、荣誉感。

4. 教学重点、难点及保护帮助方法

重点：两腿前摆高于杠面，重心右移成外侧坐，左腿伸直挺髋，大腿压杠重心左移，同时内转右手抓杠挺身跳下。

难点：重心变换、身体各部位的控制。

保护帮助：站在练习者的右前方，一手握其右臂，另一手托大腿的前部。

5. 课的结构与教法选择

（1）开始部分：集体听教师反口令练习，集中学生注意力、培养团队意识。

（2）准备部分：首先，在平跑中加入其他形式的跑，使学生喜爱跑这种热身运动。然后用小组内游戏的形式进行双杠热身练习，强化团队意识，并再次集中学生注意力。学生自编自做双杠专项准备活动，培养学生的想象力和学习的主动性，并提高学生个人的领导力。

（3）基本部分：分三个阶段

第一阶段是小组形式的双杠小练习：① 支撑20秒；② 前后移行1次；③ 支撑摆动2次。这三个小练习为下面新的学习内容做好充分的铺垫。

第二阶段初步学习：支撑摆动—外侧坐—向内转体90°下。为了帮助学生迅速、准确地掌握新动作，以小组为单位在上双杠练习前先在垫上作诱导性练习。学生可以根据自身素质现状进行垫上、杠上练习或针对动作对教师进行提问。学生自主选择练习方式，直至掌握动作。

第三阶段介绍拓展练习起源，用语言激发学生学习双杠的热情，组织学生开展组间拓展小游戏，并比赛，如翻山越岭。

（4）结束部分：集体先进行放松练习，然后生生、师生交流体验与收获。

6. 场地教具运用

用散点围式场地，CD机一台、双杠4副、照片若干。

7. 教学效果预计

预计有40%以上学生掌握外侧坐—向内转体90°下动作，有90%以上学生支撑摆动超过杠面，有60%同学能按照正确的技术要领纠正同学的错误动作。

8. 教学反思

整节课学生们生龙活虎，每个人在每个小活动、小游戏中都积极主动参与，学生们相互帮助与保护，双杠教学的安全系数大大增加。在教学活动的安排上，每个学生在课上都有不同的角色、不同的展示机会，也不同程度地体会到了成就与快乐。本节课最突出的表现是分层次地处处着意于增强学生的合作意识与合作能力。

略有遗憾的是教师本人设计的多处合作练习环节，由于教师过分关注学生的安全问题，教师实际参与活动较少。

9. 教学评价

本课的教学充分体现了新课程改革的思想和理念，达到了让学生在积极主动地参与中学会学习、不断创新的目的，强化了学生的合作意识和提高了学生合作能力。

开始部分的原地转法练习，用正反口令来集中和检验学生的注意力、培养了学生集体主义精神。

准备部分的练习，通过各种形式的走跑练习，提高了学生运动的兴奋性；通过小游戏“摆造型”——比比哪组快又好，强化了学生的合作意识；通过自编、交流、练习“双人器械助力操”，提高了学生创编操及自我管理的能力，从而深层次提高了学生与他人合作的能力。

基本部分的学习以双杠小练习为切入点，充分发挥了学生学习的主动性，强化学生相互保护、帮助的意识，也进一步拓宽了学生的合作空间；在学习外侧坐—向内转体90°下的过程中，通过垫上徒手与杠上实际操作、二人伙伴与小组及集体练习的形式，培养学生主动学习的习惯和认真学习的品质；基本部分的最后阶段，通过介绍、展示教师本人的一次野外拓展活动图片让学生认识到双杠练习在生活实际中的意义，并组织学生利用双杠进行校内拓展小游戏“翻山越岭”，在游戏中学生的实际操作能力再次得以提升。

在课的结束部分，学生又有了一个展示合作智慧的练习机会：坐在别的同学的膝盖上围成一个圈，并在轻松愉悦的音乐中相互放松。

（北京市昌平四中，崔小燕）

一、备课的小窍门

备课时教师须对教材进行归类，如体操项目分类，技术动作分类，各项目又有平衡动作、翻腾动作（技巧）等教材，教材之间既有区别、又有联系，因此，教师就应该认真分析教材，这也是体育教师必备的重要能力。

1. 备教材

熟悉教材（会分析教材），对所教技术动作的结构分析，对动作的主要技术环节分析，如“分腿腾跃技术”是由助跑、上板、踏跳、第一腾空、推手、第二腾空、落地七个技术环节组成的。首先分析主要技术踏跳（这就是教材的重点），没有踏跳，过箱技术就不存在，教学中应围绕着踏跳技术去设计教法。

（1）备课时要备所教教材的相关知识。体操的相关知识包括：体操常用规则，常用的体操动作符号及运用，体操比赛的程序。教会学生如何用体操规则进行评价，体操规则实际就是对我们完成动作的要求，当学生了解体操规则时，他们会用规则规范自己的动作；教会学生创编技巧联合动作的方法；组织体操教学比赛等。

（2）体操教材重点、难点的定位要准确。体操教学中教师要针对学生的实际水平、认知特点、能力、场地器材条件、教材的内容等方面有针对性地进行教学。体操教学的规律性很强，要不断地复习或者是反复练习，也可在专项准备活动、素质练习时巩固学习内容。在体操教学中教师要制定体操教学长远目标，在初一年级的第一个学期安排技巧，第二学期安排支撑跳跃，通过技巧动作的练习，培养学生的体操意识；通过队列练习、舞蹈组合、徒手操、跑跳动作，提高身体协调性，用游戏、比赛进行一些枯燥的柔韧素质练习。

2. 备学生

体育教师要根据教学对象的具体情况、具体分析。在设计体操教学单元计划时要有针对性，如初一年级女生技巧成套动作中，有前滚翻、肩肘倒立接前滚翻成蹲撑，单肩后滚翻成跪撑或半劈腿等动作，教师要确定教材中的基础动作、重点动作，难度动作，在单元中的位置及作用以及教学的要求，然后进行单元计划的编写。

在体操教学中单元计划应根据教学的具体情况及变化及时修改，如前滚翻××动作是基础动作，而且要求每个学生必须掌握，用×课时完成，用×课时复习，有一定难度的动作用×课时完成，根据第一节授课情况，有针对性的将学生进行分组，可以根据教育教学的需要进行不同的分层、分组、分类，如自然组或按以好带差分组、分层（按学生水平分层，可以相互促进，在教同一个动作时，对不同水平学生提出不同的要求）、分类教学（基础好的、接受能力快的增加教材内容）。

二、体操教学组织创新

1. 合理组织教学

合理的组织教学，即根据场地器材条件，教学班的人数，设计教学过程，如组织的形式，课的密度、运动量，教师示范的内容、示范的时机、示范的次数、示范的位置、示范的有效性，在教学中教师可让特长生做示范，利用挂图，电教手段，帮助学生分析理解动作。

2. 创造性运用口令，提高课堂效率

（1）准备活动中口令的运用。1—8 拍，利用 7—8 两拍将对动作的名称、要求、要点交代出来，如要求喊到 5—6 拍，不喊 7—8 拍，喊时用力，腿伸直（这是要求），动作的名称用 5—6 四拍（字多的）如扩胸运动；5—6 体侧运动，喊到 5—6 说动作名称，还可以点的更具体，如提醒某个学生，5—6××腿伸直，5—6××用力等。

（2）用口令提高学生的注意力，如教师喊 1—4 拍，让学生喊 5—8 拍；当变换节奏或方向时，教师喊 1—2 前进，学生喊 5—6 后退，动作的发力点，口令语气要加重，学生反应自然就会用力，如：纵跳 1、2、3—4，3 的语气加重，学生就在第 3 拍上发力向上跳。

（3）用英文喊口令，变换节拍，可以活跃课堂气氛。教师喊 one—four，让学生喊 five—eight。

（4）在行进练习中，以排为单位喊口令，如行进间踢腿，学生一排一排进行练习时，可以第一排喊1×8拍，第二排喊2×8拍，以此类推（比赛看那组声音洪亮，调动学生的积极性，可以提高学生练习的注意力，同时增加肺活量），学生离老师远，可以利用特长生、小干部指挥练习，既是节奏感、协调性的培养，又是能力的培养。

（5）用口令指挥集体练习。前滚翻1—2侧平举培养姿态，3—4全蹲，手臂前下举，5—6翻滚，7—8两臂侧上举成站立，帮助学生控制滚翻的速度，腿蹬伸的节奏。在肩肘倒立练习中，用口令给学生发力信号，如压臂、穿腿的时机，控制姿态的时间等。

（6）指定学生喊节拍，给予奖励或鼓励。指定特长生喊节拍，带大家练习等，为学生创造锻炼的机会，同时也是对学生的一种表扬鼓励。指定纪律较散漫学生喊，给学生释放能量的机会。注意当学生喊节拍不准确时，教师要及时补上口令，否则会影响教学效果。

3. 教学简图的运用

体操教案中的简图很重要，画简图是体育教师的技能，教师应该掌握。简图可以在教案任何部分中用：

开始部分：可以用简图表示队形，师生站队的方向及位置。

准备部分：可以用简图表示徒手操的动作，游戏内容，跑步队形。

基本部分：可以用简图表示教材内容，技术中的分解动作，练习场地，使用器材摆放的形式，站队方向等。

4. 采用丰富多变的教学手段

采用多种教法及灵活多变的教学手段，让学生在自由、活跃的氛围中进行学习，力争达到愉悦身心，提高自主学习的能力。

（1）采用启发式教学。在掌握前滚翻基本技术的基础上，拓展教材，让学生将向前滚翻类的动作展开创编，给学生一个自由选择教材的空间，并鼓励启发创编双人、多人的技巧组合动作，培养敢于大胆创新的意识，激发学生的学习动机。

（2）采用提问式教学。利用体操的规则、符号及相关知识进行设问，让学生在练习中带着问题去尝试动作，通过讨论，找到学习的最佳途径，目的是让学生在学习技术的同时，能较熟练的运用体操的符号及常用规则，并学会用体操规则来衡量自己完成动作的质量。通过同学间的交流、师生间的互动，培养学生互帮、互学、互练、合作的学习意识。

（3）采取引导式和示范式教学。通过引导使学生掌握体操成套动作的创编条件及原则，能独立地创编一套展示自己特点及能力的技巧成套动作。通过教师的演示及同学的展示，开阔视野，引导学生懂得体操动作美是在体操的基本功的练习基础上，经过舞蹈艺术的打造，与音乐共同创作的和谐之美，为体操的创编升华一个层次。

三、创编体操技术动作口诀

根据体操教学实际创编口诀，帮助学生掌握正确动作及动作的规律，激发学生学习兴趣，提高体操教学效果。

1. 前滚翻

（1）动作方法。由蹲撑开始，两手向前撑地，两脚蹬地（腿伸直），同时提臀、屈肘、低头，使头后部、背、肩和臀部依次着地，当背部着地时，屈膝团身，两手抱小腿，上体迅速紧跟大腿，向前滚动成蹲撑。

（2）动作要点及口诀。蹲撑开始手远伸，两脚蹬地腿要伸，头肩背臀依次滚，团身抱腿上体跟。

2. 鱼跃前滚翻

（1）动作方法。由半蹲臂后举开始，重心前移，两腿用力蹬地，同时两臂前摆，两手前下撑地，顺势屈臂、低头、含胸、稍屈髋，向前滚动，随即屈膝、团身、抱腿、跟肩成蹲立。

（2）动作要点及口诀。两臂前摆腿要蹬；腾空屈臂垫上撑，屈臂低头要缓冲；屈膝团身抱腿成。

3. 头手倒立

（1）动作方法。由分腿站立成蹲撑开始，上体前屈，两手撑垫同肩宽，前额在手前撑垫，手与头部位置成正三角形，重心前移，屈臂用力撑垫，使脚慢慢离地，两腿上伸并拢展髋，后移重心，重心落于头、手支撑面内，伸直身体成头手倒立，动作也可以一腿摆起，一腿并拢成头手倒立的做法。

（2）动作要点及口诀。头手撑垫重心移；手掌前额三角起，紧腰升髋腿上举；稳定重心成倒立。

4. 手倒立—前滚翻

（1）动作方法。手倒立撑地时，两手与肩同宽，五指分开稍屈，摆腿时，右腿向后上摆，左腿蹬地后向右腿并拢，同时含胸、顶肩、立腰、夹臀、稍抬头。以脚尖前伸带动重心前移，同时两肩前移缩小肩角，接近地面时低头含胸，顺势前滚翻（也可以在重心前移时屈臂降低重心）。

（2）动作要点及口诀。含胸直臂要顶肩、立腰夹臀再移肩，屈臂低头脚远伸，头背腰臀依次滚。

5. 侧手翻

（1）动作方法。以向左翻为例。从侧向分腿站，两臂侧举开始，左腿侧屈，身体左倒，两手依次积极蹬地，同时右腿与左腿依次充分踢蹬，经手倒立时紧腰顶肩，右脚靠近右手落地成分腿站。

（2）动作要点及口诀。手脚撑地一条线，身体垂直一个面，分腿倒立要顶肩。

6. 直腿后滚翻

（1）动作方法。从体前屈开始，直腿后坐，两手在大腿中部先用力撑垫缓冲，迅速后倒举腿翻臀，两手掌心向上，手指向后置于肩上，当背和手触垫时两手用力推撑，使上体抬起成屈体立撑。

（2）动作要点及口诀。上体前屈髋后移，支撑过渡臀着地。迅速倒肩快举腿，两手快速肩上撑。身体叠紧腿要直，用力推撑成站立。

7. 肩肘倒立

（1）动作方法。由直腿坐开始，后倒、举腿、翻臀，当向后滚动至小腿超过头时，向上伸腿，展髋，同时两手迅速撑腰背，夹肘，臀收紧，两腿夹紧向上伸，挺直身体，成肘、颈、肩支撑的倒立姿势。

（2）动作要点及口诀。后倒举腿挺直髋，紧身立腰眼看天；夹臂夹肘腿上伸，背腰腿脚一条线。

8. 支撑跳跃

（1）纵箱分腿腾越

① 动作方法。快速助跑踏跳，两腿迅速蹬直向前上方跃起，两臂积极前摆远伸用力顶撑器械远端，同时分腿抬上体越过器械。

② 动作要点及口诀。助跑踏跳臂领先，远撑提臀要顶肩，分腿推手抬上体，挺身落地树信心。

（2）侧腾越

① 动作方法。正面短距离助跑，两脚用力踏跳，两手迅速撑器械，同时含胸、提臀、屈髋，并腿侧摆；随之一手推离器械，另一臂支撑，重心侧移，向侧展体伸髋，推手越过器械落地。

② 动作要点及口诀。助跑速度不宜快；含胸提臀腿侧摆；以脚带体侧上摆；展髋顶肩推离快。

技能课程三　中学田径教学指导

教师简介

黄春秀，女，北京教育学院体育与艺术学院教师。
胡凌燕，女，北京教育学院朝阳分院音体美教研主任，特级教师。
吴向明，男，成都体育学院田径教研室主任，副教授。
宋超美，男，福建省厦门市教育科学研究院体育教研员。

课程目标

【目标1】通过对田径教材特点和学生运动倾向的分析，使中学体育教师了解如何构建中学田径教学。

【目标2】结合中学田径教学现状分析和问题思考，帮助中学体育教师掌握田径教学内容和重难点分析。

【目标3】通过对田径教学核心要点和具体策略的探讨，提高中学体育教师的田径教学创新能力。

课程内容

【内容1】教学重点——基于田径教材特点和学生运动倾向进行目标分析和教学构建。
【内容2】教学内容——基于走跑和跳跃类教材进行教学内容的重难点分析。
【内容3】教学思考——基于中学田径教学现状分析教学内容、方法、组织和评价的问题。
【内容4】教学创新——基于案例分析中学田径教学的要点和策略。

一、田径教学与青少年运动倾向

田径是世界上最为普及的体育运动之一，也是历史最悠久的运动项目。田径运动（track and field sports）是一种结合了速度与能力、力量与技巧的综合性体育运动。“更高、更快、更强”的奥林匹克运动精神在田径运动中得到了集中体现。

田径作为中学体育教学的“主打”内容，贯穿于学校体育的整个过程，是实施素质教育的重要环节。我们在体育教学过程中，发现学生不是很喜欢田径，特别是高年级学生对田径教学有一定的抵触心理，而更喜欢游戏、球类等项目。据调查，不喜欢的原因有：田径课枯燥乏味，学生们怕苦怕累，还有些学生认为锻炼价值不高，特别是多年的重复令他们对田径教学失去兴趣。田径教材相对于学生心理特点所呈现的缺陷也是一个重要的原因——青少年学生一般好动、好探索、渴望成功，希望展现自我价值。

1. 田径教学的基本特性

田径教材的功能特性：田径运动能有效地提高学生走、跑、跳、投、攀、爬等身体基本活动能力，增进学生的速度、力量、耐力、灵敏、柔韧等身体素质，提高田径运动技能，培养勇敢、顽强、拼搏等心理品质，并具有苦中求乐的特点。田径教材在实现“新课标”提出的“运动参与、运动技能、身体健康、心理健康和社会适应”等方面，均能发挥独特的作用。

田径教学的运动方法特性：田赛项目表现为在遵守规则的前提下，在规定的场地内，把投掷物或自己的身体抛至最远或最高，并且与他人争夺胜负或者挑战运动纪录；径赛项目表现为在遵守规则的前提下，在规定的跑道内，发挥自己跑的最快速度，并且与他人争夺胜负或者挑战纪录。

2. 田径教学社会性成分较弱，与学生求新求变的心理特征不相符合

在现在的许多教学中，学生学习田径并不是真正的喜欢它，大多数是迫于无奈或是为了考试，是间接动机在起作用，一旦到了课外，压力散去，动力也就失去了，很少有学生会在课外主动地利用田径项目进行运动，也很少有家长愿意让孩子在课外参加田径运动，这也是田径教学社会性成分弱的表现。

田径教学的社会性成分比较弱，在课堂练习过程中营造一个群体氛围比较难，而且往往成功者只有一个，其练习过程又都是按部就班，很不符合青少年学生求新求变的心理特征。特别是当学生经过努力，仍体验不到成功或展现不了自身价值时，他们就会渐渐疏远这个项目。

3. 田径教学属于封闭性动作技能，以学生个体操作和自身素质为主

心理学研究表明，动作技能有开放性的和封闭性的两种，这两种技能在练习过程中对体力、智力各方面的要求是各不相同的。封闭性动作技能比较偏重体力及先天素质，开放性动作技能对各种素质均有要求而不偏重于某一点。封闭性动作技能由于偏重某几个因素，因此，学生在练习过程中的成败，情感的体验多数取决于这几个因素，产生变数的可能性比较小。例如进行 100 米练习或比赛，由于跑的练习总是由起点到终点，这一顺序是不可能被改变，在这练

习或比赛过程中没有其他因素影响，呈现出单一性和顺序性。

田径教学根据其练习过程中体现出的特点，属于封闭性动作技能。练习过程中很少受外界因素干扰，主要以个体操作和自身素质为主。一个身体状况良好和一个身体状况一般的学生，在同样学习条件下，不管后者如何努力，在很强调身体素质的田径练习或比赛中是很难战胜前者获得成功的。而在开放性技能练习中，身体素质并不是决定性的因素。由于开放性技能练习过程中多数是集体动作，只要扬长避短，能在适当场合下合理的运用自身素质，同样能获得成功的感觉。而在以田径项目为教材的练习中，虽有集体现象，但更多的是竞争现象，成功永远只有一个，这多少留有竞技的意味。

4. 田径教学受学生欢迎与否，与其内在的特征有关

田径教学受学生欢迎，表现在“竞争”和“达成”两个方面，田径运动能满足学生“与同学比赛并赢他、打破自己的纪录、坚持到底、忍耐”等竞争欲求的心理，并在不妨碍他人的条件下发挥自己的最高能力。因此，中学田径教学应紧紧围绕满足中学生“与他人竞争”或“达成新的记录”展开，从而突出它的竞争性或达成性，以达到教学目标。

田径教学不受学生欢迎，主要是由其内在的教材特征引起的，我们只能弱化而不可能彻底消除这种不利因素，也不可能在教学过程中一味迁就学生。适当的思想教育还是必需的，使学生明白田径项目是保障健康的重要手段，平时易于开展，还能长期进行，是基础性的项目。

二、中学田径教材研究与目标分析

教材研究是上好体育课的基石。我们知道，教材不等于课程。要上好体育田径课，我们无法离开教材研究。有效研究教材的关键是需要解读教材内容所包含的教育价值，梳理教材结构所指引的学习过程，以及明示教材的核心概念或知识。由于田径教材的内容较多，形式、特点也不同，我们在对教材研究的基础上，需要对照课程标准，针对学生的实际，联系其他相关的教学要素，对教材进行科学合理地处理。

1. 跑的教材特性与目标分析

在古希腊奥林匹亚阿尔菲斯河岸的山岩上，刻着一段古老的格言：如果你想聪明，跑步吧！如果你想强壮，跑步吧！如果你想健康，跑步吧！寥寥数语道出了跑的魅力所在。跑是人体重要的身体基本活动能力之一，是运动器官推动人体快速前进的一项运动。跑不仅出现在小学体育的教材中，也出现中初中、高中和大学体育的教材里，它作为一项基本的身体素质进行练习，通过快速跑、耐久跑、障碍跑、跨栏跑发展学生的速度素质、耐力素质和灵敏素质。

在义务教育课程标准实验教师用书《体育》（人民教育出版社）初中阶段（水平四）中，跑有快速跑、耐久跑、合作跑和障碍跑四个教学内容。在高中阶段实行模块式教学，《体育与健康课程标准（实验）》（以下简称《标准》）要求高中三年中，学生修满 11 个学分，其中田径类项目和健康教育专题为必修学分各 1 分，同时，为满足学生选项的需要，《标准》在水平五和水平六的运动技能中各设立六个系列，每个系列包含若干模块，一个模块有一运动项目（如中长跑、短距离跑、篮球、有氧操等）。在高中阶段田径教学水平五的教学内容主要有短距离跑、跨栏跑和中长距离跑三个教学内容。跑的各水平教学目标（表 7-1）。

表 7-1　跑的各水平教学目标

水平	教学目标
水平四	通过快速跑练习，发展快速跑的能力；体会弯道跑的技术，并积极参与锻炼和比赛；通过各种耐久跑练习，发展有氧耐力；养成健身跑的习惯，培养终身体育意识；通过合作跑游戏，发展学生运动能力，培养协作精神；通过障碍跑游戏，发展学生自我意识，增强自尊和自信心
水平五	在原有基础上进一步掌握短距离跑途中跑技术；改进与提高全程跑运动技能水平；在障碍跑学习的基础上进行跨栏跑的学习，初步掌握跨栏跑的技术和方法；通过中长距离跑的教学使学生掌握正确的跑的技术、发展跑的能力，增强体质。培养学生勇敢、不畏困难，勇于进取的心理素质和自我调控能力、吃苦耐劳和坚强意志的良好意志品质
水平六	（选修模块）以跨栏跑为例，进一步学习掌握跨栏跑技术，掌握栏间跑三步上栏的节奏，提高 50 米跨栏全程跑的水平，培养学生果断、克服困难的心理素质

【案例 1】

快速跑（7—12 年级）

★ 教材特点：快速跑是以最快的速度跑完规定的距离，是发展学生速度素质的教学内容，速度是人体快速运动的能力，是作为一项身体素质进行练习的项目，在小学阶段，学生通过培养正确跑的姿势着手，初步学习了快速跑的基本动作，强调跑的轻松、自然。而在初高中六年的学习中，快速跑的教学主要是从动作技术层面进行教学与掌握。

★ 总教学目标：培养学生对快速跑的正确认识，调动学练主动性；提高快速跑的运动技术水平，并学以致用，发展速度素质，增强体能；培养团结合作的意识和积极进取、勇于拼搏的精神。

★ 分阶段教学目标

水平四：学习快速跑重点是发展学生的反应速度、运动速度和位移速度，发展快速跑能力，提高机体无氧代谢能力，发展腿部肌肉后蹬力量，在练习中培养竞争意识。

水平五：进一步掌握快速跑途中跑技术；改进与提高全程跑运动技能水平，并通过短距离跑的教学使学生理解跑的技术原理，应用多种练习方法提高速度和反应时，较好地掌握短距离全程跑的技术。

水平六：（选修模块）熟练掌握短距离跑途中跑技术，与同伴一起制订简单的锻炼计划，自觉运用所掌握的运动技能参加课外锻炼，在学练中表现出积极进取、勇于拼搏的精神，并能处理学练中遇到的一些问题和困难。

2. 跳的教材特性与目标分析

跳是人体的基本活动能力之一，属于周期性和非周期性相结合的运动项目，是克服人体重力的运动。学习跳跃基本动作，应掌握跳跃基本原理，学习跨越式跳高、蹲踞式跳远技术，并通过多种多样的发展跳跃能力的练习，发展弹跳力，使下肢肌肉富有弹性；同时，培养学生勇敢、果断、积极进取的优良品质；做到战胜自我，体验成功的乐趣，获得自尊和自信，促进身心健康发展。跳跃动作源于生活，日常生活中随处可见，如跳过不是很宽的水沟，越过不太高的篱笆等。

通过多种多样的简单跳跃练习，能发展腿部肌肉力量、爆发力和肌肉耐力，提高弹跳力。发展跳跃能力的练习有：蹲跳起、单脚跳、跨步跳、蛙跳、纵跳、弓箭步交换跳、跳台阶、连续跨步跳跃箱盖或其他较低障碍物等。跳的各水平教学目标（表7-2）。

表7-2 跳的各水平教学目标

水平	教学目标
水平四	教学内容以螺旋式排列，学习和掌握跨越式跳高完整动作技术，掌握动作的节奏，体会助跑、起跳、腾空和落地四个环节。学习和掌握蹲踞式跳远动作技术
水平五	在水平四的基础上学会背越式跳高、挺身式跳远技术动作，基本掌握起跳和助跑与起跳相结合的动作技术，发展学生在空中控制动作能力；结合设置适宜目标使学生在跳高、跳远技术的学练中，使学生能分析跳跃技术原理。善于与他人合作，分析成功与失败的原因，表现出勇于克服困难、积极进取、不断地向新的目标挑战的意志品质
水平六	（选修模块）以背越式跳高为例，熟练掌握背越式跳高动作技术，掌握起跳和助跑与起跳相结合的技术和对腾空动作的控制能力，能根据自己的特点制定初步的练习计划

【案例2】

跳远（7—12年级）

★ 教材特点

跳远是以远度计算成绩的运动项目，跳远成绩主要取决于起跳的腾起速度和腾起角度，而腾起速度又主要取决于助跑速度。助跑速度是决定跳远成绩的主要因素。据研究，跳远适宜的腾起角度为18°～24°。而速度则越快越好。因此在跳远教学中要加强对学生进行速度素质的练习和下肢力量的练习，以提高学生的跳远成绩。

★ 总教学目标

通过跳远的练习达到发展学生的速度、弹跳力、灵活性和协调性。培养学生的勇敢、果断和顽强的意志品质。

★ 分阶段教学目标

水平四：学习蹲踞式跳远技术，掌握蹲踞式跳远的动作技术环节，体会助跑与起跳相结合的动作技术及对提高运动成绩的影响。用走步法和反跑法体验简单的确定助跑距离的方法，自定跳远成绩目标，看一看，比一比。

水平五：学习挺身式跳远技术，掌握挺身式跳远的动作技术环节，掌握助跑与起跳的结合技术，改进与提高完整动作和进一步发展跳跃能力。教学中使学生了解并掌握跳跃技术原理，培养学生探究学习的能力，学会情绪的自我调控，培养学生勇敢、果断、积极进取和挑战自我的精神。

水平六：（选修模块）熟练掌握挺身式跳远技术，介绍学习走步式跳远技术，培养学生的合作学习能力，能与同伴一起制订简单的锻炼计划，自觉运用所掌握的运动技能参加课外锻炼，在学练中表现出积极进取，勇于拼搏的精神；并能处理学练中遇到的一些问题和困难。

3. 投的教材特性与目标分析

投掷是一项历史悠久的运动形式，伴随着人类的生产劳动而逐渐发展起来，展现了力与美的完美结合，投掷也是田径教学的基本内容之一，是通过各种投掷物的投掷练习，发展投掷能力，发展上下肢的力量和腰背力量，以及全身协调用力等身体素质。学生通过练习不仅可以使身体得到发展，而且可以在练习中感受到体育运动的力量之美、运动之魂，促进学生对体育运动的情感认同，达到自动练习、主动探究的目的，投掷是发展身体各部肌肉力量的主要练习内容，能培养学生健壮的体魄，充沛的精力，形成开朗的心境，促进身心健康的发展。

初中田径投掷教材包括投掷实心球和其他多种发展投掷能力的练习。内容比较丰富，如投掷沙袋、垒球，各种姿势投掷各种投掷物，各种方法投掷实心球，以及一些趣味性、游戏性强的投掷练习。高中投掷教材是以推铅球为主，属于典型的力量性项目，对于发展学生的力量素质，特别是发展爆发力有很大的作用。推铅球在投掷项目中，技术相对比较简单，而其他项目如掷标枪、铁饼、链球等技术要求较高，绝大多数学生在掌握时有很大的难度。同时，根据我国目前一些学校的体育场地状况，大多数的学校不具备开展掷标枪、铁饼、链球等项目的教学条件，再加上不安全因素较多，所以，目前高中阶段还是以推铅球教学为主。投的各水平教学目标见表 7–3。

表 7–3　投的各水平教学目标

水平	教学目标
水平四	通过不同的投掷练习，发展学生的投掷能力，掌握双手向前投掷实心球动作技术。初步了解投掷技术原理，并运用到练习中。培养学生安全意识，养成遵守纪律的良好习惯以及吃苦耐劳、互帮互助的优良传统
水平五	在初中发展投掷能力的基础上重点发展肌肉的爆发力，身体的协调性和灵活性，以及身体各部位协同用力的能力，使他们的肌肉、骨骼得到更强有力的锻炼，为终身健康打下良好的基础。掌握投掷技术原理，并运用到练习中。强调安全意识的培养和遵守纪律的良好习惯
水平六	（选修模块）以推铅球为例，熟练掌握推铅球动作技术和投掷技术原理，能运用物理学的知识进行分析与比较。同时，能根据自己的特点制定初步的学习计划，并运用到实践中

教学内容

田径运动源于生活，田径运动是各项体育活动的基础，这充分肯定了田径运动对全面、有效地发展人的身体素质和运动技能，对其他各项运动技术的发展和技能的提高所具有的积极意义。因此，各项体育运动都把田径运动作为发展体能的练习手段。

田径运动是由走、跑、跳跃、投掷等运动技能组成的以个人为主的运动项目，是速度、力量、耐力等身体素质的综合体现。它不受客观条件限制，可参与性强，可以个人练习，也可以多人合练，运动时的负荷可以随着年龄、性别和身体状况进行自我控制和调节；选择性和针对性强，学生可根据自己的兴趣和爱好选择不同的项目，还可根据个人的身体状况和需求确定适合个人的项目；它还具有激烈的竞争性和提高能力多样性的特点。

田径运动在小学、初中都有其相应的教学内容，在高中模块教学《体育与健康》课程标准中规定，在运动技能的选项学习中，要求学生在田径类项目中至少必修1学分。这个规定正是基于田径类项目本身所具有的特点和价值提出的。因此，对各水平阶段田径教学内容和重点进行梳理就显得尤为重要。

一、跑的教学内容与教学重点

跑的教学内容主要是以快速跑、耐久跑、合作跑、障碍跑、接力跑、跨栏跑为主要教学内容，通过多种跑的练习，发展学生的速度素质、耐力素质，掌握弯道跑、跨栏跑、接力跑的动作技术，提高机体的有氧代谢供能和无氧代谢供能。同时，在多种跑的练习中，培养学生的自信心、协作精神、合作意识和终身体育意识；发展学生运动能力和自我意识，养成健身跑的习惯。

1. 水平四——跑的教学内容与教学重点

初中跑的教学内容主要是在小学阶段以掌握正确跑的姿势的基础上，进一步学习快速跑、耐久跑、合作跑、障碍跑等各种跑的练习（表7-4）。

表7-4　水平四——跑的教学内容与教学重点

教学内容		教学重点
快速跑	听信号跑、加速跑、追逐跑、躲闪跑、让距跑、自定目标距离跑	发展学生反应速度、运动速度和位移速度，腿部肌肉后蹬力量和提高无氧代谢能力
耐久跑	跑走交替、变速跑、定时跑、定距离跑、全程耐久跑	掌握耐久跑的基本技术，重点掌握耐久跑的呼吸方法，了解“极点”和“第二次呼吸”
合作跑	迎面接力、圆周接力、拉手跑、双人跳绳跑、两人三足跑	掌握传接棒的方法、明确各自的分工和传接棒的时机与配合
障碍跑	跑过、跳过、跨过、穿过、绕过、爬过、翻过、滚过、钻过各种障碍物	对各种障碍物有准确的判断，运用合理的方法越过障碍，并控制快速跑的节奏

2. 水平五——跑的教学内容与教学重点

水平五中对跑的教学更注重对技术的理解和掌握，让学生懂得跑的技术原理，从而有效地提高跑的动作技术（表7-5）。

表7-5　水平五——跑的教学内容与教学重点

教学内容		教学重点
短距离跑	蹲踞式起跑及安装、50米、100米等全程跑	掌握完整动作技术，理解跑的动作技术原理
跨栏跑	起跑到跨第一个栏技术、栏间跑技术和全程跑	掌握起跑跨第一个栏技术，体会攻栏、过栏、下栏的动作技术和栏间跑的节奏
中长距离跑	不同距离的变速跑、间歇跑、全程跑	掌握途中跑的动作技术和呼吸方法，对“极点”和“第二次呼吸”生理现象的理解和掌握，并运用到跑的过程中

【案例3】

以北京市某区实施高中《体育与健康课程标准》为例，制定的跨栏跑模块案例如表7-6。

表7-6 跨栏跑教学模块案例（水平五）

<table>
<tr><td colspan="4">教学内容：跨栏跑</td></tr>
<tr><td>教学目标</td><td colspan="3">1. 了解跨栏跑的锻炼价值，介绍跨栏跑的相关知识及规则的运用
2. 在学生基本掌握过半程栏的基础上力求进一步提高
3. 发展速度、柔韧、灵敏、协调等身体素质，提高跨越障碍跑的能力
4. 培养学生勇敢、顽强、自信和克服困难的优良品质，提高对跨栏比赛的欣赏水平，体验跨栏跑的乐趣</td></tr>
<tr><td>教学策略</td><td colspan="3">1. 田径运动是各项运动必不可少的基本素质，它主要是以个人为主的运动项目。因此，在教学时应考虑学生身体素质的全面发展
2. 在进行跨栏跑技术教学时，应让学生根据自己的情况设计不同高度的栏高和不同距离的栏间距
3. 在教学中应重视提高学生的速度素质
4. 在提高学生运动水平的基础上，可适当灵活地安排教学方式，丰富教学内容，避免学生产生枯燥感，以提高学生练习效果和课堂教学效益
5. 学生成绩评价可采用技能评定与测试成绩相结合的方式</td></tr>
<tr><td>学时</td><td colspan="3">10学时</td></tr>
<tr><td>学时</td><td>教学内容</td><td>重点难点</td><td>教学措施</td></tr>
<tr><td>1</td><td>1. 介绍跨栏的相关知识，使学生建立跨栏跑的动作概念
2. 学习摆动腿过栏的技术</td><td>重点：摆动大腿屈膝高抬
难点：小腿积极快速前伸，大腿带动小腿积极下压扒地</td><td>1. 采用教师示范或录像、挂图等方式建立正确的概念
2. 原地摆动腿动作的模仿练习
3. 行进间摆动腿练习
4. 利用跳箱原地走1～2步做摆腿抬、伸、上体前倾的动作
5. 在栏侧走或跑中做摆动腿练习
6. 慢跑中跨过3～5个小体操垫的练习</td></tr>
<tr><td>1</td><td>1. 改进摆动腿过栏技术
2. 学习起跨腿过栏的动作</td><td>重点：摆动腿抬、伸、压；起跨腿蹬、展、拉
难点：两腿动作的协调配合</td><td>1. 复习上一学时内容
2. 利用肋木等器械进行专项动作练习
3. 行进间在栏侧做起跨腿过栏练习
4. 原地体会摆动腿下压与起跨腿的动作
5. 走或慢跑跨过3～5个低栏</td></tr>
<tr><td>2</td><td>1. 改进摆动腿、起跨腿技术
2. 提高两腿过栏的协调性</td><td>重点：过栏动作的协调配合
难点：上体前倾异侧臂前伸，维持身体平衡</td><td>1. “跨栏坐”练习。发展柔韧性及髋关节的灵活性
2. 行进间的摆动腿、起跨腿练习
3. 3～5步助跑过栏练习
4. 中速跑中跨过3～5个低栏</td></tr>
<tr><td>2</td><td>1. 改进学习栏间跑技术
2. 柔韧性素质练习</td><td>重点：栏间跑的步数
难点：栏间跑的节奏</td><td>1. 行进间栏侧的摆动腿、起跨腿练习
2. 调整栏间距离，学生自选栏距进行练习
3. 中速跑动中跨过3～5个栏架</td></tr>
</table>

续表

学时	教学内容	重点难点	教学措施
1	1. 介绍跨栏跑的比赛规则及注意事项 2. 学习蹲踞式起跑过第一个栏技术 3. 巩固提高过栏技术	重点：起跑到第一个栏加速跑的步数 难点：步点准确衔接流畅	1. 各种专项性练习 2. 慢跑中过第一个栏的练习 3. 蹲踞式起跑过栏侧练习 4. 蹲踞式起跑过第一个栏练习 5. 设置不同的栏间距练习连续过3～5栏
1	1. 巩固提高跨栏步和栏间跑技术 2. 蹲踞式起跑过半程栏	重点：栏间跑的节奏 难点：上下肢协调配合，保持速度	1. 复习摆动腿、起跨腿过栏技术 2. 30～40米中速跑过2～3个栏 3. 蹲踞式起跑，自选栏间距进行半程栏的练习 4. 针对存在问题及时进行纠正
1	1. 提高跨栏步和栏间步技术 2. 蹲踞式起跑过半程栏	重点：栏间跑的节奏 难点：上下肢协调配合，保持速度	1. 复习摆动腿、起跨腿过栏技术 2. 蹲踞式起跑，快速跑过半程栏
1	考评	争取取得优异的成绩	1. 速度测评 2. 学生自选栏距进行技术考核

二、跳的教学内容与教学重点

初高中跳跃类教学的主要思想是在学习并掌握一定动作技术的基础上，如学习跨越式跳高、蹲踞式跳远等，体验跳跃运动的乐趣，发展学生的跳跃能力、弹跳能力和身体的协调性。

1. 水平四——跳的教学内容与教学重点

初中跳跃教学内容包括跳高、跳远和各种发展跳跃能力的多种练习，初一以跨越式跳高，初二以蹲踞式跳远，初三以两项为主要内容（表7–7）。

表7–7　水平四——跳的教学内容与教学重点

教学内容		教学重点
跨越式跳高	完整技术由助跑、起跳、腾空和落地四个环节组成，完整与分解相结合	1. 助跑与起跳的衔接技术，将水平速度转化为垂直速度。 2. 两臂和摆动腿快速摆动与配合 3. 起跳点的位置及步点的丈量
蹲踞式跳远	完整技术由助跑、起跳、腾空和落地四个环节组成，完整与分解相结合	1. 助跑与起跳动作的衔接，助跑的节奏、减少水平速度的损失 2. 起跳动作，上板动作、两臂与摆动腿的配合摆动 3. 起跳点的位置及步点的准确丈量
发展跳跃能力的练习	蹲跳起、单脚跳、跨步跳、蛙跳、交换跳、连续跳、纵跳等	在多种跳跃练习中要关注于学生的练习兴趣，以游戏或竞赛的方式进行练习

2. 水平五——跳的教学内容与教学重点

高中阶段跳的教学内容主要是背越式跳高、挺身式跳远技术，对学生身体素质和动作技术的要求比跨越式跳高和蹲踞式跳远高。在教学中要求学生能基本掌握起跳和助跑与起跳相结合的技术，发展学生在空中控制动作能力；形成“背弓或挺身姿势”，并结合学生的实际情况设置适宜目标使学生在跳高、跳远技术的学练中，善于与他人合作，分析成功与失败的原因，表现出勇于克服困难、积极进取、不断地向新的目标挑战的意志品质（表 7–8）。

表 7–8　水平五——跳的教学内容与教学重点

教学内容		教学重点
背越式跳高	完整技术由助跑、起跳、腾空和落地四个环节组成，完整与分解相结合	1. 助跑与起跳的衔接技术，将水平速度转化为垂直速度 2. 对腾空动作的控制能力，形成“背弓”姿势 3. 起跳点的位置及步点的丈量
挺身式跳远	完整技术由助跑、起跳、腾空和落地四个环节组成，完整与分解相结合	1. 助跑与起跳动作的衔接，助跑的节奏、减少水平速度的损失 2. 对腾空动作的控制能力，形成“挺身”姿势 3. 起跳点的位置及步点的准确丈量

【案例 4】

以北京市某区实施高中《体育与健康课程标准》为例，制定的背越式跳高模块案例如表 7–9。

表 7–9　背越式跳高教学模块案例（水平五）

教学内容：背越式跳高	
教学目标	1. 了解跳高项目的基本知识、技术原理和锻炼价值 2. 掌握背越式跳高技术，在发展学生力量、柔韧、协调、灵敏等素质的同时，能够掌握 1 ~ 2 种锻炼方法，并学会观察和评价 3. 在学习中培养学生体验成功，勇于挑战自我、克服困难的优良品质
教学策略	1. 田径运动是走、跑、跳跃、投掷等运动技能组成的，是各项运动所必不可少的基本素质，它主要是以个人为主的运动项目。因此，在教学时应考虑学生身体素质的全面发展 2. 教师在了解学生的现状后，通过教学使学生能够较好地掌握田径运动技术的动作与方法，应注重运动技能与发展运动能力的有机结合 3. 教师为学生创设一个自主选择、自主练习、合作学习、相互评价的学习环境和氛围，发挥学生的自主积极性。如在跳高练习中设置不同的高度让学生进行练习 4. 注意安全，防止伤害事故，在课前认真检查助跑道是否平整，跳高架、海绵包等器材，同时在学生练习的开始阶段，可用橡皮筋等代替横杆，以消除学生的恐惧心理

续表

学时	10学时		
学时	教学内容	重点难点	教学措施
1	1. 建立背越式跳高的完整技术概念及学习相关的基本知识 2. 初步体会原地背向过杆动作	重点：掌握完整动作概念 难点：后倒、背弓	1. 运用各种挂图、视频或教师示范等方式建立完整技术动作 2. 自己尝试体会过杆动作 3. 垫上模仿过杆练习，仰卧屈腿顶髋练习 4. 原地体会过杆技术
1	1. 原地背向过杆技术（无杆、有杆） 2. 学习弧线助跑起跳动作 3. 柔韧性练习	重点：助跑与起跳相结合 难点：掌握助跑时的节奏	1. 垫上仰卧，模仿、体会过杆动作 2. 沿15米直径的圆圈跑 3. 弧线助跑、起跳，用摆动腿同侧臂摸高练习
1	1. 进一步学习弧线助跑起跳的技术动作 2. 发展腰、腹力量练习	重点：助跑与起跳相结合 难点：将水平速度转为垂直速度	1. 弧线助跑起跳、后倒，跃上“高垫”（可借助踏板） 2. 弧线助跑、起跳，摸高练习
2	1. 学习丈量步点的方法 2. 弧线助跑起跳与过杆技术 3. 弹跳力练习	重点：助跑与起跳相结合 难点：将水平速度转为垂直速度	1. 两人一组共同练习确定自己的起跑点和起跳点 2. 弧线助跑、起跳过杆练习
2	1. 完整的背越式跳高技术 2. 下肢的专项力量练习	重点：助跑与起跳相结合 难点：起跳的效果好	1. 全程助跑完整技术练习 2. 设置不同高度的横杆，学生自主选择练习 3. 学生进行展示与交流
1	1. 背越式跳高完整技术 2. 单、双脚的各种跳跃练习	重点：动作的协调和连贯性 难点：杆上技术	1. 完整技术练习 2. 按不同水平分组进行相互学习与评价
1	1. 背越式跳高完整技术 2. 技术评定	重点：动作的协调和连贯性 难点：杆上技术	1. 公布考核标准、规则、方法 2. 分组练习 3. 技评（可在学生练习过程中完成）
1	1. 成绩测验 2. 进行点评	重点：鼓励学生勇于挑战自我	1. 由老师和学生共同进行考核 2. 其他同学承担服务工作

一、在教学内容的选择上重技术轻技能

中学《体育与健康课程标准》明确提出，培养身体健康的、良好体质的、适应社会发展需要的、具有终身体育思想的中学生是中学体育课田径项目教学的主要目标。但是在中学田径体育教学中，教师在教学内容选择时将田径运动看做是竞技体育的一部分，以某个田径项目体系设置教学内容，把大量的体育课教学时间用于几个单一的田径项目教学中，以完整技术教学为主，通过掌握某项目最低要求的完整技术为目标，来达到发展学生的身体素质、提高基本活动技能和增强体质的目的。只关注于田径运动技术体系的完整性，而忽视学生运动技能的掌握，使这一既有健身价值又充满运动活力的项目受到一定的限制，本来可以使学生充满兴趣的项目也变得枯燥而单调。

二、在教学方法的运用上重传统方法轻现代技术

现代教育技术已相当发达，但是中学体育田径项目的教学方法仍然以教师讲授、示范为主，辅之以练习、复习、再练习的方法。而对将现代信息技术运用到体育教学中，激发学生的学习兴趣，关注学生的主动性和创造性的发挥方面就不是很关注。这种专门化、单一化、高强度、高负荷、重复单一的练习难以激发学生的兴趣，这种田径教学中“一刀切”、“填鸭式”的教学方法使田径教学变得枯燥乏味而使学生失去学习兴趣。

三、在教学组织的形式上重全体轻个体

中学田径教学在教学组织形式上只关注全体学生的学习，而忽视学生生理、心理及个体特征的差异，学生的个体差异造就了学生在田径教学中学生的身体素质、运动技能的差异，如果全班同学完全在教师的统一要求下进行统一标准的练习，会造成较差的同学逃避或失去信心。因此，在教学组织的形式上应对不同的学生采用不同的练习方法，进行不同的目标定位，如中学跳高练习中可以设不同的高度进行练习，在达到一个高度后再向更高的高度进行练习，使每个学生都能找到自己适宜的高度进行练习，使每一个学生都能感受到成功、体验到成功的乐趣。

四、在教学评价的考核上重结果轻过程

中学田径教学的评价和考核方法过于单一。田径成绩评价是以学生的绝对成绩作为主要评价依据，在教学评价体系中只关注于学生的总结性评价，而忽视了学生的过程性评价，没有关注学生在学习过程中的提高度、参与度和认真度。这种评价方法的根本弊端在于忽视了学生现

实存在的个体差异，没有体现出不同的学生在学习过程中的努力程度和进步幅度，偏离了体育教育和评价的目的。如学生 A 和 B，学生 A 的身体素质和运动技能远远低于学生 B，学生 A 再努力练习也无法赶上学生 B，这是一个客观存在的现实；但是在现行的评价标准只评定的是结果——学生 B 优于学生 A，而无法评定学习的过程——学生 A 的进步幅度要远远大于 B 的幅度。因此在教学中应为学生设立个人进步的目标，使他们在每一次的体育学习中都能体验到成功的快乐。

一、中学田径教学策略的探索

中学体育教学中田径教学部分的比重一般在 40% 左右，在对学生的调查中得知，男生喜欢上篮球、足球课，而女生喜欢上健美、韵律体操等课程，都不喜欢上的是田径课，田径课程成了一块“是非”之地，许多教师都不愿涉足。前面还说“田径是运动之母”，这需要我们体育教师对田径教学内容的选择、教学方法的运用、教学组织的形式、教学评价的考核进行探索与研究。

1. 转变教学观念，构建适宜的内容体系

目前中学田径教学一般采用传统的田径项目内容，强调完整技术教学，教学围绕着系统的单元教学体系进行设计，使教学内容过于狭隘、枯燥和单调，田径教学内容在中学体育教学中受到了学生的冷落，学生不喜欢上田径课。作为体育教师应以新课标为背景，以“健康第一”为指导思想，以“以人为本”为教学理念，以选择适宜的教学内容为基本思路，构建具有趣味性、健身性和竞赛性的田径教学内容体系。

（1）设置具有趣味性的教学内容。目前，国际田联与德国田径协会联合推出的“趣味田径运动”以及 2009 年在瑞典斯德哥尔摩举办的田径黄金联赛趣味标枪投准等都极大地提高了田径运动的趣味性，而在 2010 年 10 月 23 日，首届鸟巢杯全国少儿趣味田径运动在我国北京国家体育场（鸟巢）举行，本届运动会是首次采用国际田联推荐的新式少儿田径项目及比赛规则，给田径教学内容开拓了新的思路，提高了学生对教学内容的接受程度，从而有效地激发了学生学习的动机，提高了学生参与的积极性和练习的兴趣。

（2）设置具有健身性的教学内容。田径通过走、跑、跳、投等运动能最有效地发展学生的力量、速度、耐力、灵敏、柔韧和协调，促进身体素质有效的提高，因此人们总是将田径运动视为一切体育运动的基础。努力在田径运动项目中对具有发展不同素质功能的竞技手段进行甄别、分类，删除部分相对枯燥的体育项目，增加实用的、趣味的、具有健身性的体育项目，引领和教会学生自我锻炼的方法，这样才能使学生在课后或毕业后能继续参与锻炼，真正达到培养终身体育意识的目的。

（3）设置具有竞赛性的教学内容。田径运动项目具有竞技性的特征。根据学生的心理特点，在教学中选择一些具有竞争性的教学内容，以“以赛代练”的方式进行教学，是对学生在学习过程中运动技能和身体素质提高的一个检验与认同。也在一定程度上培养了学生勇敢顽强的意志品质和努力拼搏的精神，增强了班级、学校的集体荣誉感。

2. 加强理论学习，运用多样的教学方法

传统的教师讲解、示范，学生练习、再练习的教学方法，容易使学生产生枯燥、乏味的感觉，失去练习的兴趣，而运用多样的教学方法可以改变固定的教学形式和单一的教学方法，提高学生的练习兴趣，促进学生身心全面发展，获得练习成功的乐趣。体育教师需要加强自身的理论学习，了解和掌握不同的教学方法，只有在了解和掌握的基础上才能运用在教学中。

首先，学习现代教育理念、掌握现代教育技术，在普遍采用的讲解、示范的基础上运用现代信息技术，将多媒体课件引入教学，将现代教育理论应用到中学体育课田径项目的教学中，运用独创性、新颖性、实用性的田径教学方法，如教育评价理论、教学最优化原则、信息论、控制论等。加强计算机辅助教学的开发研究，多开发一些易操作且实用性强的课件，以此来提高学生兴趣；扩大体育文化信息的交流，提高学习效果，让学生学习体育文化，促进体育意识的培养。如对于田径理论知识的讲授，教师可采用多媒体课件讲解学生不能完全看清楚的体育动作，使学生理解和把握运动技术和动作要领。

其次，中学学生已经具有一定的自学能力，可以将动作技术要领的掌握通过学生的小组合作学习、自主探究的方式进行教学。

再次，要充分借助学校的各种器材、学校现有的障碍物，如篮球架、大树、乒乓球台等开展障碍游戏、接力跑等，以提高学生的练习兴趣。

最后，结合其他项目进行综合性的练习。如在接力游戏中可以用运球跑，手持球跑的接力等；在投掷项目体会最后用力的练习，采用垒球或实心球进行练习更能体会用力顺序。

3. 重视个体差异，创设多变的组织形式

在中学田径教学中针对学生的个体差异进行差异性教学，通过创设不同的组织形式，不同的练习环境，关注到每一个学生，使每个学生都能体验到学习的乐趣、练习的快乐。

（1）针对学生身体素质、运动能力的不同，设置不同的活动目标，如掷实心球，在开始阶段进行测试，对学生的身体素质有一个初步的了解（诊断性评价），根据学生的不同情况，在后续的教学中设置不同的目标进行教学。

（2）改变练习的环境。教学环境的改变，在一定程度上会提高学生的新奇感，如要发展学生的弹跳力和下肢力量，就可以利用台阶或各种地形环境进行形式多样的跳跃练习，如要发展学生的速度、协调能力，就利用学校的树林、现有的障碍物进行教学。

（3）田径教学中除了接力跑项目外都是学生个体活动，教学中可以将学生的个体活动转变为一个集体参与的形式，以活跃课堂气氛，提高学生练习的兴趣。如现在比较广泛采用的2人3足、3人4足、20人21足（阳光伙伴）等活动。

4. 关注学习过程，制定不同的评价标准

考试是提高教学质量和正确评价教学效果的主要途径之一，中学体育课田径项目的教学考试，应改变过去单纯以某一标准成绩为达标评分标准的考试方式。这种“一刀切”的评价方式，会导致学生为达标而上田径课，田径基础好的学生不用练，田径基础差的学生不想练，忽视了学生整体素质和整体运动技能的提高，忽视了学生运动能力、终身体育思想的培养，不利于教师因材施教。因此，中学体育田径教学中应建立一个关注学生学习过程、关注学生努力度、提高度、参与度的评价标准，对不同学生有不同的评价标准，引导学生热爱田径运动。

（1）改进教学评价方式和内容　在评价方式上，既要注重对学生的总结性评价，更要注重对学生的过程性评价；既要有教师对学生的评价也要有学生自评和互评。在评价内容上，不仅强调对学生体能和运动技能的评价，更应注重对学生的学习态度、心理活动和行为表现的评价，努力使评价内容与课程目标相一致。

（2）改进教学考核制度　在考核中要对学生田径教学成绩有一个综合全面的考核，应对学生在学习前、中、后各项素质的成绩进行对照比较，结合学生实际情况进行考核。只有这样才能使田径考核更加科学、合理，使田径课真正让学生喜欢。

综上所述，在中学体育田径教学中，应从教学内容、教学方法、组织形式和评价标准多方面进行教学的改革与探索，转变教学观念，构建适宜的教学内容体系；加强自身的理论学习，运用多样的教学方法；重视学生的个体差异，创设多变的组织形式；关注学生的学习过程，制定不同的评价标准。培养学生成为身体健康、体质良好、适应社会发展需要、具有终身体育思想的中学生。

二、田径教学案例

【案例5】

耐久跑教学

（一）案例背景

耐力跑是中学体育教材中的一项重要内容。经常进行耐力跑练习对于增强学生体质、改善学生内脏器官、心肺功能，提高学生的耐力素质具有重要意义。同时，在培养学生的坚强意志、顽强的品质方面也具有不可替代的作用。耐久跑本身的特性决定了练习持续时间长，体能消耗大，如果教师选用单一的教学方法，学生就会产生害怕与厌倦心理，严重影响耐力跑的教学效果。

（二）培养目标

1. 培养学生自我锻炼能力

一是教会学生按自身感觉来调整运动强度和运动量，二是教会学生自测运动时的脉搏来控制相应的强度和密度，从而培养学生有效地调控运动负荷的能力。

2. 培养学生制定锻炼计划，养成终身体育的意识

学生通过耐久跑练习能真切地感受到身体素质得到提高和改善，明确了坚持锻炼的重要性。在教会了学生如何进行自我锻炼的基础上，让学生根据自身的特点制定锻炼计划，为养成终身体育的意识打下良好的基础。

（三）教学策略

1. 教学方法的多变

（1）采用趣味教学法。采用图形跑，激发学生情趣；运用各种图形，让学生围绕变换行进路线做各种图形跑。如蛇形跑，五角星跑，对角线跑，“8”字形跑等。

（2）采用分段教学法。将具体的评分标准让每一个学生知道，培养学生耐久跑的速度感，

改变过去的盲目乱跑，不能控制速度的现象，从而有利于提高学生耐久跑的能力。

(3) 采用间歇教学法。教会学生自测 10 秒脉搏，用脉搏来控制强度，要求学生按 100 米平均速度跑 400 米，跑 2 ~ 3 次，每跑完 400 米立即让学生自测 10 秒脉搏，要求心脏负荷在 26 ~ 28 次/10 秒，然后走 2 分钟，再进行下一次 400 米跑。

(4) 采用竞赛教学法。中学生好胜心强，采用竞赛法进行耐久跑练习，能调动学生锻炼的积极性，可按体质的强弱分组，各组进行 4×200 米、4×400 米、4×800 米接力跑比赛，还可以将学生编组进行追逐跑比赛。

2. 教学手段的多样

(1) 采用交替跑，提高练习兴趣。走跑交替运动，能提高学生兴趣，让学生感到新奇，练习不觉疲劳。一是按教师发出的信号做走跑交替；二是做各种蛇形跑，对角线跑，“8”字形跑等跑与走跑交替的练习；三是做分队走跑交替；四是做不同距离的走跑交替练习，如超越、领跑练习法：以 15 ~ 20 人一组为宜，排成一路纵队以 30%~40% 的跑速跑进。当队伍跑出 50 米后，队伍的最后一名开始加速跑（其他的人均以匀速跑的形式跑进），当超越第一名后，立即恢复原来的跑速开始领跑，跑进 50 米后，最后一名按照前一名的方式进行，依次类推，直到完成规定的练习任务，跑的距离一般为 1 200 ~ 1 500 米。

(2) 采用变换形式，活跃课堂气氛。一是变换跑的动作形状和方向，采用小步跑，跨步跑，后蹬跑，后退跑等练习；二是变换环境跑，如利用学校附近的地形进行练习；三是变换内容和形式，运用流水作业法，如第一圈小步跑、后蹬跑练习，第二圈慢跑，中速跑，快速跑练习。

(3) 运用障碍法，增强练习情趣。巧设障碍，增加难度，能增强学生耐力跑的练习情趣，如跳越，钻越等各种人为或自然的地形障碍跑等。

(4) 跳绳练习法。学生自由组 3 ~ 6 人一组，每组 1 ~ 2 根绳，以递增形式定时练习：2 分钟—3 分钟—4 分钟，速率一般控制在 1.5 ~ 2 次/秒为宜。这样的练习学生，没有距离带来的压力，淡薄了耐力练习意识，从而降低了心理负荷，使练习氛围变得轻松、愉悦，并能收到较好的练习效果。

三、田径教学中的动作技术小口诀①

1. 短跑

(1) 各就位。调整呼吸上线道，手撑线后约肩宽。前脚离线一脚半，后膝跪地颈放松。重心前移肩过线，就好位来不要动。

(2) 预备。臀部从容往上抬，身体重心向前移。臂与前腿负体重，两脚压蹬起跑器。

(3) 鸣枪。起跑似箭离弓弦，两脚用力蹬后边。迅速摆臂提后腿，蹬直前腿体向前。

(4) 起跑后加速跑。上体前倾大，大腿下压快，后蹬要充分，两臂用力摆。虽然重心低，送髋不可遗。频率要加快，步幅渐增大。

(5) 途中跑。身体微前倾，两臂前后摆。步长不变动，步大频率快。重心较稳定，送髋

① 深圳中学陈家钧编写。

向前迈。

（6）冲刺跑。最后20米冲刺，技似途中只加速。加大前倾防后仰，鼓足劲儿朝前冲。

（7）撞线。距线两米撞线快，上体前倾角度大。挺胸下压把线撞，充分后蹬臂后摆。

（8）弯道跑。皆因离心力作怪，弯道技术难度大。身体要向左边倾，左肩要比右肩低。右脚内侧先着地，右臂摆幅要加大。左脚外侧先着地，左臂摆幅相对窄。

2. 接力跑

（1）持棒起跑。三指握棒端，指背撑地面，拇食指张开，紧贴起跑线。

（2）传棒（下压式）。传前发信号，告知接棒人。手腕要放松，小臂向前伸。握棒手下压，传后顺道奔。

（3）接棒。快速朝前跑，闻讯手后伸。反手张虎口，掌心向上翻。紧握手中棒，不换手飞奔。

3. 跨栏跑

摆动腿抬屈伸压趴，起跨腿蹬转提拉下。上体前移要倾压，异侧手臂摆伸划。栏间步子有节奏，像跑一样过栏架。

4. 中长跑

（1）各就位。调整呼吸上线道，有力脚掌放在前。两脚分开前后立，前脚紧贴起跑线，上体前倾腿弯屈，沉着冷静听枪声。

（2）途中跑。上体微前倾，摆臂要自然。呼吸有节奏，步子要轻盈。

5. 跳高

（1）助跑。助跑均匀加速，步幅宽大轻松。最后三步节奏“咚—咚咚”，它的步长比例：小—中—大。

（2）起跳前。上体两臂向后展，左腿送髋伸向前。右腿弯曲成跪式，重心要留身后边。

（3）起跳。支点与重心重合时，左腿蹬地莫迟疑。两臂带肩提向上，右腿摆动要伸直。

6. 跳远

（1）助跑。开始像疾跑，途中稍前倾，最后体抬直，飞速跑全程。

（2）踏跳。踏板准，起跳猛，脚跟先着地，好似皮球“滚”，两手臂，向上振，助踏跳，保平衡。

（3）腾空（蹲踞式）。踏跳腿离地，跨步飞跃起。两臂向前挥，帮助体前移。踏跳腿前并，屈膝成蹲踞。两腿向前伸，两臂下后移。

（4）落地。脚跟一落地，脚掌压下去。蹲腿向前俯，体前倒下地。

技能课程四　中学篮球教学指导

教师简介

李江泰，男，北京市第十四中分校体育教研组组长，中学高级教师。

史红亮，男，北京教育学院体育与艺术学院教师。

课程目标

【目标1】通过对中学篮球教材演变历程的梳理和该运动本质特点的分析，使中学体育教师了解该教材的特点、价值与文化功能。

【目标2】通过中学篮球的基本知识与理论、基本技术与战术内容及教学方法的学习，使中学体育教师掌握篮球教学内容和教学方法。

【目标3】通过对中学篮球教学单元、教学评价构建方法的分析，提高中学体育教师的篮球教学实践与教学创新能力。

课程内容

【内容1】教学重点——基于篮球教材演变历程和本质特点，梳理分析不同时期中学篮球的教材内容及其价值。

【内容2】教学内容——基于篮球教材的特点，构建中学篮球运动的基础知识、基本技术和战术体系以及教学策略。

【内容3】教学思考——基于中学生的身心特点，介绍简化、异化篮球竞赛规则的方法。

【内容4】教学创新——基于中学篮球教学需要，构建中学篮球教学单元、创新教学评价方法，以及提高篮球专项能力的练习方法。

长期以来，在篮球教学中，我们一直按照《中学体育教学大纲》规定的内容，制定每学年球类单元教学计划，很少去考虑篮球运动本身的特性、学生的实际情况和兴趣特点，于是出现一个令我们体育教师尴尬的情景：一个单元教学下来，甚至初中三年下来，很多学生依然不会打篮球，问学生上过篮球课吗？回答："上过"，接着问"篮球课你学了什么"？回答："原地双手胸前传接球、原地高低手运球。"听起来好像没有什么问题，但是如果我们仔细想想，学生回答学过的东西是真正意义上的篮球吗？好像有些问题。我们知道篮球运动是一项多人参加的、有攻防对抗和输赢的体育活动，而学生所学的只是一些脱离了篮球运动特性的单个体育动作，如果把这个动作搁在其他体育活动环境中，我们就可以称其为"徒手操或器械操"。因此，重新认识和更新篮球运动教学技能，成为当前从事体育教学的一线教师面临的挑战和迫切需要解决的问题。

一、篮球教材演变

1.《中学体育教学大纲》篮球教材分析

1993年九年义务教育全日制初级中学体育教学大纲《中学体育教学大纲》关于篮球教材内容，是按照各学段学生的基本情况（认知程度、身体素质、心理特点等），将篮球基础知识、基本技术、战术配合，按照由易到难的原则进行拆分和细化（表8-1），通过分析教科书的教学内容发现：

表8-1 《中学体育教学大纲》关于篮球教材内容

初一年级	初二年级	初三年级
1. 移动（侧身跑、后退跑、变速跑、变向跑、滑步）	1. 移动：跨步、转身	1. 移动：复习初一、初二技术
2. 原地双手胸前传接球	2. 原地单手肩上传接球	2. 原地跳起单手肩上投篮
3. 行进间单手高手投篮	3. 行进间体前变向换手运球	3. 传接球接行进间单手低手投篮——全场三对三教学比赛
4. 原地体前变向换手运球	4. 原地单手肩上投篮	4. 基本战术：半场人盯人防守——半场五对五比赛

（1）整体与局部的关系不清楚。对篮球运动的本质特点不明确，只是简单地将教材提供的单个技术动作的教学作为篮球项目的教学内容，我们的篮球教学脱离了规则、竞争、合作、对抗、创新。

（2）技、战术的设置都是按照成人化、竞技化（如，篮球的篮筐高度的标准来设定的），忽视学生的实际情况。

（3）各学段技术难度的递进不是十分明确。

(4) 在单元教学计划的制定中，难以确定学生学习的起点，不能做到因人而异。

2.《体育与健康7～9年级（全一册)》篮球教材分析

义务教育课程标准实验教科书《体育与健康7～9年级（全一册)》教师教学用书中，球类教材内容没有划分各学段，只是按照技术难易程度提供了一些具体内容，如表8-2。

表8-2 义务教育课程标准实验教科书《体育与健康7～9年级（全一册)》教师教学用书有关篮球的教学内容

	7～9年级
基本内容	双手胸前传接球—传抢球游戏 原地单手肩上投篮—三传二抢投篮游戏 传切配合—半场控制球游戏 体前变向换手运球—运球抢球游戏 运球接行进间单手肩上投篮—运球投篮比赛 二攻一配合—全场二攻一游戏 原地跳起单手肩上投篮—五点投篮比赛 传接球接行进间低手投篮—全场三对三教学比赛 半场人盯人防守—半场五对五比赛

体育与健康（7～12年级）课程标准的出台，可以说给学校一线教师提供了一个继续发展的空间和机会，由于各地区文化、经济条件、学生情况的不同，原先按照《中学体育教学大纲》实施篮球教学，教师们束手束脚，现在的体育教学需要我们的教师有智慧和胆识，寻找和探索一条适合自己发展的教学思路。同时，受到专业知识、教学科研等能力方面的限制，一线教师也有很多困惑，光凭自己的琢磨，很难摸索出一套科学性、可行性、操作性强的教学方法。这就需要教师不断地学习和充电，通过借鉴和吸收他人的优秀成果，并结合自己的思考与实践，不断提升自己的教学能力。

二、重新认识篮球运动

1. 篮球运动的概念及特点

篮球运动是以投篮为中心，以得分多少决定胜负而进行的攻守交替、集体对抗的球类运动项目。对于初中体育教学中的篮球运动来讲，它就是一项集体对抗的球类游戏项目。

篮球运动的特点是：技、战术的技巧性——符合孩子的表现欲；集体运动的对抗性——符合孩子的竞争欲；比赛结果的不确定性——符合孩子的好胜心；集体合作的多样性和不可重复性——符合孩子的好奇心；活动的游戏性——符合孩子的年龄特点；观赏的娱乐性——符合孩子的求知欲。

从以上篮球运动的概念和特点，我们可以发现篮球运动其实就是一个特定环境下的体育游戏，随着时代的发展逐渐完善，因此，在篮球教学中我们首先应该把握住体育游戏这个本质特点：在规则限制下，个人或集体参与，具有竞争性的体育活动。在认识和理解的基础上，进行教学内容的选择和教学策略的制定。

2. 篮球运动的价值

（1）篮球活动中的跑、跳、投等运动形式，有利于发展速度、力量和耐力等身体素质，促进身体的全面发展。有人统计：对于一场某队得80分、进攻成功率为50%的篮球比赛来说，一名运动员大约要在20米左右的距离内奔跑80个来回（160趟）。NBA常规赛中，洛杉矶湖人队科比·布莱恩特在比赛中创造一场比赛个人得分81分的奇迹，对于他来说除了高超的球技，更需要具备扎实、良好（超群）的身体素质。获得9枚奥运会田径项目金牌的美国运动员卡尔·刘易斯在1984年NBA选秀中，以第10轮第2顺位被芝加哥公牛队选中；同年，乔丹在第一轮第3顺位被公牛队选中。马刺队的邓肯在1988年夺得全美12~13岁年龄组游泳冠军。詹姆斯·怀特在大学跳高和跳远的成绩分别为2.24米和7.8米，北京奥运会这两项冠军的成绩为2.36和8.34。

（2）篮球运动复杂多变的比赛过程，能提高神经系统的灵活性，进而提高大脑的分析综合能力和应变能力。

（3）竞争对抗的游戏形式，激发参与运动的兴趣，培养体育情感。

（4）篮球比赛中的集体配合，有利于培养团队意识，提高正确处理人际关系的能力。

教学内容

一、基础知识教学

1. 教学目标

水平三：知道篮球运动技术术语，如投篮、运球等。

水平四：观看并讨论电视中或现场篮球比赛；了解篮球运动基本技术和简单战术的知识；了解篮球运动的基本竞赛规则。

水平五：认识篮球运动对身体健康、心理健康和社会适应的价值。

2. 教学内容

（1）世界和中国重要篮球赛事简介，以及一些著名球星。

（2）比赛场地布局、场上位置分工，以及简单规则。

（3）篮球运动的特性和锻炼价值。

3. 教学策略

由于现代传媒的普及，学生在上篮球理论课时的第一反应是世界各个球类著名的赛事（如NBA、CBA等）和篮球当前最红的球星（如科比·布莱恩特、勒布朗·詹姆斯等），他们精湛超群的球技、桀骜不驯的个性、永不放弃的拼搏精神令无数喜爱篮球运动的青少年崇拜，甚至他们的穿戴、言行举止和比赛中的习惯性动作也被青少年模仿。而很少有学生去关心该项运动是如何发明的，有哪些特性，以及通过篮球活动对自身身体和心理的发展有什么重要的意义等。因此，在篮球运动基础教学中，我们体育教师首先要积累丰富的相关知识，从学生感兴趣的话题出发，逐步讲解篮球运动的人文精神和锻炼价值，为下一步的运动技能学习奠定基础。

二、基本技术教学

1. 熟悉球性练习

球性练习是学生学习和掌握篮球基本技术的前提和基础，通过熟悉球性练习，能够增强手对球的感应能力和控制球、支配球的能力。

（1）练习方法

① 简易球操。手持球按照节拍，做一些简单的肢体动作。例如，抛接球、挥摆球、推滚球、环绕球、各种原地运球等。

② 花式篮球。在音乐的伴奏下，利用身体和球做一些环绕和舞动动作。这种方式充满活力、个性和动感，深受青少年喜爱。

（2）教法建议

① 可作为每节课的专项准备活动。

② 初学时，重点应放在动作持续的次数上，不要过分要求动作的准确性和规范性，随着动作的熟练，逐步增大幅度，加快速度。

③ 可结合游戏和竞赛的形式，提高学生学习的积极性和趣味性。

④ 学生掌握基本动作后，可自行进行组合练习，提高动作的观赏性和表演性。

2. 移动

移动是篮球运动员在比赛中为了控制自己的身体，改变位置、方向、速度，争取高度和空间所采用的各种动作方法的总称。移动是篮球技术的基础，它与掌握和运用其他技术有密切的关系。

（1）练习方法。变向跑、侧身跑、变速跑、双脚起跳、单脚起跳等，篮球活动主要的运动形式就是无球或有球的跑动和起跳，与田径中的跑、跳有所区别，其动作都是为了更好地在篮球活动中获得有利空间。

（2）教法建议。移动技术学习，不作为单独学习内容，而是结合球类活动的特点，在游戏中学习和体验。重点在理解各项技术的作用和运用时机，不过分追求动作的规范性。

3. 原地单手肩上投篮

为什么将“单手肩上投篮”作为第一层次的关键技术？因为对刚接触篮球的学生来说，在篮球场上能给自己带来最大精神享受的，就是将球投进篮筐的一瞬间（如果有篮网，恰巧投进的是空心球），那种被篮网摩擦发出的“唰”的声音是最过瘾的。掌握了投篮动作技术，就可以（或者有资格）进行篮球活动，即只要有一个篮球、一个篮筐（即使没有篮网），不管场地是否画线，篮板质量如何，就可以享受篮球所带来的快乐，就可以在篮球活动中增强体能，感受与同伴之间的交流和得到感情的宣泄。

教学策略如下：

① 两人面对面相距 5 米，进行对投练习，中间可拉一根约 3 米高的绳，相互检查、相互纠正。

② 距离球篮 1.5 米处投空心篮练习，重点解决投篮弧度问题。

③ 初学（第一层次）教学重点应放在正确的用力动作技术，而不是命中率上。

④ 在熟练掌握的基础上，采用从防守者上举的手臂上方投篮的方式，增强学生的心理素质。

4. 运球技术

运球技术是篮球比赛中携带球移动的一种方法，是个人控制球、突破防守的重要手段。

(1) 学习内容

① 急停急起。

② 体前不换手变向运球。

③ 体前换手变向运球。

④ 后转身运球。这项技术的重点是变向动作，难点是变向后的加速推进（这是在攻守对抗中最重要的），为什么学生不能够摆脱或突破防守人，主要是因为在变向前的控球通常都是用强侧手，而变向后球换到弱侧手后，不能够在快速奔跑中熟练的控制球，因此，在学习这项技术时要有意识加强弱手的直线或曲线推进运球能力。

运球移动技术在篮球比赛中的重点是保护球和抬头观察。在实际教学中由于教学的重点放在动作的准确性和规范性上，往往忽视其真正作用。因此在学生掌握基本的运球手型和用力动作以及与下肢的配合后，可在游戏或比赛中运用和提高，否则学生会失去继续学习的兴趣，认为自己已经完全掌握了篮球的运球技术。

(2) 教法建议

① 在熟悉球性练习中，有意识加强“弱侧手”的控球能力。在实战比赛中，很多学生不能够突破防守，感觉场地小，都是由于“弱侧手”控球能力差。

② 在初学阶段，可以采用限制防守的方法（防守人双手背到背后），提高运球突破的成功率和自信心。

(3) 游戏

① 半场“一对一”运抢球。可安排规定区域内两人一球的运球抢球游戏，或者两人均有球的运球抢球游戏。同时在游戏中可介绍防守规则，培养学生正确的防守意识。

② 两人面对面“照镜子”游戏。

③ 圆圈运球“抢位子”游戏。

④ 降低投篮难度的“角篮球”游戏，提高学生对抗意识。

5. 防守技术

在篮球游戏和比赛中除了学生个人技术掌握不熟练、配合意识弱等因素造成比赛连续性差、得分少外，防守概念缺失，无谓犯规过多，也是一个重要原因。

(1) 主要内容

① 正确的防守概念。防守的初级阶段是尽可能延缓和阻止运球者靠近篮下有利位置，通过合理的身体接触（最早的篮球比赛不允许身体接触的）迫使运球者向篮球场边线和底线移动，一般是在进攻方右侧进攻队员右手运球时，防守姿势是右手指向运球者腹部（两个作用：一是保持与防守者的位置；二是在球脱离运球者手后打掉球），左手侧平举（防守进攻队员的传球）；防守的原则是堵中路，放边路；随着脚步动作的熟练和身体素质的提高，学习“盖

帽”技术。

② 防守基本移动步伐：滑步、后撤步、小碎步等。

（2）教法建议

① 不要孤立进行徒手的脚步移动练习，可以通过游戏或模拟比赛情景，在攻守活动中学练，既提高了脚步移动的灵活性，又增强的防守的实战性。

② 强调安全意识，预防意外伤害的出现。

（3）游戏

① 照镜子。

② 喊号叫停。

6. 运球接行进间高手投篮

运球接行进间高手投篮是一项运球与行进间投篮组合动作，充分体现了篮球规则的运用，学会该动作对学生参加比赛会有很大帮助，因为此组合动作解决了个人移动和投篮问题。其目的在于拉开距离、摆脱防守、接近球篮。

（1）动作重点

动作重点在于解决两动作的衔接与掌握空中平衡。

（2）教学策略

① 初次学习运球接行进间高手投篮时，应先进行距离篮筐 1.5 米左右的单手肩上擦板投篮技术动作练习，要求学生掌握持球动作、用力动作和瞄准点，重点是用力动作（即抬肘—伸臂—压腕—手指拨球）；在基本掌握原地近距离投篮的基础上，学习原地跳起投篮技术（可采用双脚或单脚起跳），同样也是近距离，体会在空中用力动作的控制。

② 在基本掌握篮下近距离跳起投篮技术动作的基础上，进行徒手的脚步动作练习，（这一步骤非常重要）可采用距离篮筐 8 米，斜 45°位置，小步幅慢跑倒数第二步做跨步，紧接着上步单脚起跳摸高练习，体会脚步动作的完整性，以及起跳的位置和空中身体平衡的控制。为提高练习密度可拉一根约 2.5 米高的绳，学生成一列横队距离绳子 8 米左右进行徒手脚步模仿练习。

③ 同上练习位置，原地向前运一次球，当球弹起约腹部高度时，跨步拿球，跳起举球投篮。要求：跨步不要腾空过高，前脚落地后，后脚迅速上步，动作衔接连贯，不要脱节。在练习时同样可采取以上教学策略②的练习方法，提高练习的密度。

④ 距离篮筐 8 米左右运球接行进间高手投篮练习。此练习注意两点：运球时注意抬头，判断跨步拿球适宜位置；运球尽量向前，距离身体侧前方稍远。

⑤ 待运球接行进间高手投篮动作基本掌握后，可结合各种游戏进行练习。

a. 1 分钟往返三分线与篮下运球接行进间高手投篮游戏，计算命中率。

b. 全场绕场运球接行进间高手投篮，往返一次投中两球游戏。

c. 中线两人抢抛出球后，运球接行进间高手投篮游戏。

⑥ 有对抗的练习。在中圈教师将球滚或抛向球篮方向，两名队员从教师两侧同时起动追球，先控制球者迅速运球完成行进间高手投篮；随着动作技术的巩固和熟练，可以配合防守。

7. 传接球

（1）教法建议

① 在学习过程中，要明确传接球的作用和运用方法，以往在教授传接球技术时将原地双手胸前传接球作为重点，但是如果在平时学生比赛中留意观察，你会发现除了发界外球，学生在比赛中很少用这个技术。分析其原因，该动作技术动作幅度大、隐蔽性差，容易被抢断，而且学生多为半场比赛，传球距离近，不需要传太远，所以，我们在教学中应将重点放在准确的传球和正确的发力及其运用时机方面，而不要过多强调动作的规范性。

② 采用一些限制性游戏，半场传抢球练习等。

a. 无防守情况下进行动作的学习和掌握。可利用体育学习中的正迁移原理，在篮球规则限制下充分发挥速度，因为在篮球比赛中很多进攻得分的机会一瞬即失，如果出现了进攻得分机会，我们采用原地的传球或接球，将会延误战机。在学习中强调跨步接球（但不要腾空过大），上步在中枢脚抬起之前迅速将球传出。

例一：固定人（3 ~ 5 人）相距 3 米，练习者距离 3 米左右，直线侧身跑，依次将球传给侧前方的固定接应者。可采用双手传接球技术动作。

例二：四角传接球练习。学生分成四组，分别站成正方形，刚开始传一个球，计算传接球成功的次数；动作掌握熟练后可增加为两个球。

例三：两人一球传接球接行进间投篮。

b. 有防守情况下动作技术的运用。

半场：二攻一练习。

方法：把学生分成两人一组分别站在两端线外，一组传球推进前场，投篮对面一组出一人到三分线防守，攻防结束后，则防守组拿球向对面球篮二攻一。

（2）教学策略

① 教师讲解练习方法后，可让学生进行尝试性练习。

② 针对练习中出现的问题，教师引导学生进行分析、讨论和归纳。

③ 模拟练习中出现的情况，进行限制防守的强化性练习。

当两人传接球推进至前场三分线时，防守人一般有两种选择：一是迅速上前防守持球人，这时进攻另一人迅速在异侧插到篮下，持球人迅速将球传给插到篮下同伴，同伴接球采用运球接行进间投篮动作完成进攻配合；二是防守人欲前后兼顾时，持球人要果断运球上篮，同伴在异侧篮下准备接球投篮。

三、战术教学

1. 战术

战术就是最大限度发挥团队力量，例如你伸出五个手指去攻击对方，远远没有将五个手指握成拳头力度大，（用手势做动作）球类运动中的战术就是将场上的队员通过配合有机地结合起来，发挥最大的威力，其中包括攻击能力和防守能力。战术的本质是局部造成多打少。

（1）主要内容：传切配合、掩护配合、人盯人防守。

（2）战术的基本要素

① 人的要素：在比赛攻守对抗中，场地局部以多打少或以少打多突出了人的要素。

② 时间要素：快攻反击和时间差，突出了时间要素。

③ 空间要素：赛场上队员位置前锋、后卫、中锋及防守区域的划分突出了空间要素。

这三个方面是相互组合、相互关联和相互作用的，缺一不可。

(3) 教法

① 教师讲解练习方法后，可让学生进行尝试性练习。

② 针对练习中出现的问题，教师引导学生进行分析、讨论和归纳。

③ 模拟练习中出现的情况，进行限制防守的强化性练习。

④ 不限制防守情况下，进行“二攻一”练习，在练习过程中附带介绍防守规则。

⑤ 等对等半场攻防练习。

(4) 方法

① 学生可以按照练习方法进行练习。

② 教师引导学生分析、讨论和归纳。

③ 介绍两种篮球简单进攻配合：作为教师要告诉篮球比赛中的战术并不是十分神秘，也不是“篮球秘籍或宝典”，更不能生搬硬套，只是篮球比赛中总结的一些规律或经验。在学习中让学生了解配合的方法，在练习过程中可采用限制防守的方法提高配合的成功率。但练习次数不宜过多，应给学生留出更多游戏和比赛中实践的时间和空间。

配合一：传切配合，通过同伴跑动摆脱防守造成二攻一的局面。

配合包含的基本技术：无球摆脱、传球、接球后的投篮。

注意事项：在练习时攻防两组实力尽可能接近。

配合二：掩护配合，通过同伴的掩护造成二攻一的局面。

配合包含的基本技术：无球掩护动作、运球变向。

配合三：人盯人防守，有球则紧、无球则松；堵中放边；外线斜位，内线平行；防人为主，人球兼顾。

(5) 教学策略

① 在学习战术之前，学生应该基本掌握运球快速推进接行进间投篮动作技术，快速跑中接传球行进间投篮，快速跑中接传球后运球快速推进到篮下投篮等组合技术。

② 在交给学生基本配合方法后，不要过多地进行无对抗的跑动路线重复，应安排有针对性的对抗性练习，提高学生的实战运用能力。

2. 规则知识

(1) 违规的手势和判罚：带球走、两次运球、脚踢球、球出界。

(2) 侵人犯规的手势和判罚：非法用手、推人、阻挡。

(3) 罚球的判罚：判断罚球，罚球执行。

一、用游戏法进行教学

将技术、战术的学习融入到游戏当中就是利用游戏的特性，将所学技术、战术通过游戏活动体现出来，激发学生学习的兴趣。

活动性游戏的过程设计：在整个球类教学过程中，活动性游戏练习应根据教学大纲所要求的内容分布与教学过程，选择与教学内容相应的分项与之配套，采取从初始阶段、中期阶段、到终结阶段，由浅入深，由简到繁的递进式的做法，形成一整套活动性游戏的练习体系。例如在准备阶段可以安排两类游戏，一类是加强身体柔韧性、关节灵活性、动作协调性和提高速度等分项的活动性游戏；另一类是耍球练习游戏，用做学习和熟悉球类技术的诱导练习手段，以提高学生对球的感应、控制和支配能力。在主要教学内容展开阶段，可根据教学内容采用分项目进行游戏性的方法组织教学，反复练习，这样有助于掌握技术技能，加快技术动作的节奏，提高技术水平，而且学生情绪高涨，注意力集中，精神愉快，不易疲劳。在结束阶段，采用放松性的游戏，使学生的肌肉紧张状态得到缓解，大脑皮层兴奋性降低。

【案例 1】

游戏在课的准备部分的运用

在课的准备部分，由于人多器械较少，一般以游戏为主，以锻炼学生的身体素质为出发点，突出学生的身心参与。在篮球课上，可选择持球奔跑和快速反应的内容，用不断变化的持球游戏吸引学生的注意力，从易到难，层层推进。

如头上传球接力—胯下传球接力—头上、胯下交替传球接力—头上、胯下、左右传球接力—胯下滚动传球—高高抛、快快跑—砸龙尾—打移动靶等球类游戏。

二、简化篮球竞赛规则

简化篮球竞赛规则是从学生自身情况出发，降低场地器材和规则难度，便于学生学习和进行比赛。

1. 简化竞赛规则

在进行篮球教学时，让学生充分体验到这项运动的欢乐，感受到篮球运动的文化，是不断提高学生运动技能的有效途径。进行比赛是最能激发学生学习热情的方法，在比赛过程中他们会发现自己在技战术水平方面存在的问题，进而对技战术的学习更加积极。但是在开始学习阶段，如果学生用标准的规则进行比赛，其成功率很低，因此，在教学的过程中对标准的规则进行改造，使它适应我们的学生，而不是让学生去适应“竞技篮球”的规则和条款。规则的改造在学习之初可以大刀阔斧，随着教学进程的深入，这样的改造越来越小，最终当学生的技能与意识基本达标时，就可以用标准的球类规则去体验这项运动的乐趣了。

2. 简化运动器材

例如，在篮球较少、场地不宽裕的条件下，为了提高学生的配合意识和攻防意识，可采用“活动球筐”练习形式，将学生分成人数相等的两组，每组出 3 名学生手拉手围成一个圆作为“篮筐”，可以在规定范围内自由移动，双方队员只能运用传接球技术动作，将球投到自己队的“篮筐”。在规定时间内，投进球数量多者为胜。这种形式既练习了传接球技术，又提高了学生的集体配合意识和对抗能力。

【案例2】

原地单手肩上投篮

原地单手肩上投篮是篮球运动关键的技术动作，也是学生最感兴趣的技术之一，不管你是否会打篮球，只要你拿上球，肯定会不由自主地去投几下篮，在投篮过程中体验成功和失败。投篮动作看起来好像很简单，但是要想熟练掌握却不是一件易事，除了技术本身，还有心理因素。

三、异化篮球竞赛规则

异化篮球竞赛规则是对规则进行不断创新，使之经过创新后更适合学生的客观实际。

在球类教学过程中，我们发现，当学生学习某一项球类技术、战术后，就渴望能在比赛中运用，然而由于球类比赛的规则制约、同伴的配合水平、自身能力不足，大多数学生所学的技术、战术在比赛中运用不出来，最终导致学生认为此项技术没什么用途，学生技能的提高受到制约。如果我们能对比赛规则进行合理、有效改造，使之更适合学生的客观实际，将会对学生技能的学习和提高起到促进作用。

【案例3】

行进间体前变向运球技术

教学思路：行进间体前变向运球动作技术不是单纯的一个动作，它是在篮球攻防中，持球进攻队员摆脱防守，创造有利攻击位置（或机会）的一种手段。

1. 教学内容分析

篮球行进间体前变向运球是七年级教材的重要内容。它是篮球比赛中应用最广泛的运球变向技术，其方法简单、实用，经常练习不但可以提高运球突破能力，还可以提高手控制球的能力和手脚协调配合程度。其中手脚协调配合与保护球动作是技术的关键环节。本次课是在前两次课掌握基本运球技术的基础上，学习“行进间体前变向运球”这一技术环节，变向换手对球的方向、球的高度的控制，以及与蹬跨、转体探肩动作的协调配合非常重要。另外注意对球的保护，提高技术的实战运用意识。

2. 学生情况分析

初一学生的年龄为13岁左右，该年龄段的学生正处在生长加速期，也称为青春期初期，朝气蓬勃、富于想象，有很强的求知欲和表现欲。这个时期的学生神经灵活性高、反应快，容易接受和学会新的动作，对篮球项目有很高的兴趣，这对实现教学目标极为有利。但初一学生安全意识较差，自我保护能力弱，容易出现伤害事故，在教学过程中教师要加强安全教育，采取切实可行的安全防范措施。

3. 教学目标

（1）知识与方法目标：学生知道体前变向运球技术在篮球实战中的作用，以及掌握提高控球能力的几种锻炼方法。

（2）运动技能与身体素质目标：学习和掌握行进间体前变向运球动作技术，并能在特定环境下较熟练运用；发展学生的灵活性，以及速度、力量、耐力等身体素质。

(3) 心理品质和教育目标：通过本课学练，培养学生认真刻苦、积极向上的进取精神；提高学生观察及判断能力。

4. 教学方法与手段

根据学生的认知水平和实际能力，本课主要采取创设情景、提高兴趣、设置疑问、激发参与，由简到难、循序渐进的手段，通过模仿练习、合作练习、限制练习等多种方法，使师生之间互相帮助、互相学习、互相指导评价、互相勉励提高，共同完成学习目标。

5. 教学资源

篮球40个，展示板1块。

6. 运动负荷预计

(1) 预计练习密度：35%～40%。

(2) 全课平均心率120～130次/分。

下面以课时教学计划基本部分练习内容“一、学习体前变向运球技术”为例，说明如何安排教学。

课时教学计划

年级：初一年级（男生）　　人数：36人　　任课教师：李江泰　　第3课次

教材内容	1. 篮球：体前变向换手运球 2. 素质练习：跑跳组合	教学重点：按拍球的部位和侧身跨步的协调配合 教学难点：在快速移动中的运用
教学目标	1. 知道体前变向运球技术在篮球实战中的作用，并建立完整技术动作概念 2. 初步学习篮球行进间体前变向运球动作技术，约75%的学生能在特定环境下掌握技术动作，并通过练习，发展学生的综合身体素质，以及灵敏性、协调性 3. 通过本课学习，培养学生不畏对手、勇于突破的进取精神和团结合作的协同精神，同时对学生进行安全教育，预防运动损伤，培养学生的安全意识	

内容结构	教学内容	教师活动	运动负荷		学生活动与要求	设计说明
			次数	时间		
基本部分 28～30分钟	一、学习体前变向运球技术 动作要领：(略) 重点：按拍球的部位和侧身跨步的协调配合 难点：在快速移动中的运用	1. 教师讲解游戏方法和要求 2. 教师集合学生，展开讨论，学生结合在练习中的体会，各自阐述自己的观点，回答教师提出的问题，教师根据学生的回答，总结突破封锁线技巧：欲左先右，利用速度和方向的突然变化，摆脱和超越防守者 3. 教师示范完整体前变向运球技术动作，同时要求学生观察	12次	6分钟	练习一：突破封锁线 1. 分组按照游戏方法进行练习 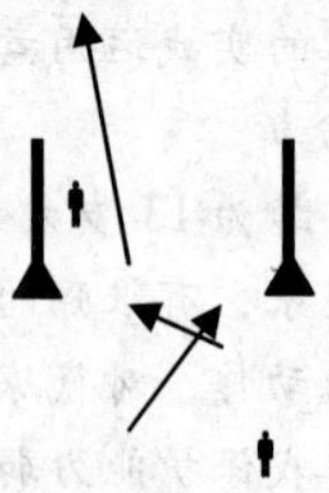 2. 教师引导学生，归纳出突破防守的技巧 3. 学生运球突破封锁线 4. 教师示范体前变向运球动作技术，并讲解动作要领 5. 观察教师示范动作，思考教师提出的问题	练习一：通过徒手突破游戏，认识突破的技巧，为运球突破做铺垫

内容结构	教学内容	教师活动	运动负荷		学生活动与要求	设计说明
			次数	时间		
基本部分 28～30分钟		① 变向时手按拍球的部位 ② 身体躯干的动作 ③ 身体重心和球反弹高度的变化 4. 学生按照教师的要求进行模仿练习	6次	3分钟	练习二：模仿练习	练习二：采用先分解后完整的教法
		5. 教师讲解比赛方法和要求：（略）	1次	8分钟	练习三：学生分组按比赛方法进行练习	
	二、素质练习（略）					

一、单元教学计划的制定

下面以初中一年级篮球单元教学计划为例，说明单元教学计划的制定：

【案例 4】

课时预计：10 课时

单元教学目标：

1. 认知目标

（1）认识和理解行进间投篮动作技术在篮球进攻技、战术体系中的作用和意义。

（2）能够用自己的语言描述行进间投篮动作要领，并能够判断动作是否符合篮球规则要求。

（3）知道行进间投篮在篮球攻守转换中运用的方法和原则。

2. 技能目标

（1）在无防守情况下，能够在快速奔跑中完成传接球接行进间单手低手投篮动作技术。

（2）在篮球游戏和比赛学习过程中，能够将行进间投篮与已学过的动作技术（运球、传接球等）进行组合，提高动作的实效性和多样性。

（3）能够在篮球攻守比赛练习中，有意识地运用行进间投篮动作技术，丰富和提高进攻得分手段。

3. 情感目标

(1) 遵循篮球特有的学习规律，采用“比赛—应用—技术”单元教学程序，激发学生学习的欲望，提高学生参与程度。

(2) 充分利用篮球的特点（集体性、对抗性、娱乐性），培养学生的团队精神，提高学生正确处理人际关系的能力。

(3) 学生能够在较为宽松、自由的学习环境中，展示自我，体现个性。

课次	教学目标	教学方法	备注
第一节	1. 学习原地单手肩上投篮动作技术，懂得投篮是篮球运动重点技术 2. 提高学生的判断能力、准确性和全身协调能力 3. 增强学生的学习兴趣，热爱篮球活动	1. 尝试教学法，教师利用学生的兴趣，让学生自己尝试各种投篮方式，引起投篮兴趣 2. 教师示范、讲解正确、规范的投篮方式 3. 常规教学法：学生模仿练习—持球练习—近距离投空心篮练习—中距离投篮—纠错练习	课课练：熟悉球性练习（也可以叫“耍球”）
第二节	1. 复习原地单手肩上投篮 2. 学习运球动作技术，重点：运球急停急起，明确运球在篮球活动中的作用 3. 运球与投篮组合练习	1. 投准游戏，激发学生练习积极性 2. 教师用提问的方式，告诉学生运球的作用 3. 原地运球判断老师手指个数，提高控制球的总体感觉 4. 在原地运球和球性练习的基础上，学习行进间运球技术，掌握急停急起技术	
第三节	1. 学习体前换手（或不换手）变向运球动作技术，提高个人控制球的能力 2. 改进和提高原地单手肩上投篮	1. 由原地运球过渡到行进间变向运球 2. 过障碍物运球练习 3. 一对一运抢球练习	
第四节	1. 由“一对一”攻防练习引入个人防守技术的学习 2. 学习个人防守技术动作，懂得基本的防守有球人方法 3. 通过“一对一”练习，了解防守的简单规则	1. 一对一运球抢球游戏 2. 学习防守技术：① 基本姿势，② 基本站位，③ 移动脚步，④ 抢打球方法 3. 半场一对一攻防练习（不服就单挑） 4. 考虑能力较差的学生，相对降低规则，防守采用双手背后的方法	
第五节	一对一攻防技术练习 目的：在对抗情况下，体会运球和个人防守动作要领	1. 教师宣布竞赛办法 2. 分组进行练习 3. 教师针对练习中出现的问题，集体或个别进行讲解，例如：不知道运球在距离防守人远侧；合理利用无球手臂和身体躯干保护球；眼睛始终盯着球；从而回到技术的改进环节，让学生能够心悦诚服地进行技术的学习和改进，重视技术动作的学习（篮球教学方法的一个特色）	

续表

课次	教学目标	教学方法	备注
第六节	学习行进间投篮动作技术	1. 半场“一对一”快速进攻练习，引入行进间投篮 2. 学习行进间投篮动作（结合篮球规则进行学习）	
第七节	复习行进间投篮动作技术	1. 徒手进行助跑摸高练习，体会行进间投篮脚步动作 2. 分组进行运球接行进间投篮组合练习 3. 行进间变向运球接行进间投篮练习	
第八节	通过半场“一对一”攻防练习，在限制防守情况下，继续改进和提高行进间投篮动作技术	1. 分组进行半场运球接行进间投篮 2. 半场“一对一”练习 3. 素质练习	
第九节	通过半场“一对一”攻防练习，在积极防守情况下，提高行进间投篮动作技术运用能力	1. 分组进行半场运球接行进间投篮 2. 半场“一对一”练习 3. 素质练习	
第十节	通过全场“二攻一”练习，改进和提高行进间运球动作，提高动作的实战性	1. 半场分组进行行进间投篮练习，改进动作 2. 全场“二攻一”练习，教师指导 3. 针对比赛中出现的问题，集体或个别指导，回到技术学习，例如：运用的时机，身体重心的控制等	
第十一节	考评	运球行进间投篮往返	

二、篮球教学的评价

评价内容：专项体能，基本技术或组合技术，运用能力。

评价方法：采用定量评价和定性评价相结合。

评价形式：教师评价、学生自评和互评相结合。

1. 专项能力

(1) 快速移动能力

① 方法：十字跑。学生在十字中心点原地碎步跑动，听到哨声，迅速跑到距离中心点5米的标志筒处，手触标志筒后再返回中心点，按照“左—中心点—右—中心点—前—中心点—后—中心点”的顺序完成跑动（见下图），按时间长短进行评分。

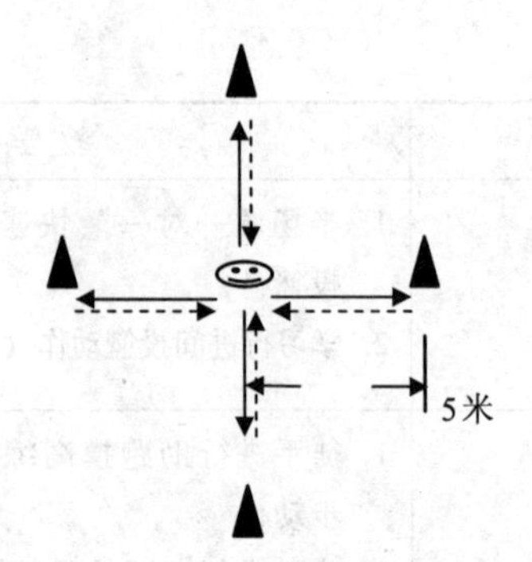

② 形式：教师评价。

（2）助跑摸高

① 方法：用手指涂粉笔末，助跑起跳摸篮板或摸高器，丈量手指触摸点距离地面垂直距离，弹跳能力=助跑摸高高度-直立手指尖高度

② 形式：教师评价。

2. 基本技术——原地单手肩上投篮

（1）方法：站在罚球线后（根据学生实际情况可以移动），进行单手肩上投篮，每人投10次，计命中率。

（2）评价形式：教师评价（占60%）与学生小组评价（占40%）结合。

（3）评价标准（表8-3）。

表8-3 基本技术评价标准

	优秀	良好	及格	还需努力
达标	投中6个球	投中4～5个球	投中2～3个球	投中0～1个球
技评	持球手型正确，投篮用力动作协调连贯，最后出手压腕、手指拨球动作明显，无多余小动作	持球手型正确，投篮用力动作比较协调，最后出手压腕、手指拨球不明显，有多余小动作	持球手型基本正确，投篮用力动作不太协调，最后出手无压腕、手指拨球动作	知道投篮的方法，投篮用力动作不完整，用力顺序不清楚

3. 篮球综合运用能力评价标准

（1）评价方法：以小组为单位，学生自愿组合三人一组，按照三对三比赛规则进行教学比赛，时间5分钟，小组进行互评。

（2）评价形式：自评（40%）与小组互评（60%）结合。

（3）评价标准（表8-4）。

表8-4 篮球综合运用能力评价标准

成绩	参与兴趣	技术运用能力	配合意识	规则知识
优秀	比赛中跑动积极，攻守主动，强烈的求胜欲望	能够在比赛中合理运用行进间投篮技术，具有较稳定的投篮命中率	能够主动与同伴进行简单配合	篮球规则知识丰富，能够清楚判断违例和犯规

续表

成绩	参与兴趣	技术运用能力	配合意识	规则知识
良好	比赛中进攻与防守较积极，敢于身体接触和对抗	能够运用行进间投篮技术，有一定命中率	有一定配合意识，知道选择合理进攻机会	了解一定的篮球规则，对明显的违例和犯规能够分辨
合格	比赛中能够主动进攻，有一定的求胜欲	行进间投篮动作基本正确，命中率较低	知道配合的重要性	知道简单的篮球规则，遵守裁判判罚
还需努力	比赛中基本不跑动，只充当“篮球场上的传递者”，不敢对抗和身体接触	行进间投篮动作不清楚，有明显错误	只是无意识的传接球和移动，没有配合意识	对篮球规则不清楚，违例和犯规现象频繁

注：本篮球单元教学结束，学生的成绩：体能占30%，运动技能占50%，综合运用能力占20%。

三、发展和提高篮球专项身体素质

球类运动属于非周期性运动项目，技、战术动作的特点是结构复杂、多变，在比赛运用中包含了人体运动的基本技能（跑、跳、投等），能对人体产生全面的影响。针对中学生，利用球类教学，发展其身体素质，我们应注意以下方面：

1. 体能练习安排系统化、运动负荷控制适宜化

首先，我们来分析一下初中阶段学生的生长发育特点。研究表明，该年龄阶段学生的生长发育是一个连续的过程，并且伴有阶段性的特点。

连续性——表现在该年龄阶段的学生即使不进行体能练习，学生的体能也会随着年龄的增长而自然提高。

阶段性——表现在学生体能水平的各个方面的自然增长并非完全是线性增长，有时也呈现出快慢的特点，即平时我们所说的身体素质发展敏感期。

例如，初一年级是速度、灵敏素质发展敏感期，初二年级是弹跳、耐力发展敏感期，初三年级是上肢力量发展敏感期。也就是说，如果我们在搭配教材上紧密围绕这一规律，通过练习，使学生的体能水平自然增长和练习增长有机结合，从而达到体能水平增长最大化的目的。

其次，初中阶段学生的骨骼、关节、肌肉的发育不均衡，各系统的机能发育不完善，因此，安排体能练习时应力求全面，注意身体各个部位肌肉的训练，特别是小肌肉的训练，还必须注意选择合理的运动负荷。

再次，中学生的心理发展不稳定，注意力易分散，不能保持长时间的集中，兴趣易发生转移，而体能练习一般比较枯燥，且中学生对于体能训练的重要性认识不足，所以作为教师应采用一些多样化且趣味性强的方法和手段，充分调动学生练习的兴趣和积极性。

2. 体能练习时的身体动作与供能方式实战化

（1）在球类比赛时机体的供能是以有氧供能为基础，以有氧与无氧混合供能为特点，随着现代球类比赛攻防节奏的加快，例如篮球比赛每次进攻时间由以前的30秒改成24秒，否则

判为违例，场上队员常常处于连续冲刺或快速而连续地完成一系列技、战术动作的状态，间歇的时间短，无氧供能，特别是乳酸供能的比例逐渐增大。因此在球类教学体能练习时就应该采用一些与比赛时身体动作高度相似的动作来进行练习，并且在练习时供能方式要与比赛时保持高度的相似，也就是体能练习所采用的身体动作与供能方式要实战化。

（2）在篮球比赛中学生进行着不同形式、强度、距离、时间、频率的跑动，主要有慢跑、快跑、冲刺跑、急停、转身、跳起抢篮板、盖帽、冲撞等身体动作，其中有些动作是纯无球动作，主要是为了完成特定任务的跑位或摆脱防守抢占有利空间的跑位。有些动作是在运控球的过程中完成的，主要是一些虚晃动作或假动作以突破防守和投篮。再就是一些由无球和有球相结合的动作。在篮球比赛中，学生所采用的身体动作无任何规律，运动重心的轨迹变化大，完全是学生根据临场的需要主动或被动使用。因此，球类体能的练习不易经常选择长时间的持续跑，应根据比赛时的身体活动特点选择一些持续时间在10秒以内的各种快跑、冲刺跑、急停、转身、变向等的身体动作，并且还要注意与球的结合，练习之间应有一定的间歇，间歇时以走动或慢跑为主，总的持续时间应控制在10～15分钟。总之，要模仿比赛时可能出现的身体动作与供能方式来练习学生的体能，这样才能将体能练习与比赛紧密结合起来，保持练习时的体能水平与比赛时体能水平的一致性。

3. 体能练习力求技、战术实战化

球类技战术水平的提高是通过大量的对抗性练习而逐步获得的，而通过技术、战术的对抗练习获得的体能水平，无疑会使学生在真正的比赛中受益，因为它更接近实战的技战术环境，并且这种练习方法从心理上能被学生所接受。在方法上，教师可安排持续时间适宜的争抢球和传球相结合的对抗技术练习。

体能练习力求技术、战术实战化是要求教师改变过去将体能练习与技术、战术割裂开来的思想，从而树立技术、战术体能的思想，通过一些有球的技术、战术练习来达到提高学生体能的目的，这样的体能才能真正满足实际比赛时学生机体的需求。

技能课程五　中学排球教学指导

教师简介

刘建华，男，成都体育学院副教授。
马敬衣，女，北京教育学院体育与艺术学院副教授。
杨帆，女，北京教育学院体育与艺术学院教师。
骆小铁，男，北京市景山中学体育教研组组长，中学高级教师。

课程目标

【目标1】通过中学排球基本技术动作的学练，使中学体育教师全面系统了解排球教学重难点。

【目标2】基于中学体育教师对排球教学方法与教学内容的认识，帮助中学体育教师掌握排球教学技巧。

【目标3】结合排球教学的核心要点和具体案例，提高中学体育教师的排球教学创新能力。

课程内容

【内容1】教学重点——从中学排球教学重难点角度进行基本技术动作和“带练”技能的分析。

【内容2】教学内容——在中学排球教学指导原则下进行组织练习和错误动作纠正指导。

【内容3】教学思考——基于如何上好排球课，分析中学排球运动的多种功能、基本技术和教法创编。

【内容4】教学创新——创新中学排球教学技能，拓展适用于中学生学练排球的方法。

一、中学排球基本技术动作分析

1. 准备姿势

准备姿势分为稍蹲、半蹲、低蹲三种，作用是便于及时起动。重点与难点是屈膝提踵，含胸收腹，微动。

2. 移动步法

包括起动、移动、制动三个环节。

（1）起动的重点与难点：抬腿蹬地，破坏平衡。

（2）移动的重点与难点：屈腿移重心，开迈第一步。

（3）制动的重点与难点：跨大步，降重心。

3. 正面双手垫球

正面双手垫球时，调节手臂与地面的夹角，可以改变出球弧度（镜面反射原理）；垫球用力的大小，应与来球力量成反比，同垫出球的距离和弧度成正比（作用力与反作用力原理）。掌握合适的击球点，用正确的臂触球部位击球、控制球的能力是难点，全身协调用力是重点。

4. 正面双手传球

正面双手传球的主要用力来自伸臂，传球时膝关节富有弹性，与伸臂协调配合用力。掌握合适的击球点，用正确手型传球、手指手腕灵巧的击球动作是重点，全身协调用力是难点。

5. 正面下手发球

正面下手发球简单易学，威力小，适合初学者早期掌握，多用于比赛。抛球高度适宜是重点，挥臂击球用力是难点。

6. 正面上手发球

正面上手发球的四要素是抛球稳、击球准、手法正确、用力适度。抛球高度适宜，挥臂击球动作是重点，击球准确是难点。

7. 正面扣球

正面扣球包括准备姿势、助跑、起跳、空中击球、落地 5 个环节。起跳和扣球手法是重点，掌握合适的起跳时间和起跳点是难点。

8. 单人拦网

单人拦网起跳时间晚于扣球人、拦击时伸肩屈腕不压小臂。起跳和拦网的伸臂，手型是重点；掌握好起跳时间和判断对方的扣球路线是难点。

二、教师必备的排球带练技能

1. 初学者更需要教师和教练员带练

带练是教学与训练过程中的有效手段之一，适用于学校体育课教学和学校排球代表队常规训练。在体育课中带练，可帮助初学者尽快入门。在学校代表队训练中带练，可以提高练习效率和队员参与训练的积极性。在基层学校排球队，提倡教师亲自带练。教师的带练技能在长期排球教学实践活动中逐步提高，熟能生巧。

2. 带练技能有以下几种

（1）抛球技能。抛球技能是教练员对抛球弧度、速度、落点的控制能力，用于带练初学者传球、垫球、扣球，提高和改进他们的球感、移动步法和技术动作。抛球难易适度是带练技术的关键。针对传球、垫球的抛球，远离队员的球稍微抛高一点，队员附近的球可以抛低一些。

一般情况下，学校排球队二传水平有限，训练初期不能满足本队扣球需要，教师必须用抛球来辅助初学者练习扣球。有节奏的抛球有助于提高扣球效果。抛扣时，先用预抛动作提示扣球人做好准备。抛球的出手时机要合适，出手点太高会导致球抛不出去。也不能将球抛得太近网，如果总是近网，可以通过转动身体方位来调节。

抛 4 号位、2 号位高球，要拉开并让球垂直下降才便于扣球，抛快球要掌握好出手时机，抛短平快球应注意扩大球在网上平行飞行范围，抛低弧的后排进攻球是当前排球技战术发展方向，须对准进攻线上方逆向抛出，避免进攻队员踩线犯规。此外，还要掌握抛平拉开球、抛第二点低幅度球。

抛两个球技能可以增加练习密度。抛垫、抛传时，第一球不要急于出手，抛球人最好拿球移动找落点，快接到第二球时才将第一球抛出。

（2）扣打技能。扣打技能用于带练防守，提高学生防重球能力。体现教练员对扣打速度、落点的控制能力。扣打的时候要注意沉肩、降低击球点。这样既省力又能加快节奏。重扣时，可以打准一些，训练学生反应速度。用中等力量扣打时，可以打偏一些，球的落点在队员前后左右，让接球队员重心随球跟出，引导出防守动作。例如打在左右，用滚翻动作救球，打在前面用半跪垫动作救球。扣打的难度要适中，以增加每次出球的可防性。

长距离扣打的冲量大，长距离防守在实战中比较常见。但训练中运用带练技能进行长距离打防的练习安排偏少。

采用吊球带练技能时要将五指张开，击球中上部（击后下部易持球），使球清晰离手。

扣吊结合带练技能培养学生观察判断能力、训练灵活步法和转移重心能力。教练员动作要逼真，不要过早暴露扣吊意图。有时可以采用双手吊球。

（3）发球技能。发球技能是教练员采用多种发球动作方法，通过力量、速度、弧度、落点、飘晃的变化，增加或减小接发球难度，改进和提高学生接发球能力。发球时要掌握好发球节奏，减少失误。侧面下手比较省力、正面上手容易找落点。

（4）传球技能。教练员在网边二传，主要用于带练初学者扣球。有时也协助队员体验战术扣球。

一、指导排球教学的一般原则

指导学生学习排球技术是一个由不会到会的教学过程。要按照体育教学的一般原则，做到形象直观、循序渐进、由易到难，从实际出发，通过合理设计的教学步骤去具体实施。

（1）形象直观。正式教学前用现场示范、挂图、视频进行动作演示，让学生对技术动作表象有初步认识。

（2）循序渐进。指技术动作方法的学习顺序。先教简单动作再教复杂动作，先学正面动作后学侧面或背面动作，先教技术再教战术。

（3）由易到难。指练习方法的难度。先原地练习后移动练习；给球速度先慢后快；先无网练习再结合球网练习；传垫球的飞行路线从直来直去到改变方向，逐步提出准确性要求；单个技术比较熟练之后可适当安排串联技术练习，再过渡到比赛。

（4）从实际出发。根据场地大小，排球数量多少，学生人数多少来安排教学。尽量发挥教师和学生骨干的带练作用，提高教学效果。

二、中学排球教学方法与教学内容

1. 讲解

排球教材中对技术动作（动作过程）有详尽的文字叙述。讲解则是用生动的语言描述技术。课上提倡精讲多练。重点讲清楚手型、击球点、击球部位、用力几个环节的动作要领（表 9-1）。不需要过多讲解该动作的目的、作用、种类、技术分析、运用时机。面面俱到的讲解会使学生抓不住学习重点，影响教学效果。

表 9-1　中学排球教材各项基本技术的动作要领

排球技术	手型	击球点	击球部位	用力
正面双手垫球	叠掌	腹前一臂	后下部	蹬地抬臂、压腕
正面上手传球	半球形	额前上方一球左右高度	后下部	蹬地伸臂、手指手腕击球
正面扣球	全掌	手臂伸直前上方最高点	后上部	弧型挥动鞭打击球
正面上手发球	全掌	手臂伸直前上方	后中部	弧型挥动鞭打击球
正面下手发球	掌根	手臂伸直体侧前下方	后中下部	肩为轴摆动
单人拦网	双手掌	手臂伸直前上方	适宜位置	升肩屈腕

2. 示范

中学生学习体育技术通常从模仿开始，体育教师用示范贯彻体育教学的直观教学原则。示范的注意事项：

（1）示范动作准确。

（2）结合场地选择合理的示范面。

（3）完整示范与分解示范相结合，正面示范与侧面示范相结合。有时可采用局部示范。

（4）用图示、录像等直观教具进行辅助示范。

（5）必要时重复示范。

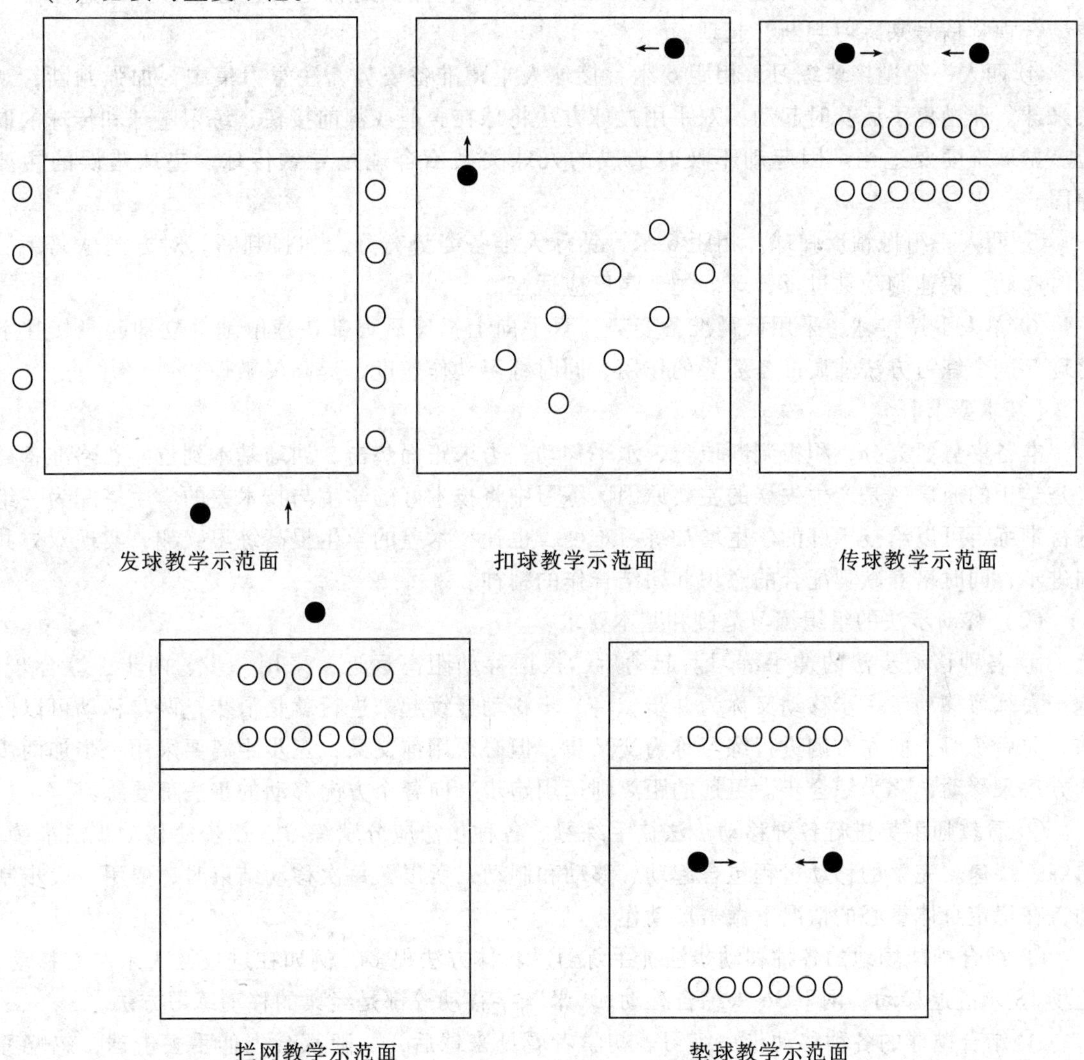

发球教学示范面　　扣球教学示范面　　传球教学示范面

拦网教学示范面　　垫球教学示范面

3. 组织练习范例与基本要求

组织练习是教师选定的一套学习技术动作的具体练习程序，由多个练习方法依次组成。由于场地器材条件不尽相同，每位教师对动作的理解也可能不一样，因此这套练习程序中的练习方法可以有区别，大同小异。但每个练习方法之间存在着相互衔接的逻辑关系，应有步骤地依次进行练习。每个练习方法的持续时间与学生掌握技术动作快慢有关系，根据实际需要而定，可长可短，学会为止。

（1）准备姿势的组织练习范例和基本要求

【组织练习范例】

① 徒手模仿半蹲准备姿势。两脚前后开立，膝关节弯曲，脚后跟离地，重心在两脚之间略偏前，保持微动。

② 两名学生相互发现并纠正错误动作。

③ 排球场端线看教师手势练习起动。准备姿势的直接目的就是快速起动，排球运动中主要结合视觉信号来练习判断、起动。

④ 两人一组抛接球练习。相距 6 米，接球人半蹲准备姿势，注意力集中，加强判断，观察来球。球抛离手后及时起动，双手用拦球方法将球在腹前或额前接住，练习垫球和传球的取位。抛球难度要适当。因起动不及时造成的人球关系不合理是导致传球、垫球错误的主要原因。

⑤ 两人一组抛钻反弹球。相距 6 米，钻球人准备姿势充分，加强判断。对方抛球离手后及时起动，快速跑动钻过反弹球。抛球高度应适当。

⑥ 单人手持排球，采用低蹲准备姿势，双手向上扔球后臀部快速触地并立即起身接住下落球。这个练习方法强调准备姿势的作用，同时练习动作速度，提高灵敏性。

【基本要求】

准备姿势要充分，积极判断取位，水平移动，力求正面垫击，回球基本到位。忽略准备姿势是学生的通病，是产生失误的主要原因。练习中将技术好的学生与技术差的学生搭配为一组进行带练，可以给技术好的学生增加练习难度，也让技术差的学生提高练习兴趣，实现双方共同进步，同时培养默契配合的意识和团结合作的精神。

（2）移动步法的组织练习范例和基本要求

① 各种移动步法的徒手练习。起动后，根据移动距离远近，采用一步、两步、综合步、跑步去练习移动。一步移动又称为并步，将一步移动连续起来进行就是滑步；两步移动可以向前、向后练习，向左右侧进行练习称为交叉步，但必须用前交叉；三步距离要采用一步加两步的方法来移动，称为综合步。更远的距离则运用跑步。向各个方向移动的步法都要练习。

② 看教师手势进行各种移动步法徒手练习。各种步法应分别练习，逐步使移动步法准确、熟练、快速。完整的移动过程包含起动、移动和制动，所以，每次移动结束时，要用一大步制动，在稳定身体重心的情况下做击球动作。

③ 结合排球场地的各种移动步法徒手练习。具体方法很多，例如在进攻区 3 米左右移动、全场 18 米进退移动、网下 36 米综合移动、“米”字移动等都是经典的移动练习方法。

④ 结合抛球的各种移动步法练习。初学者看见来球后，一般都会先伸手去击球，忽略移动取位。这是形成后续错误动作的根本原因。通过抛球的引导，练习预判、起动与移动步法的有机结合，培养见球动脚的意识和习惯。抛球的难易要适当。具体练习方法很多，例如与垫球相关的双手腹前接球，与传球相关的额前头顶球，与拦网相关的网前左右移动拦抛球，与扣球相关的上步起跳保持击球点。

⑤ 结合排球技术的各种移动步法练习。机械地练习移动步法始终无法替代在传球、垫球、拦网、扣球技术练习中灵活运用移动步法。在简单条件下形成的移动步法可能被扰乱，表现得不够规范，但学生根据来球实际情况灵活运用移动步法的能力在这个过程中得以培养提高，使

移动步法更加实用。

（3）正面双手传球的组织练习范例和基本要求

【组织练习范例】

① 手型练习。双手五指张开，掌心斜相对，手腕后仰，在额前呈半球形。

② 原地徒手动作练习。要求蹬地和伸臂协调配合，初步感受完整动作。

③ 结合前后两步移动的徒手传球动作练习。

④ 单人向上抛接的传球手型练习。要求：抛球高度1米，双手呈半球形在额前接住球，接球时身体应处于半蹲准备姿势，双手同时触球。接球后观察击球点和手指触球部位是否正确。熟练后可以结合向上传低弧度球。

⑤ 自抛自传10~20厘米做一次，然后连续自传5次。强调击球点、手型正确。为防止出现拇指朝前戳手，形成错误定型，教师引导学员在传球之前两拇指先指向自己的鼻尖，形成“一”字或“八”字。

⑥ 原地或成圆圈坐在地上连续自传30~50厘米低球，体会手指手腕用力。

⑦ 自抛自传30~50厘米高度，连续做5~10次，强调手指手腕的弹力。教师提示在传球时将球比作一个大火球，火球落到手中很烫，要迅速用手指手腕的弹力将球弹出去。

⑧ 自抛自传三次30~50厘米低球后，传一次1米左右的高球，依次反复做，体会蹬腿用力的顺序。

⑨ 自抛自传三次30~50厘米低球后，传一次1米左右的高球，传完一次高球后双手体前击掌三次或更多次，依次进行练习，提高手控制球的能力和学习兴趣。

⑩ 自抛自传三次30~50厘米低球后，传一次1米左右的高球，传完一次高球后双手体后击掌三次或更多次。

⑪ 6~10人成圆圈走动中边走边自传球30~50厘米高，要求距离适当，争取在不掉球的情况下不掉队，有意识地培养用余光看同伴，为选二传手作准备。

⑫ 纵队从端线沿着边线边自传球边走动，到网前传一高球至对方，主要体会全身协调用力。

⑬ 两人一组相距3米，近距离原地传抛球练习。要求抛球人尽量将球准确地抛到传球人额前适当位置。

⑭ 移动传抛球练习。两人一组，相距3~5米，抛球人将球抛至传球人左前方、右前方、正前方三个位置，难度适中，球抛出前不允许用假动作虚晃对方。

⑮ 两人一组传垫。相距3~5米，一人垫球另一人传球。要求准备姿势充分，积极判断取位，力求正面传垫。传球弧度不用太高，以增加触球次数，练习手感。垫回球要基本到位。

⑯ 两人一组，一抛一传。一人抛球，另一人按正确手型接球后，用传球动作推送给对方。练习时要注意移动对准来球，做几次后可连起来做，即一人抛，另一人自传1~3次，再传给对方。主要体会击球点位置，手型和手臂动作。

⑰ 两人一组，一抛一传。要求抛球者抛前、后、左、右的球，传球者迅速根据来球移动取位，面对来球将球传出。

⑱ 两人一组，一抛一传。相距5~7米。传球者注意充分伸肘、送臂和运用蹬地展体动作。

⑲ 两人一组，一抛一传。为避免上体后仰，用力不协调，可要求传球者传完球后迅速随球移动，然后再退回原位，依次反复进行。

⑳ 两人一组连续对传。要求判断准确，脚步移动快，默契配合好，互相鼓励。看哪组连续次数多，动作又正确。教师观摩指导后，学生互相观摩，找出学生讲评，并提出纠正错误动作的方法。

㉑ 教师根据学员掌握的情况，规定两人连续对传球的次数，对提高快的学生进行表扬，对掌握慢的学生也要给予鼓励。

㉒ 三角传球。教师和其他两名学生形成等边三角形练习抛球，然后过渡到一抛一传，要求抛球人将球抛好，传球人要及时对正来球转动脚和身体，将球传给下一个同伴。

㉓ 六人跑动传球。三对三对面站立，一人传球后，跑到球的落点处，连续进行练习，边做边数数，争取不落地。要求提高移动的速度，处理好人与球的位置关系，互相默契配合，不互相埋怨。网前分组练习，互相观摩、学习，对完成好的组，教师带头给予掌声鼓励。

【基本要求】

① 教学的目的是让学生通过循序渐进的练习，充分尝试从不会到会，从简单到复杂的教学方法和步骤，体验如何纠正错误的方法，使学生对快速掌握传球技术动作树立信心。

② 充分体现排球中默契配合的特点，使学生互抛球互练习。互相纠正错误等方法的演练，达到了合作学习、自主学习和探究式学习的目的。

③ 通过学生相互学习，取长补短，体现自主学习、探究式的学习方式。要求学生开动脑筋，提高眼功、手功、脚功，培养默契配合、团结友爱的精神和竞争意识。

④ 教学中传球的动作从下肢蹬地到手指击球，由下而上要连贯协调，一气呵成。如果全身力量不协调一致，单纯以手臂和指腕动作来传球或是全身用力不连贯或用力与传球方向不一致，将直接影响传球效果。初学者还必须养成蹬地、展体、伸臂用全身协调的伸展动作来击球的习惯，并在这一基础上不断提高手指、手腕的控球能力和技巧。

（4）正面双手垫球的组织练习范例和基本要求

【组织练习范例】

① 徒手模仿练习。初步感受完整动作，要求肘关节充分伸直，蹬地与抬臂协调配合，垫球动作结束时身体重心前移。体会手臂“一夹、二插、三提、四压”及下肢“蹬、跟、送”协调自然的基本动作。

② 结合左右交叉步的徒手垫球动作。强调移动时松开双手，垫击时抱手合拢手臂。

③ 两人一组垫固定球。体会击球点（腹前）和强化小臂垫击部位。一人双手持球在腹前，另一人原地或移动后用垫球动作击球，体会手臂触球部位和击球点。体会击球点（腹前）和强化小臂垫击部位，强调手臂“一夹、二插、三提、四压”动作。

④ 自抛自垫 10 ~ 20 厘米做一次，然后连续自传 5 次。强调击球点在腹前、正确触球部位在小臂桡骨内侧 10 厘米平面。

⑤ 自抛自垫三次 30 ~ 50 厘米低球后，传一次 1 米左右的高球，依次反复做，强调体会腿“蹬、跟、送”用力的顺序。

⑥ 自抛自垫三次 30 ~ 50 厘米低球后，传一次 1 米左右的高球，传完一次高球后双手体前击掌三次或更多次，依次进行练习，提高手臂控制球的能力和学习兴趣。

⑦ 自抛自垫三次 30～50 厘米低球后，传一次 1 米左右的高球，传完一次高球后双手体后击掌三次或更多次。

⑧ 对墙自垫，个人连续自垫。体会手臂夹、插、送要协调自然。

⑨ 两人一组一抛一垫，或对垫反弹球，体会手臂“夹、插、压、送”要协调自然。要求抛球人尽量将球准确地抛到练习人身体前面适当位置。

⑩ 两人对垫，距离由近至远。要求垫球的弧度适宜，落点准。

⑪ 两人一组移动垫抛球。相距 3～5 米，将球抛至垫球人左前方、右前方、正前方三个位置，难度适中，球抛出前不允许用假动作虚晃对方。

⑫ 两人一组对垫。相距 4～5 米，对垫计数。

⑬ 三人或四人垫球，体会变方向垫球时手臂控制反射角的能力。

⑭ 近距离一发一垫，两人相距 7～8 米，一人发球，一人垫起球再做发球，循环往复。体会接发球判断，“夹、插、送”垫球技术要领。

⑮ 两人或三人隔网接发球，体会接发球判断和“夹、插、提、压、蹬、跟、送”垫球技术要领。

⑯ 结合比赛，做一传垫球。提高接发球能力。

（5）正面下手发球的组织练习范例和基本要求

【组织练习范例】

① 原地徒手动作练习。要求双脚前后开立，抛球和摆臂击球动作协调配合，初步感受完整动作。

② 抛球练习。抛球是发球技术的关键环节，将球抛在身体右前下方击球手臂的运行轨迹上，不宜过高，反复练习。

③ 两人一组近距离发球练习。相距 6 米，采用掌根或虎口手型去击球的后下部，击球点在体前右侧。击球手臂运行时以肩关节为轴，肘关节不宜弯曲。

④ 单人对墙发球练习，距离自定。该练习可以增加练习密度。

⑤ 两人一组隔网发球练习。根据循序渐进的教学原则，发球距离可从距网 3 米开始逐渐增加，直至在发球区完成发球。

⑥ 在发球区进行发球练习。

【基本要求】

要做到“一低、二直、三跟进”，才能将球发稳。即抛球的高度宜低，挥臂击球时手臂要伸直，身体重心向前摆臂且跟进前移，并顺势进场。

（6）正面上手发球组织练习范例和基本要求

【组织练习范例】

① 原地徒手模仿发球动作。要求双脚前后开立，抛球和挥臂击球动作协调配合，初步感受完整动作。

② 抛球练习。抛球是发球技术的关键环节，将球抛在身体右前上方击球手臂的运行轨迹上，抛球高度能保证击球手臂充分伸直在最高点击球即可。反复练习。抛球过低会导致击球点降低等错误动作。

③ 单人对墙发球练习，距离自定。重点练习抛球高度与挥臂击球动作的衔接。抛球后，

建议选择球已继续上升，还未开始下落的瞬间用全掌击球，这样可以增加击球的准确度。初学者挥臂动作不熟练，可以预先拉开手臂再抛球，以保证动作正确。

④ 两人一组隔网发球练习。双方在后场区相距 6 米练习发球，逐渐加大发球距离直至发球区。

⑤ 在发球区进行发球练习。练习时做到抛球稳、击球准、手法正确、用力适当。注意抛球和击球配合环节，强调动作连贯，放松加速，一气呵成。发球人用中等力量击球较为合适。

【基本要求】

要增强抛球的责任感，提高心理素质，而不是随便抛一个球，因此，教学中要抓住抛球动作与挥臂击球的协调配合，因为抛球是前提，击球是关键和难点，要抓住这两个环节。强调抛球要平稳，挥臂动作迅速协调，击球准确。

(7) 正面扣球的组织练习范例和基本要求

扣球动作比较复杂，需采用分解教学法在多堂课内完成教学。一般先教助跑起跳动作，再教挥臂击球手法，最后进行完整动作的合成教学。

【助跑起跳动作练习范例和基本要求】

① 助跑起跳动作练习。依次用原地背手、原地摆臂起跳练习，让学生感受不助跑、不摆臂时起跳高度受限。认识扣球助跑起跳的重要性。

② 一步助跑起跳练习。以右手扣球为例：左脚在前，稍蹲准备。右脚跨一大步，左脚并步跟上，在完成踏跳瞬间双脚同肩宽，屈膝，重心后移制动，两臂划弧摆动配合，双脚同时蹬地向上跳起，称为并步法。要求步法清晰、踏跳制动、蹬地有力、配合协调、动作连贯。

③ 两步助跑起跳练习。右脚在前，稍蹲准备。左脚先自然迈出一小步，右脚跨一大步，左脚并步跟上，助跑过程要求步幅由小到大，步速由慢到快，身体重心逐渐降低。其他要求同一步助跑起跳练习。

④ 面向球网两步助跑起跳练习。在进攻线后面向球网做好稍蹲准备，与中线呈 45 度助跑起跳练习，要求将水平速度转化为垂直速度，避免向前冲跳，体验制动在助跑起跳中的重要作用。

⑤ 在球网边按 4 号位、3 号位、2 号位顺序依次进行助跑起跳练习。每个位置助跑路线与中线形成的角度都不一样。

【挥臂击球动作的练习范例和基本要求】

① 原地徒手挥臂练习。屈肘缩短半径，向后拉开手臂，弧形挥动升肩，用通俗的语言讲就像农村赶马车甩鞭子，使上肢到手腕走弧线形成鞭打放松加速。

② 两人一组扣固定球练习。一人双手举球，另一人原地挥臂击球。体会伸直手臂在最高点用全掌击球后中部。

③ 自抛对墙扣练习。练习口诀：抛得稳（球）、拉得开（大臂）、放得松（肘关节、腕关节）、挥得快（手臂加速挥动的鞭打动作）、打得满（手掌包球的手型）。抛球稳是最重要的练习环节，抛球不好会造成挥臂动作错误，需要反复练习。

④ 自抛对地互扣练习。两人一组相距 9 米，球的落点扣在两人之间为宜，是提高挥臂速度的常规练习。

⑤ 原地低网扣球。采用与手高一致的球网高度，站在网边自抛扣球过网。特别注意体会挥臂击球时提高击球点的升肩动作。

【完整扣球动作练习范例】

完整的扣球技术比较复杂，包含选择起跳时间、起跳位置和在空中完成扣球动作三个因素。学习完整的扣球动作，需要设计一些不让三个因素同时存在的练习方法，或者叫做逐渐增加三个因素的练习方法。

① 助跑起跳到网边扣固定球练习。这个练习排除起跳时间因素。通过助跑选择准确的起跳点，保持合理的人球位置关系，在空中体会挥臂击球动作。

② 网边原地起跳扣球。本练习排除起跳位置因素。由教师抛球，高度适中，学生原地选择起跳时间，跳起将球扣入对方场地。要求起跳、摆臂、挥臂击球动作完整，尽量升高过网点。中学生用低网进行这个练习可以提高扣球成功率，增加练习的趣味性。

③ 4 号位助跑起跳轻吊球练习。由教师抛球，高度适中。学生助跑起跳在 4 号位用吊球动作把球击入对方场地。本练习将起跳位置因素和起跳时间因素相结合，对找不准扣球起跳时间的学生有明显帮助。由于排除了扣球动作因素，练习难度相应降低。

④ 4 号位助跑起跳扣球。教师抛球进行，高度适中。

⑤ 4 号位助跑起跳扣球。教师传球进行，高度适中。

（8）单人拦网的组织练习范例和基本要求

① 原地徒手拦网动作练习。学生贴近球网站立，胸前小幅摆臂，原地跳起，双臂顺网上举，两手掌张开并伸过球网，含胸收腹，伸肩压腕。

② 移动徒手拦网练习。方法多样，例如单人在网边向左右并步移动拦网、两人隔网相对滑步移动拦网。

③ 结合球的拦网手型练习。方法多样，例如两人一组，一人自抛扣，另一人近距离拦网的原地扣拦手型练习；两人一组隔网进行的低网原地扣拦手型练习。

④ 结合球的拦网起跳时机练习。教师在 4 号位原地隔网扣打，学生轮流在 2 号位原地起跳拦网。

⑤ 结合原地起跳扣球的拦网练习。教师抛 3 号位半高球，学生分别在各自场地进行原地起跳扣球和拦网的对抗练习。

⑥ 结合 4 号位扣球的拦网练习。

三、及时发现和纠正错误

学生的身体素质、神经类型、心理状态不同，对动作的接受能力存在差异性，初学阶段错误动作必然发生。

排球技术的指导思想是“准确、熟练、全面”。尽管排球运动不是用技术评定来评价运动成绩，不规范的技术通过重复训练，也会熟能生巧。但错误动作会影响技术的准确性，容易导致受伤，还会延长学习周期，不利于提高技战术水平。因此纠正错误环节必不可少。

教师应善于发现错误动作、设计纠错方法，将纠正错误动作贯穿于学习过程始终。发现错误动作越早，纠正效果越好。普遍出现的错误集体纠正，个别存在的错误分别纠正。一名学生同时存在两个以上错误时，应先纠正主要错误，解决主要矛盾，因为同时指出并纠正两个以上错误动作，学生会无所适从。

正确动作形成后，由于在新的练习方法中增加了练习难度，提出了更高的练习要求，就又会产生新的错误，所以纠正错误动作需要不间断进行。在各种纠错方法中（表9-2），语言提示法是最常用、最快捷的纠错方法。

表9-2 常见错误与纠正方法分析

常见错误	产生错误原因	纠 正 方 法
准备姿势不充分	怕苦怕累心态	语言提示、网下移动垫球
起动不及时	准备姿势太高	保持准备姿势，集中注意力
垫球时屈肘	动作理解不准确	自垫、对墙垫球
用虎口垫球	小臂疼痛改用虎口垫球	积极移动，取位靠前拍疼小臂后，立即用疼点垫球
垫球时重心后坐	双脚后跟着地	垫球后，紧接再垫一个抛在前面的球
传球手型不正确	动作理解不准确	语言提示、传拦、传实心球
传球击球点偏高	急于传出的心态	头顶球、背靠墙壁传抛球
传球时重心后坐	动作理解不准确	传球后，紧接向前移动触及物体
发球时击球点偏离	抛球不到位	练习抛球
发球速度慢	动作过于紧张	用70%的力量放松加速击球
扣球起跳时间过早	上步起动过早	语言提示、起动前先后退一步
扣球起跳时间过晚	准备姿势不足	上步前提前做好稍蹲准备姿势
扣球起跳前冲	踏跳时重心前倾	助跑的最后一步加大步幅
扣球时人球关系偏离	踏跳位置不准确	调整上步的方向和步幅大小
拦网起跳过早	是拦网的普遍现象	用口令提示起跳时机

一、学校排球运动的多种功能

“练”排球是教师指导学生提升排球技战术能力的过程。它有多种功能，比如竞技功能、观赏功能、健身功能、娱乐功能、育人功能、拓展功能。

（1）学校排球运动强调健身功能。学生借助排球运动锻炼身体，希望排球运动更加容易参与。

（2）学校排球运动强调育人功能。学校是我国排球运动开展相对集中的地方。和参加其他体育项目一样，青少年学生通过参加排球运动，逐渐培养起德智体全面发展的劳动者应具备的优秀品质。

（3）学校排球运动强调拓展功能。排球运动培养学生的纪律意识、团队意识、竞争意识、责任意识，发展个性，进而在学习中经受压力，表现出创新精神。

二、突出基本技术训练

中学开展排球运动，应以发展学生力量、速度、弹跳素质训练为核心，突出基本技术训练，扎实练好基本功，重视发球训练，进行与接发球进攻系统相关的串联技术练习，淡化复杂的战术训练，适当结合比赛，提高练习方法的游戏化程度，理解练习方法内涵，控制练习质量。在整体提高学生身心健康水平，达到健身目的的前提下，发现适合竞技排球运动的后备人才。

三、设计创编排球练习方法

中学教师要善于设计创编排球练习方法。中学体育课排球教学阶段或代表队训练提高阶段，会涉及单个技术、串联技术、进攻战术、防守战术、比赛等教学内容。教师在课内运用各种不同的训练法。常见训练法有持续训练法、重复训练法、间歇训练法、变换训练法、循环训练法、游戏训练法、比赛训练法、串联训练法和系统训练法。在排球教学训练实践中，一个练习方法包含多种训练法因素。我们在设计创编练习方法时，要把教学原则、训练原则、排球技战术内容，以及期望该练习结束后留下的生理痕迹几方面综合考虑，相互结合，设计转化成一个个具体的练习方法。设计练习方法有以下几点注意事项：

（1）练习难度适中。练习方法要适合学生操作，容易练起来。影响练习难度的因素有网高、来球距离、来球速度、来球位置、参与人数、特殊规则。

（2）考虑练习的技术要求。这些要求包括练习内容、跑动路线、交换位置、组数、次数、时间、强度、密度、动作质量等因素。

（3）考虑练习的组织要求。这些要求包括场地安排和使用、合理分组轮换，确保练习流畅。

（4）采用游戏形式，增加练习的趣味性。用适当惊险、适当新颖、适当难度、对抗形式、竞争因素等，增加练习的趣味性，吸引学生积极参与练习。要善于举一反三，不断变化和创造出新的练习方法，引导学生完成教学任务。

中学生通过参加排球运动可以增进身体健康、发展身体素质、锻炼意志品质、改善身体形态、提高中枢神经系统及内脏器官机能水平。但在中学教学中经常采用竞技运动的模

式进行，很少考虑到普通学生的实际情况，使学生感受不到排球运动带来的乐趣，进而兴趣逐渐消退，甚至产生消极情绪，严重影响了排球课的教学效果，阻碍了排球运动在我国学校的开展。为了提高排球课教学效果，使学生获得成功的情绪体验，可借鉴如下一些新颖的方法：

1. 教师积极参与到练习中来

和谐的师生关系有助于拉近师生间的感情，使学生从内心深处接受教师，把教师当做自己亲密的朋友。“亲其师而信其道”，学生自然会在轻松愉快的课堂氛围中接受教师组织指导，积极练习。因此，教师要放下教师的“架子”，把自己当做学生中的一员，和学生尽情“玩耍”。

2. 循序渐进，逐渐加大技术难度

在排球教学中要根据学生的实际情况，采用由简到繁，由易到难的原则，合理选择教学内容，保证每个学生都能获得成功的情绪体验，激发、维持和提高学生对排球的兴趣，进而提高他们的学习积极性，达到提高排球课教学效果的目的。如排球传球时一定要先进行自抛接球练习，体会击球点和手型，教师强调五个手指的触球部位，避免手型错误戳手造成错误动作定型或怕疼痛的心理，然后再进行一抛一传练习。

3. 高中男生排球逆向化教学

排球运动的爱好者大都有一种体会，就是大力扣球时能充分展示自己的力量，击球时发出的响声和球快速落地的叮咚声能带来成就感。排球基本技术的传统教学中，往往是按照准备姿势—移动—垫球—发球—传球—扣球—拦网的步骤来进行，而这种循序渐进的教学方式虽能让学生较扎实地掌握技术，但往往是还没有体会到排球运动的乐趣就失去了对它的热情。高中男生已经有了一定的排球技术基础，可尝试利用逆向法进行教学，即先从扣球入手的逆向式教学法让男生尽早地体会到参与排球运动的乐趣，激发男生的参与热情。并非只重视扣球的练习而忽视传、垫球基本功的练习，而是强调排球各项技术的联系，提高整体教学效果。

（1）先从扣球入手，使学生体验成功的乐趣

① 男生排球教学中从 3 号位扣半高球入手，直接体验成功的快乐。先满足男生争强好胜、表现欲望强的心理，激发兴趣；然后再来弥补技术上的不足和欠缺，这样能更好地提高学习热情；明确每次学习的目的和所要达到的目标，发挥学生的主观能动性，起到事半功倍的作用。学好扣球技术是稳定参与排球运动热情的关键。

② 由于 3 号位半高球的传球高度较低并相对固定，助跑及起跳时机较 4 号位正面扣球更易掌握，因此学习正面扣球可从扣 3 号位半高球入手（可根据需要适当降低网高），再逐渐向 4 号位过渡，并根据不同的时期提出相应要求。

（2）传、垫、扣球基本功

在初步掌握 4 号位正面扣球的技术后，再讲解示范传、垫技术的动作要领，然后在练习扣球时要求学生将球自传或垫给二传而不是抛，学生就会自然发现没有垫球和传球的技术是无法组织扣球的。这样就诱导学生开始学习传、垫球技术，使其传、垫球的技术能满足自己的传、扣球配合的需求。这时学生在练习过程中又会发现接到位的球容易，而接不到位的球移动时很别扭，再诱导学生学习准备姿势及并步、滑步、交叉步等基本步法。经过

一个阶段的兴趣培养及诱导练习后，可在老师的带领下尝试比赛。学生在比赛时就会兴奋于对抗之中，学生虽有扣球的技术体验，而由于没能较好地掌握传、垫球技术，一传不是垫过网就是不到位，即使垫到位的球又因二传手传球效果又不好，无法组织起有效的进攻。虽然这种小对抗并不激烈精彩，但它能激发学生对排球运动的兴趣。这时就要不失时机让学生知道光有扣球而没有一、二传做保证是无法组织有效进攻的，光靠个人技术而没有集体的配合也是不行的。这样学生就会有意识地、自觉地进行传、垫、扣等基本功的练习，使练习的目的更加明确。

4. 排球教学中的体育游戏

对于高中生来说，在排球技术技能教学中，正确运用游戏，同样可以改变排球中各项技术单一枯燥的练习，提高学生的学习兴趣。例如，在传球中采用“自传比多”；在垫球中采用“迎面自垫球接力赛”，“对墙垫球比准”；在发球中采用“发球比远”，“发球比准”，“发球打靶”；在扣球中采用“摸高比赛”，“扣直、斜线比准”，“打树叶”等游戏。将排球技术、战术游戏化，灵活了教学方法，增加练习的趣味性，吸引学生全身心投入，有利于动作技能的掌握。

5. 排球比赛场地的改造

（1）在排球运动各技术动作中，学生普遍喜欢扣球和拦网，并希望自己能够运用自如。在以往的扣球和拦网教学中，由于球网比较高，身体素质不好、身材矮小的学生起跳高度根本达不到扣球和拦网的要求，很难完成扣球和拦网，因此降低排球网或先用羽毛球架和网进行教学和比赛，打下基础后再尝试正规的网高进行比赛。

（2）由于发球线距离球网比较远，许多学生（女生居多）不能顺利完成上手甚至下手发球。允许学生在进攻线后区发球或将球单手抛入对方，因此，要对竞技排球场地作适当的改造，使之更好地服务于中学排球教学。

（3）简化竞赛规则和内容

排球运动是一项集体性极强的体育项目，要求六名队员密切配合，而且各个环节都不能出现差错，否则比赛将不能顺利进行。教学比赛具有经济性、刺激性的特点，可以充分调动学生的积极性，因此在排球教学中，经常组织排球教学比赛是非常必要的。

教师对比赛规则进行修改，可朝着有助于比赛顺利举行的方向修订规则，如不记个人和全队的击球次数；在对比赛影响不大的情况下，允许身体触网；放宽上手传球的触球时间等(表 9-3)。

表 9-3　教学比赛中简化排球比赛规则及内容

启蒙型教学比赛规则	诱导型教学比赛规则
发球可在场内发，可用扔、抛、传、垫的方法发球 当对方来球落地一次后仍可再打 无三次击球过网限制 无持球；无连击，允许一人两次击球 场上无位置限制 比赛时间可自由换人	发球地点、方法可任选，提倡端线外发球 三次击球过网（拦网除外） 连击、持球尺度适当放宽 进攻线内不可扣球，但可拦网 场上无位置限制 比赛时可自由换人

总之，修改规则是为了更好地调动学生练习的积极性，等学生的技术水平、身体素质提高后再将规则逐渐过渡到正式比赛规则。

6. 身体素质练习内容多样

排球运动身体素质分为一般身体素质和专项身体素质，用力量、速度、弹跳、耐力、灵敏、柔韧等指标来表示。身体素质练习不一定局限在单一的排球项目之中，还要借助其他球类、田径、体操、举重等手段进行训练。排球教学大纲中的身体素质测定项目包括：

（1）速度类（30 米跑、60 米跑、100 米跑）。排球运动的速度包括三个方面：反应速度、动作速度、位移速度。并有三个特点：定向与变向结合、视觉信号反应、短距离。初中学生为发展速度素质敏感期。

（2）耐力类（800 米跑、1 500 米跑）。

（3）弹跳类（助跑双脚起跳摸高、助跑单脚起跳摸高、立定三级跳远）。中学生处于发展弹跳力的敏感期。

（4）力量类（负重下蹲、仰卧收腹）。中学生主要发展一般力量，改善肌肉协调性，以动力练习为主。

（5）其他类（羽毛球、掷远、体前屈、灵敏）。

7. 排球比赛形式娱乐化

为更好地调动学生练习的积极性，等学生的技术水平、身体素质提高后再将规则逐渐过渡到正式比赛规则。在教学比赛中，为了使每个学生都能成为比赛的主角，可以组织多种形式的比赛，例如，单项技术比赛、男女混合比赛、四对四快速轮换比赛、六人制比赛等。

组织校园排球比赛时，场地大小、球网高度、比赛制式（上场人数）、比赛用球甚至男女混合比赛、师生同场竞技都可以灵活选择。例如九人制排球比赛具有参加学生多的优点；小场地比赛符合多数学校的场地设施条件，也让参赛者注意力更加集中；降低网高让更多学生感受扣球乐趣；软式排球可降低比赛难度；男女混合比赛和师生同场竞技可增进友谊。

8. 排球技术练习方法游戏化

中学生参加排球练习时间有限，选择技术练习内容和练习方法要从实际出发、循序渐进、因地制宜、新颖有趣，让学生做得起来，可结合排球技术设计各种有趣的练习方法来发展身体素质。

（1）启蒙型游戏

通过启蒙型游戏，培养软式排球初学者的兴趣，进行软式排球球感、空间感、时间感、节奏感及基本技能的启蒙教学。

【案例 1】

抛接不同高度的球比赛

目的：培养球感、空间感、时间感和目测能力。

方法：将学生分成人数相等且成偶数的若干组，面对教师站立，保存适当间隔，每个学生手持一软式排球，教师发令后学生在规定的时间内抛不同高度或不同方位的球。然后教师统一发令规定每个学生高抛球后记录自己的体前或体后击掌次数，击掌多者为胜。另外还可记录全组击掌次数。

规则：必须按规定的方法抛球，抛球失误时，必须把球拾起来继续进行。

【案例2】

抛接球比赛

目的：培养球感、空间感、时间感。

方法：将学生分成人数相等且成偶数的若干组，每组成两列横队，面对面站立，保存适当间隔，各组排头手持一软式排球，教师发令后排头按规定的顺序传球，先完成的队为胜。

规则：必须按规定的方法传球，传球失误时，必须把球拾起来回到失误的地方继续进行。传球时脚不能越线。

【案例3】

地滚球接力赛

目的：提高学生低姿势移动能力和手控制球的能力。

方法：将学生分成人数相等的两个组，在端线外列队，当听到信号后，排头学生将一个软式排球推拨地滚球前进，到限制线后转往回推拨地滚球，到端线交给下一个人，全队依次进行，速度快的队为胜。也可采用一人推拨两个地滚球，以增加难度。

规则：不允许持球跑。

【案例4】

地滚球比赛

目的：提高学生低姿势移动能力，手控制球能力和团队意识。

方法：在排球场地，端线中间设置两个标志物作为进球区，并将学生分成若干个人组成的队进行似足球的方法地滚球比赛，甲与乙队在场地中线争球后，某队学生将一个软式排球单手推拨地滚球前进，适当时机拨给同伴全队依次进行，某队攻进端线的进球区得1分，进球多者为胜。

规则：在规定的排球场地内单手拨球前进或传给同伴，不允许双手或持球跑。上场人数可根据班级人数而定。

【案例5】

半“米”字形移动

目的：提高学生变换各种步伐的灵活性。

方法：学生听到信号后，由起点出发，脚踏及轴心点后移动触及远端的软式排球，依次进行。5个球距轴心的距离可根据学生的具体情况而定。

规则：移动时脚必须踏及轴心，手必须触及远端的球方可返回。

【案例 6】

坚守一方

目的：发展灵活性和反应能力。

方法：4 名学生分别站在边长 3 米的正方形的四条边外做防守，其余学生在外围用一个软式排球做进攻，尽量将球滚入正方形，防守者则尽量阻止球从自己防守的一边线滚入。球滚入正方形后攻防交换。

规则：进攻者可以相互传球，捕捉战机，进、攻时必须用地滚球。

【案例 7】

自抛转身接反弹球

目的：提高学生的球性。

方法：两臂前平举持软式排球于胸前，放手使球自由下落后反弹，在此期间，练习者迅速转身 360 度，然后接球。在规定时间里计成功接球次数，次数多者名次列前。

规则：转体后接第一次反弹球为成功。

【案例 8】

向后向前抛接球

目的：熟悉球性和提高对球落点的判断力。

方法：双手向头上抛球，然后用双手在背后将球接住，再把球由背后向上甩出，再将球接住为一个回合。在规定时间里，完成回合多者为胜。

规则：必须前抛后接，后抛前接。球落地不记数。

【案例 9】

传球比快

目的：培养球感和空间感。

方法：将学生分成人数相等的两队，互相交错在排球场地，围站成一圈，每队选一人持球站在圈中央，两人背靠背站立。游戏开始，圈中人按同一方向依次将球传给本队的每一个人，每一个人接球后立即将球传回给本队的圈中人，连续进行，两队互相赶超，超越对方的队获胜。

规则：圈中人只能在圈中小范围移动，球必须依次传给本队的每一个人，不得间隔。任何人不得干扰对方传球。如果传球失误，从失误处继续传球。

（2）诱导型游戏

通过诱导型软式排球游戏，使学生在愉快、欢乐的情景中学习、掌握软式排球的基本技术，在学中玩，进一步提高学生对软式排球的兴趣。

【案例1】

宝 莲 灯

目的：使学生在移动中保持正确上手传球手型。

方法：一人一球，将球自抛2~3米高，待球反弹后，抛球人以正确的移动步伐钻在球下，用正确的准备姿势和手型在额前将球接住。在规定时间内完成接球次数多、手型正确、接球稳为优胜。

规则：只允许在球第一次反弹时钻到球下。

【案例2】

步 步 高

目的：发展学生控制球和目测的能力

方法：学生每人一球，进行一次高一次低的自传或自垫；或三、四次低一次高自传或自垫球，高时加体前击掌、体后击掌，自定次数。高低传球要有明显差别。

规则：运用正确的手型保持好击球点做自传。计在规定时间内完成的次数。也可以在移动中自传；围圆圈边移动边自传后自垫球，增加练习难度，以培养目测能力。

【案例3】

众星捧月

目的：提高传球的准确性和控制球的能力。

方法：学生围成一个圆圈，其中一人持球做向上传球后迅速离开，下一人迅速钻到球下再做向上传球，一个接一个地进行，使球上下不停地运动而不落地。

规则：每人只能传球一次。

【案例4】

持球接力赛

目的：熟悉垫球部位，发展灵敏性和协调性。

方法：将学生分成人数相等的两队，排头持球于端线，当听到信号后，用垫球的部位将球托起向前跑，穿过球网将球交给下一人，全队依次进行，速度快者为胜。

规则：球落地后立即拣回，在落地处继续。

【案例5】

自垫球接力赛

目的：提高学生垫球技术和控制球能力。

方法：将学生分成人数相等的若干个组，并相距一定的距离迎面站好，当听到信号后，排头做自垫移动前进，至下一人前面将球交给下一人，全队依次进行，速度快者为胜。

规则：必须连续垫击球前进，如球落地应在落地处拣回球后继续，不许持球跑。

【案例6】

自垫绕标接力赛

目的：提高学生垫球技术和控制球能力。

方法：将学生分成人数相等的若干个组，每队前隔3米立一标杆，当听到信号后，排头做自垫移动前进，并且绕过每个标杆，回来后将球交给下一人，全队依次进行，速度快者为胜。

规则：必须绕过每个标杆，如球落地应在落地处拣回球后继续，不许持球跑。

【案例7】

踩点扣吊球

目的：为学习扣球打基础，发展协调能力。

方法：用杆拴一吊球在4号位，并在地上标出扣球上步的脚印，以便学生按照脚印做两步助跑起跳。四人一组，一人持杆，另外三人循环做助跑起跳上步扣吊球动作。要求第一步必须踩点，第二步根据个人能力步幅可大可小，但脚步要正确，挥臂也必须要正确，评价在规定次数内完成的质量，质量好的名次在前。

规则：扣球上步和挥臂动作要正确。

【案例8】

发球上楼梯

目的：提高学生发球的准确性。

方法：在一块平整的场地上划一标志线作发球线，距该线10～12米、12～14米、14～16米、16～18米处分别划分为A、B、C、D区，要求发第一个球落在A区，第二个球落在B区，第三个球落在C区，第四个球落在D区，依次往前。

规则：完成四个区域的发球，球数少者为胜。

【案例9】

三球不归一

目的：发展判断、反应能力，培养学生初步的软式排球比赛的场地概念及协同配合的精神。

方法：将学生分成人数相等的两个队，各在场地的一边，其中一队持一球，另一队持两个球，鸣哨开始后，双方把球从网上抛向对场内。

规则：球必须从网上抛向对方场内，界外判罚一分。不得持球3秒钟以上，违者判失一分。

（3）入门型游戏

入门型游戏主要是让学生运用已学过的软式排球的各种技术更好地玩，在玩的过程中巩固提高，进一步激发学生对软式排球的兴趣，逐步发展爱好，养成用软式排球健身的习惯。

【案例1】

传接篮板球

目的：提高学生传球的控制能力及准确性。

方法：将学生分成人数相等的若干队，每队在篮板下一米处站好，排头将球传向篮板，当球反弹时下一人接传，依此类推。每传一次要喊出传球的次数，次数多者获胜；或在单位时间内传球次数多者获胜。

规则：每人传一次后要换下一个。

【案例2】

球绕杆接力赛

目的：提高学生传球控制球能力，扩大视野范围。

方法：将学生分成人数相等的若干队，每队前标杆若干根，标杆之间间隔2米，当听到信号后，排头做自传球向前移动，并且绕过每个标杆，回来后将球交给下一人，全队依次进行速度快者为胜。

规则：必须绕过每个标杆，如球落地应在落地处拣回球后继续，不许持球跑。

【案例3】

垫接反弹球

目的：巩固垫球技术，提高球性。

方法：两人一组，一人持球，一人往地下抛球，球反弹后另一人迅速移动将球垫起，在规定时间内完成次数多者优胜。

规则：抛反弹球必须高于人，必须用正确的移动和垫球技术将球垫起。

【案例4】

单手垫球比赛

目的：提高单手垫球的准确性和控球能力。

方法：学生分散站开，计在规定时间内用单手、单臂垫球次数。

规则：只能用单手、单臂垫球。

【案例5】

扣球入筐

目的：提高扣球的准确性。

方法：在场地5号位摆放一球筐，将学生分成人数相等的两个组，每人持一球，在4号位自抛自扣，将球扣入筐中得一分，分数高者优胜。

规则：必须扣球入筐才得一分。

【案例6】

一发一接比赛

目的：提高接发球技术。

方法：两人一组，一发一接比赛，发直（斜）线球，10个球一组，然后发接交换，分别统计发球和接发球。

规则：接发球必须到位才算好球。发、接好球数多者为胜。

【案例7】

拦固定球接力赛

目的：提高学生拦网技术和拦网能力。

方法：在网前上方挂三个固定球，将学生分成人数相等的两个组，列队在进攻线后，排头从4号位开始做拦网动作触摸固定球后，顺网移动触摸3、2号位的固定球，退出进攻线后下一人继续，全队依次进行，速度快者为胜。

规则：拦网必须手触到球，退出进攻线后下一人方可开始。

【案例8】

软式排球比赛

目的：巩固和提高学生软式排球基本技术，以及基本技术在比赛中的运用，增加对软式排球的兴趣。

方法：

① 小场地2对2、3对3的比赛。

② 4对4的比赛。

③ 6对6的比赛。

④ 定时计数赛：计参加者击球累计总数或最高次数，多者或高者名次列前。

⑤ 传球投篮赛：计参加者在规定时间和距离内将球用双手传排球的方法传入篮圈内，传入篮圈内得3分；碰篮圈得2分，碰篮板得1分，得分多者名次列前；

⑥ 移动传垫球赛：计参加者用传垫方法在规定区域内的移动速度，快者名次列前；分组

面队篮筐边移动边垫球10米，在规定的次数和距离内将球垫进篮圈内得3分；碰篮圈得2分，碰篮板得1分，得分多者名次列前。

规则：比赛办法和规则还可根据各个学校的具体情况自定。

9. 气排球运动的新型化

普及校园排球运动需要积极探索一条技术通俗、规则灵活、容易融入、快乐竞赛的道路。让排球运动真正成为中学生的健身手段，尝试气排球运动的魅力。

（1）气排球运动特点

① 技术含量低。气排球技术简单易学，容易掌握。随着球的重量和圆周的改变，使气排球飞行速度降低，来回球次数增多，更加容易打起来。中学生通过短时间练习，很快就能参加比赛，感受排球运动的乐趣。稍有篮球、田径、羽毛球运动基础的人更能较好掌握气排球技术，在球场上充分展示自己的运动能力。

② 健身价值大。气排球比赛主要运用跑、跳、转身等动作，使脑、眼、手、腰、腿等部位都得到锻炼，不需要超常体能。比赛中呈现的多样化的击球动作使人体的动作幅度得到充分扩展和拉伸。运动时的心率为每分钟150～160次，为适宜的中等偏上运动强度。运动密度大于一般的体育游戏，易出汗。经常参加气排球运动能够改善心血管系统功能，同时还可以加大呼吸幅度，获得更多的氧气，改善肺通气量，收到全面锻炼效果。

③ 场地短，球隔网来回飞行节奏快，要求参与者随时保持准备姿势，注意力高度集中，特别能锻炼神经系统反应能力。

④ 用低网进行气排球比赛既不强求弹跳高度，又能感受扣球的乐趣，还能保护膝关节，减少运动损伤。

⑤ 规则灵活。目前尚无统一的学生气排球比赛规则，由各校根据实际情况灵活制定。

（2）制定气排球竞赛简化规则（表9-4）

①“轻化”排球、降低难度。比赛球重量130克，周长75～80厘米。球的飞行速度降低，比赛回合增加。

② 降低网高、保持兴趣。球网高度180～200厘米。调查发现，排球运动的扣球技术对青少年排球爱好者最具吸引力。适宜的低网跳跃强度，既防止了膝关节损伤，适合处于生长发育期的少年儿童参与，又使个子不高的学生在气排球比赛中充分感受扣球乐趣，保持对排球运动的兴趣。

③ 攻防平衡、增加回合。在前场区击球过网的球必须呈弧线。主要解决球网降低之后比赛仍能保持攻守平衡的问题。

④ 场地缩小、便于开展。根据我国部分学校人均体育场馆面积小的现状，用6×12米的小场地比赛便于开展活动。

⑤ 简化规则、更加通俗。例如取消位置轮转规则，使站位简单化、通俗化，让普通学生能够尽快掌握比赛方法。

表 9-4　简化气排球比赛规则及内容

启蒙型教学比赛规则	诱导型教学比赛规则
发球可在场内发，可用扔、抛、传、垫的方法发球	发球地点、方法可任选，提倡端线外发球
当对方来球落地一次后仍可再打	三次击球过网（拦网除外）
无三次击球过网限制	连击、持球尺度适当放宽
无持球；无连击，允许一人两次击球	进攻线内不可扣球，但可拦网
场上无位置限制	场上无位置限制
比赛时可自由换人	比赛时可自由换人

⑥ 混合组队增加乐趣。比赛制式多样，三人制、四人制、五人制、六人制均可。采用男女混合组队比赛的形式，可以增加气排球比赛的趣味性，给参加者带来更多的快乐。

（3）学校开展气排球运动具有多项优势

① 使充满活力的体育课内容符合《体育与健康课程标准》要求。

② 把气排球运动作为进行思想道德教育的有形的精神文化产品推荐给青少年学生。培养学生集体主义思想，团结协作的精神和乐观向上的心态，有利于他们健康成长。

③ 场地设施有充分保证。

④ 教师技术教学力量有充分保证。

⑤ 参加气排球运动既能锻炼身体，又比较安全，不易受伤。

⑥ 气排球价格低廉，适合西部广大农村地区学校体育经费不足的现状。

⑦ 建议将气排球运动列入青少年"阳光体育运动"项目。

10. 排球教练球的制作与使用

动手制作简易的排球教练球是为了增强学生的扣球手型和练习密度。教师都是先采用徒手模仿挥臂练习和原地挥臂击固定球方式，对于初学者来说，击打固定球可以更好地体验扣球的完整动作和手型。这样，就有了对固定球（也叫教练球）的需求，实际上教练球在扣球的教学中起到举足轻重的作用。目前在市场上很难购买到排球的教练球，而且价格也较为昂贵，多数的基层学校都没有购买教练球，这样多少会影响到排球的教学和学校课余运动队的训练工作，不利于提高排球的教学质量。

（1）教练球的制作

① 材料准备：废弃排球、好排球、废弃自行车内胎、边角废海绵或广告布条、剪刀和绑线。

② 制作方法

直穿式。取一废弃的排球，用剪刀将气嘴处剪掉，然后在气嘴正对面的球体处再剪开一个直径约 3 厘米的口子，用一条自行车内胎穿过球体上的两个口子，最后通过口子处往球体内填满海绵或布条即可。

环抱式。将废弃的自行车内胎用剪刀剪成宽约 3 厘米的条状，共剪 8 条，然后将 8 条剪裁好的内胎对齐，将它们均匀排放成圆形并成一股，也就是裁剪的 8 条内胎不重叠。接着在内胎中部适当位置用绑线打结系牢，在距打结处 31 厘米处同样用线绑牢。然后取一个完好的排球，将球体内的气体放掉三分之二后，再将其放入两头绑牢的 8 条裁剪内胎中，最后重新给排球充气让裁剪的内胎条均匀分布在球体表面即可。

③ 制作特点

直穿式。使用的是废弃排球。让废弃的排球获得了第二次生命，而且制作简单方便。不足是由于球体内部是填充物。在扣球练习时，没有击打好排球的手感。

环抱式。使用的是好排球，能较好地体验与好排球同样的击打手感。不足是由于采用环抱式，随着击打时间过久，会导致固定在球体外表的内胎损伤，老化而断裂。

（2）教练球的使用

① 排球教学。将制作好的教练球固定在墙壁上、篮球架、单杠、平梯、肋木、树干、排球的立柱等固定物上，也可采用一端固定，另一端用手拉的方式（可以随意调整扣球的高度），可用于扣球，吊球，发球、拦网等练习。

② 摸高器。同样将排球挂于高处。用于摸高练习，发展学生的下肢跳跃能力。

（3）练习建议

① 各校可以酌情选择两种制作方法，一般情况下选择“直穿式”练习。

② 练习时，如果用来横拉固定的长度不足。可在教练球两端的内胎续接上内胎。

11. 排球垫球标志带的制作与使用

可以让学生制作简易的排球垫球标志带，使袜筒变废为宝，在垫球教学时增强学生垫球的准确部位。教师首先采用徒手模仿垫球练习，然后让学生更好地体验垫击固定球的完整动作和手型。学生有了对固定球的反复体会，既提高了对排球的兴趣，又在教学中起到很好的辅助作用。

（1）标志带的制作

① 材料准备：废旧的袜筒。

② 制作方法。可以让学生回家取一双废旧的袜筒，用剪刀剪取袜筒 10 厘米。

③ 制作特点。使用的是废旧的袜筒，制作简单方便，经济实用。

（2）标志带的使用。教师首先采用徒手模仿垫球练习—然后更好地体验垫击固定球的完整动作和触球部位将袜筒戴在前臂腕上 10 厘米处—学生自垫球—学生移动自垫球。学生有了对固定球的反复体会，再将袜筒摘下进行提高技术的练习。

12. 网兜和橡胶带在排球教学中的制作与应用

在日常排球垫球教学中，我们总会遇到这样的问题：一少部分学生通过教师的讲解、示范，在老师或同伴的帮助下，能够顺利完成简单的排球垫球技术练习动作，而另外一部分学生则不能完成。究其原因是少数来自县城的学生玩过或接触过排球，而来自农村的学生则没有，甚至有个别学生还没有见过排球，所以在排球垫球教学的开始阶段，排球满场滚，学生到处跑着捡球的现象时常发生。在排球垫球教学中，如果多准备几个网兜和橡胶带，前面所说的情况对初学者来说就不会发生了。

（1）网兜和橡胶带的制作

① 材料准备。排球、网兜和橡胶带、扎绳。

② 制作方法。先把排球装入网兜中，网兜的口和橡胶带的一端固定在一起，再把橡胶带的另一端固定在篮球架、树、肋木或者单杠上即可。固定高度可以根据练习者身高的不同或者训练项目的不同来调整，以满足大多数学生练习的需要。网兜和橡胶带的使用，可以避免初学

者在练习时不停地捡球，从而增加练习机会。

③ 制作特点。制作方法简单、方便，经济实用。

(2) 网兜和橡胶带的使用

① 传、垫球练习。徒手模仿传、垫球练习—垫击固定球的完整动作练习—学生自传、垫球练习—学生移动自传、垫球练习。学生有了对固定球的反复体会后，再进行提高技术的练习。

② 扣球练习。徒手挥臂练习后，将球吊起练习挥臂击打，主要体会扣球时的手包满球动作、击球的部位和将球保持在头前上方的动作。

(3) 练习建议

① 此辅助器械和练习方法适合初学者练习使用。

② 此辅助器械对于初学者来说可以用来练习传球或垫球。

③ 此辅助器械也可以再加一条橡胶带把它固定起来，用来练习排球的发球手型及身体姿势，同时也可以练习排球的扣球手型及身体姿势，以及拦网时的手型和身体姿势。

④ 此辅助器械在练习时要求悬挂，避免触及地面（触及地面容易使网兜破损）。

⑤ 根据学生身高确定吊球的高度。

技能课程六　中学足球教学指导

教师简介

赵军飞，男，北京市东城区研修学院高级教师。

程智，男，江苏南京市人民中学高级教师。

张锋周，男，北京教育学院体育与艺术学院教师。

课程目标

【目标1】通过分析足球教材特点，使中学体育教师了解足球运动的锻炼价值。

【目标2】结合足球教材内容，帮助中学体育教师掌握中学足球教材分析和教学实践方法。

【目标3】把握中学足球教学要求、策略与措施，提高中学体育教师的足球教学创新能力。

课程内容

【内容1】教学重点——基于足球教材的特色，梳理中学足球教学素材、教材内容、教学内容体系。

【内容2】教学内容——基于中学生的身心特点，梳理中学足球基本技术、战术等方面内容。

【内容3】教学思考——基于足球教材的特点，分析中学足球教学的要求、策略与措施。

教学重点

1. 教学素材与教材

首先，我们要对足球项目有正确的认识，从体育教学的视角看，我们选择某运动项目中相对完整的内容作为学生的学习内容，这仅仅是第一步，严格地讲我们只是选择了一些教学素材。如我们选择了足球运动的技、战术作为教学内容，这些内容在它成为体育教材之前只不过是众多运动素材中的一小部分。运动素材泛指一切体育运动文化，或者说是成为教材之前的文化性运动游戏。体育教材是实际进入体育教学实践中的教学材料，两者之间存在一个运动素材教材化的过程。运动素材不等于教材，它只是教材的原材料，是教材的母体，是可以被加工成教材的一切身体活动的内容。体育教材则是根据教学目标，按照有关标准从运动素材中选择加工出来的身体活动的内容体系。运动素材与体育教材的本质区别在于“是否具有教育教学的目标”。

2. 球类教学内容的确定与球类教学单元的构建

《体育与健康课程标准》只是在“内容标准”中提出了一个原则性的内容框架，具体内容要由地方、学校和教师去设计和制定，这就意味着体育教师从教学内容的执行者，转变为教学内容的设计者和制定者。这是体育教学大纲和体育与健康课程标准的一个重大的区别，它既给地方、学校和教师在体育教学内容的选择上留下了充分的余地和空间，又对广大的体育教师，特别是青年教师提出了更高的要求。在新的条件下体育老师如何选择体育课的教学内容呢?

教育部颁发的义务教育阶段《体育与健康课程标准》（实验稿）的“内容标准”明确提出（运动技能以水平四为例）：

（1）发展运动技战术能力，达到该水平目标时，学生要能够基本掌握一两项球类运动中的技战术。

（2）完成一两套武术套路或对练。

（3）完成一两套技巧项目动作或器械体操动作。

（4）完成一两套舞蹈或健美操。

（5）基本掌握几项主要的田径运动技能。

（6）基本掌握一两种地域性运动项目的技术。从水平四的内容标准看，教学内容是多方面的，包括了球类、体操、武术、舞蹈和健美操、田径、地域性运动项目6项内容，体现了教学内容全面性和基础性的特点。

3. 足球教学内容的构建

足球运动训练包含了技术训练、战术训练、专项身体素质训练、心理训练等方面的内容，以足球的技术训练为例，仅仅一个传球的技术就分脚内侧传球、脚背内侧传球、脚背正面传球、脚背外侧传球、脚尖传球、脚后跟传球，显然我们不可能将一个竞技运动项目的所有内容都教给学生，即使是用整个初中阶段我们也无法让学生掌握一项竞技运动的所有技、战术内容。因此，我们在面对一个运动项目时应该选择这个运动项目中最基础的、关键的运动技术、战术内容作为这个模块的内容，它的系统性体现在学生进行足球比赛时必备的基本技、战术需要。这些从足球运动中选择出的基本技、战术内容就构成了足球教材的内容，它就是教学的一条主线，足球教学要沿着这条主线不断进行。

一、足球技术动作

1. 无球技术

（1）起动。原地起动，活动中起动。

（2）跑。快跑、冲刺跑、曲线跑、折线跑、侧身跑、插肩跑、后退跑。

（3）急停。正面急停、转身急停。

（4）转身。前转身、后转身。

（5）假动作。无球假动作。

2. 有球技术

（1）踢球。脚背正面、脚背内侧、脚背外侧、脚内侧、脚尖。

（2）停球。脚内侧、脚底、脚背正面、脚背外侧、胸部、腹部、大腿、头部。

（3）顶球。前额正面、前额侧面。

（4）运球。脚背内侧、脚背外侧、脚背正面、脚内侧。

（5）抢截球。正面抢截球、合理冲撞抢截球、侧后铲球及断截球。

（6）假动作。有球假动作。

（7）掷界外球。原地掷球、助跑掷球。

3. 守门员技术

包括准备姿势、移动、选位、接球、扑接球、击球、托球、掷球、踢球。

二、足球教学中常见的错误和纠正方法

1. 颠球

（1）错误动作：部位不明确，用力不协调。

（2）纠正方法：自抛自颠、颠手坠球、颠网兜球、反复颠球。

2. 脚内侧踢球

（1）错误动作。踢球时，支撑脚离球过远或过近，不能准确地用脚弓触球的正后方，使球踢歪、踢高。

（2）纠正方法

① 反复做原地或助跑几步传球练习，提示支撑脚与球平行踏地，脚尖向前。

② 练习时先原地再助跑，先慢再逐渐加快，先轻轻传球再逐渐加大力度。

3. 脚背内侧传球

（1）错误动作 1：摆腿方向不正，伴随外展或内收的动作。

（2）纠正方法：多做摆腿模仿练习，并讲清摆腿方向；或 2 人分小组练习，相互纠正，共同研讨。

（3）错误动作 2：支撑腿位置离球过远或过近，脚尖指向不对。

（4）纠正方法：在练习踢定位球时，在支撑脚正确位置上画出标志，供练习时参考。要求脚尖指向出球的方向。

（5）错误动作 3：踢球时踝关节外旋，脚面朝上，形成横扫踢球的错误动作。

（6）纠正方法：结合摆腿练习，强调脚背内侧对准出球方向。结合示范，让学生观看脚触球的部位。

4. 脚内侧停球

（1）错误动作 1：接地滚球时，未屈膝外展，前伸脚弓对不准球。

（2）纠正方法：一人抛地滚球，另一人用脚内侧接球，相互检查脚触球部位；对墙踢球，停反弹回来的球。

（3）错误动作 2：接地滚球时，脚弓触球后未撤引。

（4）纠正方法：徒手反复模仿撤引动作，然后对墙踢球，主动接反弹回来的地滚球，注意做好撤引缓冲动作。

5. 胸部停球

（1）错误动作：迎球不准、不敢挺胸或收胸时机不对。

（2）纠正方法：自抛自停；两人一组，一抛一停。

6. 脚背正面运球

（1）错误动作 1：运球时用力过大，使球失控。

（2）纠正方法：先做无球模仿练习，体会节奏感，然后用实心球练习运球，体会推拨球时的用力大小。

（3）错误动作 2：运球时，脚触球部位不准。

（4）纠正方法：用定位球做运球模仿动作，体会脚尖向下用脚背正面触球的侧后方。

（5）错误动作 3：运球意识不强。

（6）纠正方法：练习运球要与传、接、运、射等技术结合，增强应变能力。

7. 正脚背射门

（1）错误动作 1：射门不准，不是高就是偏。

（2）纠正方法：一人扶球，另一人做脚背正面踢球的模仿练习；或练习踢定位球，体会脚触球的正确部位。

（3）错误动作 2：射门无力。

（4）纠正方法：射门时要求大腿发力带动小腿，加速摆动，增加踢球射门的力量。加强身体素质的训练，提高腿部、腰部的力量。

8. 正面头顶球

（1）错误动作：时机不准、部位不正确、低头闭眼。

（2）纠正方法：自抛自顶、一抛一顶、二人互顶。顶球时要求“目迎目送”。

9. 脚内侧运球

（1）错误动作：眼睛只看球、触球力量过大，失去控制。

（2）纠正方法：提高球性、小范围运球、运球绕障碍、变向运球。

一、足球教学对教师的要求

1. 教学要求

（1）足球教学场地大，组织教学难度较大，教师要充分发挥学生的主体性，教学活而不乱，生动有序。

（2）通过游戏、比赛的形式进行教学，培养学生的足球兴趣，在良好的教学氛围中学习和掌握技术和战术。

（3）要有适当的运动负荷，增强学生体能，全面发展学生身体素质。

（4）注意培养学生的合作意识和团队精神，培养勇敢、顽强的精神和良好的意志品质，培养良好的社会适应能力。

2. 教学策略

（1）足球运动是学生非常喜欢的运动，是集快速、攻防对抗等特点为一体的集体项目，初中生应系统地掌握足球运动的基本技术，掌握基本战术，最终学会踢足球。

（2）基本技术、战术教学采取循序渐进的原则，从简单到复杂，从单个技术到组合技术。

（3）在教材的选择和处理上，强调单个技术动作的教学，在教学中，教师应将学习基本技术与运用基本战术有机结合，发挥足球运动对抗性和趣味性等特点。

（4）采用多种形式的对抗练习、游戏和教学比赛的形式，让学生在运动实践中提高技、战术的运用能力和综合运动能力，培养学生的足球战术意识，使学生能够参与教学比赛，在运动中提高体能、培养良好的心理品质与社会适应能力。

（5）教学中，应多采用学生自主分组、合作学习的方式，激发学生学习的积极性和主动性，提高课堂学习效率。

（6）在实际教学中教师应根据学生的实际情况注意区别对待，合理调整教学内容、教学进度，以促进学生不同层次的发展。

二、足球教学主要内容建议

足球运动是一项比较复杂的运动，但在小学与初中阶段要有重点的进行教学，总体来说足球教学需要掌握简单的战术外还应教授以下几项基本技术：

1. 足球技术动作

（1）颠球技术。颠球是足球运动的一项最基本的技术，主要是要求队员在踢球的时候能够有很好的球感，在踢球的时候可以很好地控制足球。

（2）传球技术。传球是一项很重要的足球技术，它是足球场上运动链的一个纽带。在实际的比赛中，决定传球质量的因素很多，传球方向、力量、脚法、触球部位等都会影响传球质量，还要注意传球时机、同伴跑动的位置。传球的脚法是传球效果好与差的关键，它控制着足球的路线和旋转程度。传球技术教学应教会：脚内侧传球和脚背内侧传球。

（3）运球过人技术。在足球比赛中过人的方法有很多种，要根据自己的技术特点和场上具体情况来灵活选用。常见的过人技术有变向过人和变速过人。此外，还有强行突破，运球假动作突破，快速拉、扣、拨球突破，穿裆突破和人球分过突破等。学习运球过人技术首先要掌握扎实的运球基本功，如脚内侧运球、脚背正面运球、脚背外侧运球；其次要掌握运球过人技巧，如左晃右过、右晃左过等。

（4）射门技术。足球比赛的直接目的是射门得分，能否把球射入对方球门是比赛胜负的关键。射门主要在攻守争夺最激烈的罚球区附近进行。这个地区防守人数常常多达7~8人，防守队员的紧逼盯人、凶狠的抢断堵截，使进攻队员几乎无从下手。现代足球比赛要求每个队员必须全面熟练地掌握和运用各种射门技术，尤其是脚背正面、脚背内侧、脚背外侧和脚内侧为主的摆射、抽射、削射、弹射、推射、切射等技术。同时，还要在快速行进、激烈对抗，甚至身体失去平衡的情况下完成各种射门动作（如倒地卧射、凌空射、跃起头顶、跨步捅球、铲射等）。射门技术的难度大，还表现在射急速运行中的球。另外，还要练好罚球区附近的定位球及角球的配合射门技术。成功的射门需要锐利的观察、准确的判断、良好的身体素质和全面、准确的技术。射门技术教学应教会：正脚背射门、外脚背射门、脚内侧推射。

（5）停球技术。足球在场上不能永远不停地运动，足球必定要走走停停，所以在会让足球动起来的同时也要会让球停下来。

在足球运动中，除了手臂，身体的其他部位都可以用来停球，需要注意的是，在停球的时候要把球停在距离自己身体合适的位置，不仅不会被对方断下，也要有利于自己下一个技术动作的完成，这样的停球就是标准的、合适的。停球技术应主要教会学生脚内侧停球、胸部停球、脚底停球。

（6）抢球技术。足球是一项讲究攻守平衡的运动，在会踢球的同时也要会防守，阻挡对手的进攻。所以，对足球运动员来说，抢球也是足球的一项基本技术，抢球并一定要求防守队员把球抢下来，主要是通过防守来阻止对方的进攻。所以，在防守的时候，需要掌握的一个重要原则是“看人！不看球”。自己的身体要始终树立在对手的正前方，封堵住对手的去路，这样就能对抢球起到关键性作用。抢截技术应教会学生正面抢截球、合理冲撞抢截球。

（7）头顶球技术。头顶球技术指运动员用头的某一部位顶击球以及用于进攻中的传球、射门和防守中的抢断。可用前额的正面或侧面，可原地顶或跳起顶。由移动选准顶球点和上体摆动击球两个环节组成。因头在人体的最高部位，能较早接触到空中的球，故在比赛中对争取时间和争夺空中优势极为有利。

使用头顶球技术，不仅可以进行传球、抢断球、高球射门，而且利用鱼跃头顶球可以扩大运动员的控制范围。头顶球技术应教会学生前额正面头顶球（原地、跳起）。

2. 传球在比赛中的表现形式

传球在比赛中的表现形式是多种多样的：

（1）从接触球的次数分为直接传球、间接传球。

（2）从传出球的状态可分为地滚球、平直球、高空球、低球以及弧线球、直线球。

（3）从传球的距离可分为短距离传球、中距离传球和长距离传球。

（4）从传球运行的方向分为直传球、横传球和斜传球。

（5）从传球目标可分为向脚下传球和向空当传球。

如果与同伴距离较近，就要传直线球，可以用脚弓进行直推，脚接触球的部位比较大，容易控制球的方向，在进行直传球的时候要注意足球要保持一定的速度。如果接球者的位置离你很远，要进行长传球的话，就是适用高旋转球，这时经常使用的部位就是脚背内侧。

以下内容是足球教学内容、教法措施设计范例（表 10–1）。

表 10–1　足球教学内容、教法措施设计范例

教学内容	足球		
教学目标	1. 学习足球运动的基础知识，通过多种多样的游戏形式，基本掌握足球的几项基本技术和简单战术，并能在比赛中运用所学的技战术 2. 通过足球活动发展学生的奔跑能力、速度、力量、耐力等身体素质，增强学生的体能 3. 通过足球游戏和教学比赛等形式，培养学生合作意识，使学生具有较强的竞争意识，良好的心理品质和社会适应能力。培养学生对足球运动的兴趣与爱好，使每个人都能参与其中		
教学策略	1. 足球运动是学生非常喜欢的运动，是以快速、攻防对抗为特点的集体项目，选修足球模块的高中生应较为系统地掌握足球运动的基本技术、基本战术，最终学会踢足球 2. 基本技术、战术教学采取循序渐进的原则，从简单到复杂，从单个技术到组合技术 3. 在教材的选择和处理上，强调单个技术动作的教学，在教学中，教师应将学习基本技术与运用基本技术有机结合，发挥足球运动的对抗性和趣味性等特点 4. 采用多种形式的对抗练习、游戏和教学比赛的形式，让学生在运动实践中提高技战术的运用能力和综合运动能力，培养学生的足球战术意识，使学生能够参与教学比赛，在运动中提高体能，培养良好的心理品质与社会适应能力 5. 教学中应多采用学生自主分组合作学习的方式，激发学生学习的积极性和主动性，增进课堂效益 6. 在实际教学中教师应根据学生的实际情况注意区别对待，合理调整教学内容、教学进度，以促进不同层次学生的发展		
学时	18 学时		
课次	教学内容	重点难点	教法措施
1	1. 脚背外侧运球 2. 脚内侧踢球	重点：脚内侧踢球 难点：运球时人球兼顾	1. 讲解、示范 2. 脚背颠球，熟悉球性 3. 脚背外侧直线运球 4. 两人一组脚内侧踢球（地滚球），体会脚底停球 5. 两人一组脚内侧踢球射小门 6. 教学比赛

续表

课次	教学内容	重点难点	教法措施
2	1. 脚背外侧直线、曲线运球 2. 脚内侧踢球	重点：脚内侧踢球 难点：脚内侧踢球时支撑脚位置	1. 脚内侧、脚背正面颠球 2. 脚背外侧直线、曲线运球 3. 两人一组脚内侧踢球（地滚球） 4. 游戏：分组脚内侧踢球射小门比赛 5. 教学比赛
3	1. 运球 2. 脚背正面踢球	重点：脚背正面踢球 难点：脚背正面踢球时支撑脚位置和触球部位	1. 原地踩球、拉球、拨球 2. 脚背正面颠球 3. 脚背外侧直线、曲线运球结合拉拨球 4. 对墙脚背正面踢球 5. 脚背正面射门 6. 身体素质练习
4	1. 运球 2. 脚背正面踢球	重点：脚背正面踢球 难点：运球时人球兼顾	1. 原地踩球、拉球、拨球体会扣球 2. 脚背外侧直线、曲线运球，结合拉球扣球 3. 对墙脚背正面踢球 4. 脚背正面射门 5. 加速跑 30 米×4 组
5	1. 运球 2. 脚内侧、脚背正面踢球	重点：脚背正面行进间踢球 难点：运球时人球兼顾	1. 颠球：脚内侧、脚背正面、大腿 2. 运球：脚背外侧直线、曲线运球，结合扣球 3. 脚内侧、脚背正面踢球（原地——行进间） 4. 结合运球的脚背正面射门 5. 教学比赛 6. 5×5 米往返跑
6	1. 运球 2. 停球 3. 脚背正面射门	重点：脚背正面踢球 难点：停球时的迎撤动作	1. 踩球、拉球练习（原地——行进间） 2. 区域内运球 3. 两人一组脚内侧踢球，体会停球脚内侧的迎撤、推拨球） 4. 结合传球的脚背正面射门 5. 教学比赛
7	1. 运球 2. 停球 3. 结合运球、传球的脚背正面射门		1. 颠球 2. 脚背外侧直线、曲线运球，结合拉球、扣球 3. 两人一组脚内侧踢停球 4. 结合运球、传球的脚背正面射门 5. 游戏：三对三的传抢练习
8	1. 运球 2. 脚背内侧踢球	重点：脚背内侧踢球 难点：脚背内侧踢球时的支撑脚位置和触球部位	1. 颠球 2. 在圆形的线上运球 3. 两人一组脚背内侧踢球（原地徒手模仿） 4. 脚背内侧踢球传准 5. 教学比赛

续表

课次	教学内容	重点难点	教法措施
9	1. 运球 2. 脚背内侧踢球 3. 30 米折线跑	重点：脚背内侧踢球 难点：脚背内侧踢球时支撑脚位置和触球部位	1. 圆形区域内运球 2. 两人一组脚背内侧踢球 3. 脚背内侧踢球传准 4. 教学比赛：5×30 米的折线跑
10	1. 运球 2. 脚背内侧踢球	重点：脚背内侧踢活动球 难点：支撑脚位置和触球部位	1. 颠球 2. 圆形区域内运球游戏 3. 脚背内侧踢活动球 4. 教学比赛
11	1. 脚背内侧踢球 2. 停球 3. 抢球	重点：脚背内侧踢球 难点：抢球时机	1. 圆形区域内运球 2. 两人一组脚背内侧踢球，体会脚内侧停高空、地滚、反弹球 3. 三人一组，二人传球，一人抢球 4. 教学比赛
12	1. 头顶球练习 2. 战术：斜传直插二过一 3. 教学比赛	重点：头顶球 难点：传球和跑动的时机	1. 颠球 2. 头顶球练习细化 3. 两人一组脚背内侧踢球、脚内侧踢停球 4. 战术：斜传直插二过一 5. 半场五对五教学比赛
13	1. 头顶球练习 2. 战术：直传斜插二过一 3. 教学比赛	重点：头顶球 难点：传球和跑动的时机及准确性	1. 圆形区域内运球抢截 2. 头顶球练习 3. 两人一组脚背内侧踢球、脚内侧踢停球 4. 战术：直传斜插二过一 5. 半场五对五教学比赛
14	1. 头顶球练习 2. 战术：回传反切二过一 3. 教学比赛	重点：头顶球 难点：传球和跑动的时机及准确性	1. 运球绕障碍 2. 三人一组头顶球练习 3. 两人一组脚背内侧踢球、脚内侧踢停球 4. 战术：回传反切二过一 5. 半场五对五教学比赛
15	1. 脚背外侧侧踢球 2. 教学比赛	重点：脚背外侧侧踢球 难点：触球部位	1. 游戏：圆圈抢截游戏 2. 颠球 3. 两人一组脚背外侧侧踢球 4. 脚背外侧踢球射门 5. 半场五对五教学比赛
16	1. 脚背外侧侧踢球 2. 半场五对五教学比赛	重点：脚背外侧侧踢球 难点：触球部位和支撑脚	1. 两人一组脚背内侧踢球、脚内侧踢停球 2. 两人一组脚背外侧踢球 3. 运球绕障碍结合脚被背正面、脚背外侧射门 4. 半场五对五教学比赛

续表

课次	教学内容	重点难点	教法措施
17	教学比赛	重点难点：基本技术的合理利用	1. 介绍拉人、推人、撞人等犯规动作 2. 介绍裁判员手势 3. 复习基本技术 4. 传、射门的组合练习 5. 教学比赛
18	技术考评	内容：运球绕过障碍射门	1. 熟悉球性的练习 2. 运球射门练习 3. 考核与评价 4. 指出问题和努力方向

技能课程七　中学韵律舞蹈教学指导

杨红，女，成都体育学院副教授。

【目标1】通过韵律舞蹈教学内容的学习，使中学体育教师了解韵律舞蹈的教学特点、教学要求和教育价值。

【目标2】通过韵律舞蹈教学内容的学习，帮助中学体育教师掌握韵律舞蹈动作的教学内容和创编方法。

【目标3】结合韵律舞蹈教学与创新，提高中学体育教师韵律舞蹈教学和动作创编的能力。

课程内容

【内容1】教学重点——基于韵律舞蹈教学重点、教学特点、教学要求，提供韵律舞蹈教学指导。

【内容2】教学内容——基于韵律舞蹈内容及分类，提供韵律舞蹈的教学形式。

【内容3】教学思考——基于韵律舞蹈教学观念更新、兴趣培养、方法创新，拓展教师的教学思路。

【内容4】教学创新——基于韵律舞蹈教学技能和学练指导，提供多样的教学方法。

一、韵律舞蹈教学重点

全日制义务教育普通高级中学体育《体育与健康课程标准（7～12 年级）》（以下简称《课程标准》）根据学生身心发展的规律，将中小学的学习划分为六级水平，并在各自学习领域按水平设置相应的水平目标。水平一至水平五目标分别相当于小学 1～2 年级、小学 3～4 年级、小学 5～6 年级、初中学段和高中学段学生预期达到的学习结果。基于学校和学生各方面差异性的考虑，《课程标准》设立水平六，作为高中学段学生学习体育与健康课程的发展性学习目标，其他学段的学生也可以将高一级水平目标作为本阶段学习的发展性学习目标。

根据《课程标准》要求，中学韵律舞蹈的教学重点则随着学生各个水平目标的增长而不断变化。其中水平四的重点为：使学生具有学习和应用韵律舞蹈技能、发展学生完成韵律舞蹈的能力；水平五的重点为：使学生具有学习和应用韵律舞蹈技能、提高学生完成一两套韵律舞蹈的水平；水平六的重点为：使学生具有学习和应用韵律舞蹈技能，并能组织和参加小型的韵律舞蹈比赛。

鉴于韵律舞蹈教学重点，为了使中学韵律舞蹈教学技能与学练指导科学合理、实用有效，因此对韵律舞蹈教学特点的了解显得十分必要。

二、韵律舞蹈教学特点

韵律舞蹈教学是在全面贯彻党的教育方针，认真落实“健康第一”的指导思想，在全国亿万学生中掀起了体育锻炼的热潮，切实提高学生体质健康水平的前提下，在阳光体育运动的大环境中，学生走出教室、走向操场、走到阳光下进行的以健身为目的，以操为特色，以舞为表现形式，以音乐为载体的，被广大学生所喜爱和接受的集健身、健心、健体、益智于一体的健身活动，内容丰富、新颖、独特、多元化的动作变化使其动作优美大方，自然协调，极富艺术性。通过练习使学生的身体得以锻炼，心理得以调节，有助于培养正确的身体姿势，培养学生节奏感、想象力、表现力和对美的鉴赏能力。

韵律舞蹈与体操、舞蹈等艺术既有内在联系，又有所区别，其教学特点表现为：

1. 强调目的性与律动性

有目的地练习是韵律舞蹈教学最显著的特点，强健身体是韵律舞蹈教学的价值体现，音乐伴奏下自然、律动为基础的动作练习是韵律舞蹈教学的魅力所在。“目的”与“律动”的高度统一是韵律舞蹈教学发展的趋势。

2. 强调安全性与多元性

韵律舞蹈的教学严格遵循青少年生长发育规律。舞蹈负荷安排应由小到大，强度由弱到强，逐渐增加。强调对学生身体的全面发展，尽量避免竞技性、对抗性的危险动作，这是韵律舞蹈教学的基本要求。韵律舞蹈的练习形式可视人体的节奏、幅度、方向、路线变化丰富多彩，在安全的前提下，多元化的表现形式给学生营造无限的想象空间，是培养学生表现力和鉴赏能力的有效途径。

3. 强调针对性与艺术性

韵律舞蹈教学区别与大众健身操的特点就在于它的动作有着很强的针对性。在进行韵律舞蹈的教学过程中，针对身体的不同部位，有不同风格的舞蹈与其相适应，韵律舞蹈教学体现在：有针对青少年体型体态的形体类韵律舞蹈；有针对青少年生长发育的机能类韵律舞蹈；有针对青少年身体素质发展的素质类韵律舞蹈。因此，针对性是韵律舞蹈教学的主要特点之一。

4. 强调趣味性与可操作性

兴趣永远是学生的终身伙伴，韵律舞蹈教学中变化的队形，多元的动态元素，不断变化的配合练习，不同风格的音乐节奏都会给学生带来无穷的乐趣，玩中学习是韵律舞蹈的特点之一。但值得注意的是韵律舞蹈毕竟是艺术性较强的教学内容，有它自身的教学规律，在照顾学生学习兴趣的前提下，按照教学规律操作显得十分重要。

因此，韵律舞蹈教学严格依据舞蹈动作特点，以人体韵律美来塑造动作。各种风格的校园韵律舞蹈，不仅仅呈现于其舞蹈动作，也呈现于舞蹈的造型。所谓造型，实际上也是一种人体动作，只是它以人体的四肢和身段以及表情姿态构成某种相对于静止的形态。这种“形”与“神”的结合，产生了富于美感的形象动作，是对刹那间生活片段的凝固，一种静态的艺术形象，给学生带来身心的愉悦。

三、韵律舞蹈教学要求

（一）顺应加强和改进中小学艺术教育活动的要求

《学校艺术教育工作规程》（教体艺［2007］16 号）指出中小学艺术教育活动是学校艺术教育的重要组成部分，是校园文化建设的重要载体，是实施素质教育的重要途径，对于丰富中小学生的精神文化生活，提高中小学生的艺术修养和审美素质，培养创新精神和实践能力，促进德智体美全面发展，具有重要作用。

韵律舞蹈教学根据《课程标准》中对中学体操韵舞提出的相关要求，结合目前体育教学特点，对中学体育骨干教师体操韵舞的技能已于形象具体指导。有目的、有意识地采用科学的教学方法，按照一定的客观标准和要求匀称和谐的发展人体，塑造改善身体形态，培养正确优美的姿态和动作，增强学生体质。因此，韵律舞蹈教学必须建立在提高学生综合素质，丰富校园生活，培养学生的艺术修养和创新精神，促进学生全面发展的基础上。

（二）顺应学生健康教育的要求

世界卫生组织（WHO）于 1989 年提出了健康的四个标准，即“身体健康、心理健康、道德健康、社会适应良好”。这也为学校培养目标提出了更高的要求，单纯地强调人文教育和科学教育已经远远不够，还要同时关注学生的健康情况，才能切实贯彻落实国家提出的“健康第一”的教育思想，这也充分体现了“身、心、群”协调发展的社会学观念。

韵律舞蹈是体育活动艺术化、舞蹈健身化趋势的反映，具有实用锻炼价值，是广大学生青睐的健身活动。长期从事韵律舞蹈锻炼，能够增进健康，增强体质，改善体形体态，矫正畸形，调节心理活动，陶冶情操，提高呼吸系统、神经系统、骨骼肌系统、心血管系统机能，使学生的身心得以健康发展。

根据《课程标准》中对中学体操韵舞提出的相关要求，各个水平的教学内容分别如下。水平四：学习和应用运动技能，发展运动技战术能力，在达到该水平目标时学生能够完成一两套舞蹈；水平五：学习和应用运动技能，发展运动技战术能力，在达到该水平目标时学生能够熟练地完成一两套舞蹈；水平六：学习和应用运动技能，组织和参加小型体育比赛，如班级间、年级间、校级间等。

由于我国地域辽阔，地区间差异很大，韵律舞蹈的教学内容的选择应当根据本地课程资源、本校特点和学生的兴趣爱好，选择适合本校或本年级的实际教学内容。就其组成部分韵律舞蹈可分为锻炼与动作教学两大部分。

一、韵律舞蹈锻炼内容

按照《国家学生体质健康标准》和《国民体质健康标准》要求，结合韵律舞蹈的锻炼特点，可将韵律舞蹈分为形态类、机能类、素质类三类。

1. 形态类锻炼

形态类内容包括体型和体态两部分内容，它是在全面锻炼增强体质的前提下，重点促进青少年身高（骨骼发育纵向水平）、体重（良好的身体发育程度和营养）得以正常发育，修正不良体型，培养优雅体态。

体型分为外胚型、肌肉型、内胚型，主要反映在身高和体重两方面，一方面由于儿童少年时期长骨的生理反应为骨骺与骨干之间存在骺软骨，后者不断增长并不断骨化，骨的长度不断增加，在12～18岁期间，大部分骺软骨增长速度快（四肢骨尤其突出）的特点；另一方面又由于18岁以后各骨渐次停止生长的特点，使那些由于不良习惯以及使那些未能在骨的最佳发育时期得以健康发育的骨骼产生变形，形成诸如驼背、“O”形腿等不良体型；再一方面由于营养过度或不足，导致青少年体重超标或偏瘦，体型发生改变。因此，韵律舞蹈此类动作锻炼内容中包括：促进骨骼生长和弥补不良体型的抗阻练习内容。

体态反映在人们举手投足的各个方面，古人云：“站像一棵松，坐像一口钟，卧像一张弓，走路像春风。”常听家长教育孩子说，坐有坐相，站有站相。无论男女老幼，要想获得和保持良好的体形体态，必须经过长时间的学习与训练。因此，韵律舞蹈形态类动作锻炼内容包括：培养良好体形体态的形体训练内容。

总之，形态类动作主要包括抗阻练习内容和形体训练内容两部分练习，并根据不同年龄、不同对象、不同练习方式、不同要求确定不同的锻炼内容。

2. 机能类锻炼

人体机能是指人体心血管系统机能水平、肺的容积和扩张情况。

韵律舞蹈锻炼主要以提高心肺耐力为主，即全身大肌肉进行长时间运动的持久能力。将耐力性有氧运动作为机能类心肺功能锻炼的重要内容，是因为心肺功能状态是反映人体身体健康程度的一个及其重要指标，而且心肺功能的健康也关系着人的基本生活质量和生存。针对全身大肌肉进行有节奏、有规律、长时间速度稳定、强度适中、形式多样的耐力性有氧运动，使人体心血管系统、呼吸系统机及细胞用氧量得到提高，使身体可以在很短时间内获得充足的氧气供应而产生足够的能量，最终使人体机能得以提高。

3. 素质类锻炼

身体素质是指人体基本活动能力，主要包括有力量、耐力、灵敏、柔韧和协调能力等。按照《国民体质锻炼标准》、《全民健身纲要》和《国家学生体质健康标准》的精神要求，韵律舞蹈锻炼内容的选择本着不同学段逐步分化，在全面发展身体素质为主的前提下，选择符合各学段学生心理特点的内容。

总之，韵律舞蹈锻炼内容将传统枯燥的身体素质锻炼向着安全有效、优雅大方、时尚易学、新兴有趣发展，在全面锻炼增强体质的同时，处理好健身性、运动文化的传递性和兴趣性的关系，精心选择既有健身价值，又能调动学生积极性的锻炼内容。

二、韵律舞蹈动作教学内容

韵律舞蹈动作是身体运动的外部表现，是形态、机能、素质类韵律舞蹈锻炼内容的基础。包括身体在运动时的方向、路线、速度、身体姿势的变化等，内容丰富多彩，归纳起来为徒手、手持器械所进行的以健身为目的，具有操的特点，舞的形式，以音乐为载体进行的不同类型、不同难度，又具有形体美的身体练习。

根据教学内容的不同，教师在教学中应帮助学生学习完成不同的动作，包括身体在运动时的用力大小、时机、节奏、身体各部位的配合等。韵律舞蹈动作可分为基础动作、基本动作、单个动作、组合动作、成套动作、徒手动作、持器械动作等，每一种动作均在形态、机能和身体素质三类的基础上，通过千变万化的形式得以表现，达到增强体质，陶冶情操之目的。

1. 基础动作

基础动作教学是指初学韵律舞蹈最简单的入门动作。包括形态类的站、立、坐，走、跑、跳，开合、含展、屈伸，直腿、并腿、举腿各种风格初级动作等；机能类由屈伸、收展、回旋协调配合的各种形式入门动作等；素质类的力量、柔韧、灵活、平衡各种方式的简单动作等。它们是学习韵律舞蹈的基础，是为进一步学习基本动作打好基础。

2. 基本动作

基本动作教学是指在韵律舞蹈动作学习中具有进一步变化和加难的根本性动作。韵律舞蹈的基本动作是上肢、下肢、躯干各部位的不同类型动作，如形态类的手位、脚位、擦、踢、蹲、跳、转等基本动作，机能类各种上肢在前、上、侧方位变化的举、振、绕等基本动作。掌握了基本动作一方面可以变化不同方向、不同节奏、不同路线、不同难度、不同配合，学习更复杂、更有趣、更新颖、更完善的操舞动作，加快学习深度，拓展学习广度，打开视野，提高学习兴趣；另一方面可以使韵律舞蹈动作具有其连续性和发展性。

3. 单个动作

由于韵律舞蹈动作是以人为设计的身体练习。单个动作是指从某一静止姿势或某一动态点作为开始，通过身体姿态的变换运动，结合合理的用力方法，准确达到某一结束部位独立完成的一个动作，即单一动作的反复练习。它是韵律舞蹈教学的基础，只有较好地掌握了单个动作，方能组成组合动作或成套动作。由于韵律舞蹈动作以促进身心健康为目的，讲求科学健身，追求动作动态、动律、动力、节奏的优雅，情感融洽，即动作相对稳定、练习符合规律、力度刚柔结合、时间分配合理、情感体验舒畅。因此，单个动作教学内容丰富，难易差距较大，决定单个动作教学难易的因素很多，主要有以下几个方面：

（1）技术性因素。① 由于形态、机能、身体素质技术要求不同，难易程度完全不同。如形态类的抗阻练习（塑形），机能的有氧运动，素质类的柔韧练习等。② 由于动作形式的要求不同，难易也不同。如静态较动态容易等。③ 由于动作的开始到结束重心与幅度不同，其难易不同。如走、跑、跳的变化等。

（2）时间因素。① 节奏的快慢决定动作的难易。② 节奏的强弱决定动作的变化等。

（3）限制性因素。如不同类型、不同目的、不同风格等。

（4）人为因素。如教师的教学水平决定动作教学的难易，学生的接受能力影响动作教学的进度等。

（5）客观因素。如环境的嘈杂影响动作教学难易等。

单个动作是韵律舞蹈动作教学内容的基本部分，既可以作为课的内容，也可以作为课的教材，在教学中可以将许多单个动作作为另一个单个动作学习的教学手段，单个动作通过连续不断地练习可以发展某一身体素质的教学内容。总之，教学中选用什么样的单个动作，要根据学习目的来确定。

4. 组合动作

组合动作的基本元素是单个动作，组合动作指两个以上的单一动作连续在一起，成为复合性动作的练习。单个动作是外部因素，内部因素是情感。组合动作由动作和情感相结合，通过外部动作的形态表达内心的情感，达到增强体质，陶冶情操的目的。通常组合动作是几个单个动作组合起来连续完成的动作。它具有以下特点：

（1）组合的单个动作数量由教学需要来决定，将两个以上的单个动作根据教学需要连接而成，构成不同形式的组合动作。

（2）组合动作的类别是根据教学的实际来决定，如韵律舞蹈教学中的有氧运动常常是由不同类型的单个动作组合而成，构成不同类型、不同风格、不同形式的组合动作。

（3）组合动作的难易是根据学生能力决定，如，当学生掌握不同类型、风格、形式的单个动作之后，可以在单个动作的之前或之后连接另一个单个动作，使其产生出新颖的变化。

总之，组合动作是韵律舞蹈动作教学内容的重要部分，是巩固提高动作质量的关键环节，是由单个动作发展到成套动作的过渡，是韵律舞蹈动作教学不可缺少的内容。

5. 成套动作

成套动作是对组合动作发展、延伸、变化、发掘，按照教学目的（主题）进行高层次的美化，结合多种元素，如音乐元素、环境元素等进行有序的组合、排列，达到内容和形式的协调统一。例如：从音乐出发，通过对音乐的理解，展开想象并找到与主题相符的思路，选择运用多种动作发展变化的方法，在各种不同类型的组合动作的基础上扩充、展开，编排成较完整的一套由开始到结束的动作。成套动作是韵律舞蹈动作教学考核的重要内容，一方面是衡量学生成绩的标准；另一方面是检查师生共同完成教学任务情况，为阶段性、连续性地后续学习提供有力参考。

教学思考

一、更新观念，改进旧程序

韵律舞蹈应以学校体育、体育教学为主线，转变韵律舞蹈只是学习成品舞蹈的观念。打破一味的成套动作教学形式，改为组合动作与成套动作相结合的教学和表演形式，是学生在力所能及的学习中，日积月累，逐步培养对韵律舞蹈的学习兴趣，形成自身的表演风格，为实现《课程标准》中规定的目标打下基础。打破一味的教师传授改为教师引导与学生自主学习相结合的方式，给学生提供展示的平台，放飞理想，在韵律舞蹈的学习中实现自我价值。打破韵律舞蹈仅仅是对学生进行美育教育的单一观念，树立韵律舞蹈是美育与健康教育相结合的教学形式，在音乐旋律、动作韵律、身心愉悦之中，身体通过关节、肌肉的不断变化，通过韵律（节奏）强弱变化对身体的良性刺激，使学生在韵律舞蹈的学习中及感受到美育教育的同时，接受科学锻炼的指导，从而获得美育与健康教育的知识和技能。

二、补充新知识，培养新兴趣

韵律舞蹈教学面临着学生学习兴趣的挑战，学生的学习兴趣又面临传统教学与社会时尚潮流的挑战，如何把握好传统教学与时尚潮流之间的关系，这就需要我们教师掌握韵律舞蹈的发展趋势，不断地更新专业知识，了解学生学习兴趣，加以正确地引导，韵律舞蹈教学才能真正为学生服务，我们也才能真正地处理好传统教学与时尚潮流间的关系，才能愉悦学生心灵，受到学生的喜爱。

三、探索新方法，获得新效益

韵律舞蹈教学不仅仅是舞蹈动作的学习过程，还是培养学生审美意识、健康意识、创新意识、表演意识、鉴赏意识等的综合体现。这就要求我们教师不断地探索韵律舞蹈教学新方法，在舞蹈内容、风格、组织形式等各个方面敢于突破和创新，传授给学生以技能，而不是简单的给予结果，这是韵律舞蹈教学的重要理念。教学方法、形式的活泼新颖，能激发学生浓厚兴趣，真正达到授之以渔，而非授之以鱼之目的。

一、韵律舞蹈教学思路

韵律舞蹈教学是对学生进行美育和健康教育的过程，正确的教学理念需要正确的教学思路去构思方能实现。树立新观念，改进旧程序；补充新知识，培养新兴趣；探索新方法，获得新效益，这一切需要具体路径去完成。韵律舞蹈教学思路为达到教学要求，实现教学理念，提供了重要保证，是韵律舞蹈教学中不可缺少的重要环节，教学思路创新体现在以下几方面：

1. 体育与艺术相结合

韵律舞蹈是在音乐伴奏下进行的一种自然美的身体动作和展示自我的身体练习。韵律舞蹈教学应建立在有助于不同时期青少年兴趣爱好的基础之上，突出韵律舞蹈的可视——好看、可闻——好听、可操作——好学。身体练习是韵律舞蹈的一种语言形式，是对艺术的表达和完善。因此，韵律舞蹈教学离不开体育与艺术的双重性，只有将韵律舞蹈教学建立在体育与艺术相结合之上，才能真正实现《课程标准》的教学要求。

2. 体育与医学相结合

韵律舞蹈教学能否有效地对青少年身体形态、机能、素质产生良好的影响，不是凭借教师经验来评说的，而是要建立在医学监督的基础上，根据《青少年健康标准》进行评判。因此，科学地练习，合理地安排，直接影响着青少年的健康成长。

3. 养身与健身相结合

韵律舞蹈教学能够有效促进学生参加体育运动的积极性，增强体质健康，它是在 2006 年 12 月 20 日由教育部、国家体育总局、共青团中央联合下发了《关于进一步加强学校体育工作切实提高学生健康素质的意见》；2007 年 4 月 23 日，胡锦涛总书记主持中共中央政治局会议，专门研究青少年体育工作；2007 年 4 月 29 日，“全国亿万青少年学生阳光体育运动”全面启动；2007 年 5 月 7 日，《中共中央国务院关于加强青少年体育增强青少年体质的意见》（中央 7 号文件）下发的大背景下提出的，其重点和重心表现在增强学生体质，培养学生审美意识方面。

通过对阳光体育运动大背景的了解，可以明确认知韵律舞蹈教学，必须符合《关于开展全国亿万学生阳光体育运动的决定》、《国家学生体质健康标准》和中央 7 号文件精神，培养学生终身锻炼的良好生活习惯。要使学生在校期间养成终身锻炼的习惯，仅仅是泛泛地说教远无力度，只有让学生明确身体健康的重要性，明确养身和健身之间相辅相成的辩证关系，在学习韵律舞蹈的同时将养身知识融入其中，使学生知其然，更知其所以然，方能达到健身中包含着养身，养身中需要健身的哲学道理，建立终生体育锻炼的行为和意识，实现阳光体育的终极目标。

二、韵律舞蹈教学技能

教师的教学技能包括教学设计、课堂教学、作业批改和课后辅导、教学评价、教学研究等五个方面。这里所讲的韵律舞蹈教学技能特指在对韵律舞蹈特点、要求、理念、思路有了全新认识的基础之上，韵律舞蹈教学中的占重要地位的技能创新主要体现在韵律舞蹈的创编、韵律舞蹈教学课的设计（目标、内容、组织、方法、过程、评价）以及韵律舞蹈音乐剪辑与制作等方面。

1. 韵律舞蹈的创编

（1）舞者与编者的关系

舞者是韵律舞蹈表现的主要载体，他们充分运用肢体各部分关节、肌肉、力度、表情把动作演示出来，有效传达出创编者所设计动作的全部感觉及含义，从而引起自身或者旁观者的激情。成套作品给锻炼者提供了表演平台，通过自己的表现力为动作注入了强烈的生命，有效传达出作品的内涵和要素，使他们在锻炼之中得到表现与欢愉的感受。锻炼者是动作创编的反馈者，通过自我检验，向创编者反映动作或者成套设计是否完善、科学。通过锻炼者的反馈，创编者就成套动作进行调整、完善，从而保证锻炼的安全性和科学性。在实践中，锻炼者通过自己动觉的感受，彻底体会、理解锻炼的本质含义，抒发和表达自己内在的情感冲动，体味到从自己身体动作中所迸发出的内在生命力，从而得到身心最大的愉悦，让自己的情感得到满足。

编者是韵律舞蹈教学的指导者，一般韵律舞蹈动作的创编者由学校舞蹈或体育教师担任。韵律舞蹈动作的创编者是舞蹈教学中的主体，编者在整个创编的过程中处于主导位置，他不仅要具有精湛的专业知识，同时要对艺术有着强烈的爱好与追求，并对生活有着美好的愿望与炽热的情感。作为创编的主体，应该具有主动精神及饱满的创作热情，能积极地投入与钻研，我们很难想象，一个对生活失去信心的人能够创造出充满活力、乐观、热烈的成套作品。同时，编者是韵律舞蹈教学的组织者，他在进行动作、技能传授时，不仅担负着技能传播者的角色，还担当着组织者的责任。他们组织和带领学生参加舞蹈学习，指导学生科学练习，有效地提高教学质量。编者是韵律舞蹈教学的设计者，韵律舞蹈教学是一项技能较强的工作，如何有效地达到教学目的，仅仅是简单地把动作串联起来是远远不够的，还要把握住韵律舞蹈的本质特点，充分利用音乐与动作融入情感因素，从而达到身心愉悦的学习效果，使舞者审美情趣得以升华。

（2）不同类型韵律舞蹈动作创编特点

在有利于人体健康等大的原则下，需要根据《国家学生体质健康标准》的相关要求和指标来选择动作内容、确定动作次数、组合以及成套动作的数量和持续时间。即动作的创编要体现科学性、系统性和实用性。在编排的实践中以解剖学、生理学以及运动学的规律为理论指导进行创编，在学生的练习过程中，定时检测体质、功能和形态的变化，不断地调整动作，达到最后功效与最初指导思想的统一。

① 形态类韵律舞蹈创编特点——对称性。人体形态是一种有着先进的细节功能的复杂现象，一般包括骨架、肌肉、脂肪等组织按比例所组成的体型及整个身体体型所呈现出的综合的外在体态。体型的要求是指各组织比例均衡、左右对称、男女身体曲线明显等。

由于人体的姿态、动作、行为大多是后天形成的，正确优美的动作姿态，可以通过韵律舞蹈的练习培养，做到坐要端正，站要直、走要自然，各种动作舒展大方。世界卫生组织提出的健康的十条标准，关于体态健康做了如下描述：体重得当，身材均匀，站立时头、肩、臂位置协调，肌肉、皮肤富有弹性，走路轻松有力。可见一个好的体态是身体健康的表现。

形态类韵律舞蹈分为塑形类、姿态类。它主要通过舒展优美的舞蹈练习，结合现代舞、古典舞、民族民间舞蹈动作进行综合训练。实践证明通过形态类韵律舞蹈的练习可塑造人们优美的体态，培养高雅的气质，纠正生活中不正确的姿态。所以在进行形态类韵律舞蹈创编时，以重复性、对称性动作为主，动作之间强调流畅，肌肉线条讲究控制和拉伸。它的运动强度不是特别大，但它可以对身体比例的均衡产生积极的影响，有利于培养正确端庄的体态，使身体的形态和举止风度都会发生良好的变化。

② 机能类韵律舞蹈创编特点——运动强度的准确性。机能是指人体器官的作用与活动能力，是与健康有关的健康体能。机能类韵律舞蹈主要针对心肺机能和呼吸系统的机能。因此，运动负荷和负荷强度的安排至关重要。只有在运动负荷和强度适宜，即在最大限度利用机体有氧代谢系统使其处于最大应激状态下训练，才能有效提高机体心肺机能。

③ 素质类韵律舞蹈创编特点——针对性。根据《国家学生体质健康标准》对学生素质练习的指标要求，素质类韵律舞蹈可以分为柔韧类、力量类、平衡类、协调类、灵敏类。针对发展不同的身体素质而选择不同的创编内容。

(3) 韵律舞蹈动作创编语言

① 动作语言。由于韵律舞蹈是属于视觉和听觉的综合艺术形式，动作是其最基本的元素，通过一系列动作所组成的动作语言不停地发展、变化来诠释该作品的艺术性。体现出多方位、多方向、多角度动作语言、幅度与力度动作语言、重复与间断动作语言等特点。

② 音乐语言。音乐是用有组织的乐音来表达人们思想感情、反映现实生活的一种艺术，它的最基本的要素包括音的高低、音的长短、音的强弱和音色。由这些基本要素相互结合，形成音乐的常用的“形式要素”，例如，节奏、曲调、和声，以及力度、速度、调式、曲式等。音乐的最基本要素是节奏和旋律。音乐是音响和时间的艺术，声音是音乐基本素材之一。它作为完整的艺术形式，有着自己强烈、系统、完整的表达方式，动作在音乐的衬托之下，使韵律舞蹈更具有生命力与艺术性，扩大了表现空间。在舞蹈艺术中，旋律与肢体语言是最亲密的伙伴。音乐能使舞者产生一种激情和冲动。体现出强弱动作语言、长短动作语言、风格动作语言等特点。

(4) 韵律舞蹈动作创编方法

① 调查法。要进行韵律舞蹈的创编，首先要了解学生的基本状况，根据不同学生特征进行创编，这就需要对学生进行调查。另外要了解创编元素，看哪些元素符合学生要求，从而进行整合动作、创编动作，以达到最佳的教学效果。

② 构思法。构思法就是利用感知的和已知的信息进行再创造的方法。它是指创编者根据输入的信息，在大脑的记忆库中搜寻与之相关的信息或者利用大脑记忆库中的一些信息形成与之相关信息的过程。这种方法反映了创编者对动作技术的广泛吸纳，实践中的各种动作素材都可通过构思法作为韵律舞蹈的动作，并通过构思达到开拓思路并实现动作创新的目的。

③ 资料法。资料法是指创编者根据需要，采用录像、图片、书籍以及生活中的细心观察等

进行创造动作的过程。资料法运用是一个收集动作素材的过程。创编者可根据所看到的动作，进行改变或者移植，使其成为组合动作或者成套动作中的其中之一。这种方法适合于初级创编者，可根据实际需要，有选择地选取录像材料或者图片、书籍来观看，吸纳其中的动作。

④ 组合法。组合法是指在创编韵律舞蹈动作时，将两个或者两个以上独立的技术动作通过巧妙的连接或重组，形成新的技术动作或者成套组合动作。韵律舞蹈组合既可以是同一类型动作变化为多个不同特色风格的动作，也可以使不同类型多个单独动作进行适当重组，最后完成成套动作的编排。

⑤ 完善法。完善法是创编后期采用的方法，一般是创编的动作、组合或者成套动作有了雏形之后，进行修改完善的方法，此方法的运用，使得韵律舞蹈的创编更加完善。创编者考虑的因素在后期要更加细致，相当于一次课结束后的总结，就不对或者不完善的动作、组合进行修改。

⑥ 反馈法。反馈法是指动作创编结束后，创编者通过自己练习或者在学生中进行教学，自我检验或者通过学生的反映，来进行调整、完善动作的方法。此方法是检验动作或者组合是否完善、科学的重要方法之一。

(5) 韵律舞蹈动作创编程序

一套优雅的韵律舞蹈不是简单的单个动作的罗列，而是动作间的巧妙的有机联系和完美一致，是具有空间要素的立体艺术，是一项创造性的工作，有一定的程序可循。

① 设计框架。框架就是骨骼，它竖立起整个成套，并使成套能够完整。韵律舞蹈的框架应当是科学的、鲜明的、有序的。核心动作内容确定组合类型是单一型还是综合型，组合的练习形式是定位练习还是行进间练习、有无队形变化等，根据核心动作间的逻辑关系确定动作顺序，根据核心动作的数量和重复次数计算组合长度，形成组合动作的框架结构。

② 选择音乐。音乐作为韵律舞蹈的灵魂。要根据创编的目标，选择音乐的旋律、风格，确定音乐的长短起伏。根据核心动作的节奏和风格特点，组合的长度和框架结构选择适宜的乐曲。

③ 编排动作。根据创编的要求和音乐的风格选取那些适合的动作进行组合，以核心动作为主，配合简单的连接动作，按音乐乐句的长度编排、联合动作。根据动作之间的逻辑关系及音乐的结构特点，将联结动作串编组合成套动作。

④ 修饰加工。首先在口令指挥下做动作，检查动作之间的衔接是否合理，动作节拍是否完整，所要编的动作内容是否充分体现，动作长度是否合适。其次删除不合理部分，对不妥之处进行修改、完善。最后配上音乐伴奏进行韵律舞蹈练习，检查动作和音乐是否吻合、节拍长度是否一致，对于不协调的动作进行修改或调整，使其和谐统一。

2. 韵律舞蹈教学课的设计

(1) 目标来源。韵律舞蹈教学课的主要目标是针对青少年健身爱好者，为其设计、培养良好的体形体态，纠正不良姿势，增强心血管、呼吸系统机能和身体素质的韵律舞蹈。教师要确保对学生的深入了解，能制定出行之有效的教学目标。

(2) 教学内容设计。教学内容设计包括动作结构与类型两大部分：动作结构是单一练习还是组合练习，根据目的的不同而定。教学类型分复习课和新授课；初级课、中级课、高级课。其动作、音乐、时间、强度等诸多因素是教学内容的设计的重要因素。

(3) 教学组织设计。教学组织即是学生在教师指导下掌握课程教材的组织框架。可区分为班级授课组织、个别化教学组织和同步学习、分组学习、个别学习等形式。

(4) 教学方法设计。教学方法的设计建立在对各种教学方法全面掌握的基础之上，根据教学需要和学生及教师的实际情况等，选择适合的教学方法。韵律舞蹈教学常用方法有提示型教学法（示范、呈示、展示、口述）、解决问题型教学法（教学对话和课堂讨论等）和自主型教学法等。

(5) 教学过程设计。教学过程不单单是传授与学习知识、技能的过程，同时也是促进学生学习知识，全面发展的过程。教师在引导学生掌握知识的同时，全面发展学生的智力和体力，培养学员独立的学习能力、浓厚的学习兴趣、良好的健身习惯，以及从事创造性活动的能力。韵律舞蹈教学设计过程分为四个阶段：课前准备、教师教学过程设计、学生学习过程设计和反馈。

(6) 教学评价设计。教学评价是韵律舞蹈课的重要组成部分，起着重要的激励导向和质量监控作用。韵律舞蹈教学评价包括对课的目标设计、选用教材、教师组织教法和学生学习情况的评价等。其中，对学生的学习评价是整个教学的重要环节，教师应当充分发挥评价的激励和诊断功能，通过评价，促进学生的全面发展。

3. 韵律舞蹈教学音乐剪辑与制作

韵律舞蹈音乐的剪辑与制作，曾经困扰着众多从事韵律舞蹈教学的工作者，在电脑十分普及的今天，利用音乐编辑软件，可以方便、自如、有效地选择、合成韵律舞蹈教学所需要的音乐，为广大韵律舞蹈教学者拓展了视野和空间，是提高韵律舞蹈教学质量的有力保障。

(1) 音乐的剪辑和制作。确立了韵律舞蹈动作的主题风格和成套音乐的原素材后，首先要完成对原素材的分析与记写，才可以按照以下程序利用电脑进行音乐制作：素材格式转换，载入编辑软件，进行处理加工，合成保存刻录。

(2) 素材格式转换。通常情况下，选择的音乐素材绝大多数来源于 CD 音乐或者是从网络中发现的比较好的音乐素材，将选择好的 WAVE 格式文件、MP3 格式文件、WMA 格式文件等音乐素材用音频处理软件打开进行编辑，如果选择的音乐素材是音频处理软件不能编辑的格式，则用音频转换软件把该文件的格式转换成音频处理软件能够编辑的格式（MP3、WAV、WMA 等）。但是，音频格式转换软件都需要通过钱来买，有时候功能还不是很理想，而千千静听值得推荐，一般来说只要用千千静听能够播放的文件它都能够转换成 WAVE 格式文件、NeroHE-AAC 格式文件、Monkey's Audio（APE）格式文件、MP3 格式文件、WMA 格式文件等。通常 WAVE 和 MP3 格式都能够被大多数音乐编辑工具软件所使用，而且也便于保存。

(3) 韵律舞蹈音乐载入编辑软件。在编辑软件单轨道界面上打开能够被编辑的文件，形成可进行编辑的音频波形图，或者在多轨道中打开多个音乐素材，就可以看到多个波形图，从而对这些音频文件进行编辑，通过波形图可以看出整首音乐的大致段落结构。

(4) 韵律舞蹈音乐文件的初期加工处理。根据对韵律舞蹈音乐的要求，用变速的手法将原素材音乐调整至规则范围以内；利用加速器可以调整音乐的节奏快慢；用剪接的手法去除素材中重复和不想要的部分，留下精彩和需要的部分；同时，一定注意连接顺畅充分，节拍完整；编辑区域周边的声音平滑改变处理消除爆破音；形成时间拍节合乎要求的完整的初期韵律舞蹈音乐成曲。再根据具体的编排将其编辑混合成为韵律舞蹈教学需要的和谐悦耳音乐。

三、韵律舞蹈学练指导

1. 韵律舞蹈学习与动作教学的关系

为了更加清楚地了解韵律舞蹈学习与动作教学之间的关系，对以下几方面的认识十分必要。

（1）从培养目标方面看。韵律舞蹈学习目标是培养学生良好的体形体态、挖掘学生身心潜能、增强学生体质、增进学生健康、促进学生身心和谐发展；通过韵律舞蹈学习培养学生兴趣、习惯和能力，为终身体育锻炼奠定良好的基础；通过韵律舞蹈的锻炼促进学生个性社会化，形成良好的思想品质，使其成为具有一定的创新精神和创新能力全面发展的人才。

韵律舞蹈学习是围绕落实学习目标进行的系统的、具体的、可操作的，并且尊重学生意愿，把学生看做是独立思考和练习的主体，进行交流互动使学生达到最佳身体发展并陶冶情操的活动。

（2）从实施对象方面看。韵律舞蹈学习对象范围很广，从身体方面讲是指全身性动作的协调配合，但是韵律舞蹈动作学习则是针对身体完成某一动作进行逐一学习过程。更加注重学生身体某一部分的练习，对练习动作完成时间、数量和规格均有具体要求。

（3）从练习形式方面看。韵律舞蹈学习形式十分灵活，可以在课堂进行，也可以外延至课外、社区、家庭和其他团体与部门，其重点在于促进学生积极参与体育锻炼，增强体质健康水平。

2. 韵律舞蹈学练观念

（1）参与学习的主体性。韵律舞蹈学习定位于培养学生主体性上，通过教师充满人性的引导，培养学生参与韵律舞蹈学习的积极性、自觉性和创造性，使学生在洋溢着自由、和谐、关爱的氛围中产生兴趣、爱好，让学生充分展示自我个性，逐步培养学生主体意识。根据学生的兴趣爱好、需要、特长和身体素质，自主选择适合自己特点的韵律舞蹈，并从中能够充分享受韵律舞蹈的快乐和愉悦。

（2）学习动作的趣味性。韵律舞蹈动作学习十分注重在动作学习过程、动作学习方法和动作学习效果等多方面的趣味性。韵律舞蹈的趣味性体现在对动作学习的兴趣上。在动作学习中围绕“健康第一”的宗旨，以人为本，开展内容丰富、形式多样、健康时尚、学生喜闻乐见的不同类型、不同风格的学习内容。如各种形式的形态类韵律舞蹈组合、不同风格机能类韵律舞蹈组合、灵活多变的素质类韵律舞蹈组合，并逐步向成套的韵律舞蹈过渡，最后形成可以表演的韵律舞蹈。

3. 韵律舞蹈学练特点

（1）韵律舞蹈学练特点

① 参与具有自主性。韵律舞蹈学习是在课堂教学以外进行的，形式多种多样、内容丰富多彩，学生根据自己的兴趣、爱好、特长以及实际的需要，自愿地组织、选择和参加的健身活动。这样，不仅能发挥学生的积极性和主动性，而且能使学生的才能、个性得到充分发展，有利于学生积极参与体育活动和良好个性品质的培养。

② 形式具有灵活性。韵律舞蹈学习的开展，是根据学校的实际情况和不同阶段学生身心

发展状况来确定的。锻炼形式、内容、规模、时间、地点等都可以灵活掌握，没有固定模式。

③ 内容具有伸缩性。进行韵律舞蹈学习可以根据本地区、本学校的实际情况，或学生的不同愿望，开展内容丰富多彩的活动。锻炼内容可由学校或校外教育机关根据实际需要自行决定，内容可深可浅，可多可少，还可以不断变动，具有很强的伸缩性。

④ 价值具有实践性。在韵律舞蹈学习中，学生不仅可以获得知识，培养良好品德，提高审美能力，还可以通过亲身体验来加深、巩固和扩大课堂上所学知识，丰富和活跃学生精神生活，在愉快地、富有兴趣地锻炼中增强体质。在实践活动中学习合作、学习交流，发展自己、锻炼自己、完善自己，促进各方面的能力获得的发展。在学生的身心发展中有着重要的意义和作用。

⑤ 兴趣具有阶段性。学龄阶段：一般指6—7岁到11—12岁，相当于小学阶段。学龄期男、女儿童身体生长发育进入平稳发展阶段，身高每年平均增加5～6厘米，体重增加2～3千克。学龄期又是儿童智力发展的时期，12—13岁儿童的脑重已接近成人。由于大脑的发育，儿童的抑制能力和分析综合能力得到改善，模仿能力增强，但抽象概念思维能力还较差。此阶段学生参与韵律舞蹈学习兴趣体现在对新内容、新形式等一切新知识充满好奇，锻炼中一切以“是否好玩”为评价标准，体现出强烈地求知欲和表现意识。

中学阶段：一般指13—15岁到16—18岁，相当于初、高中阶段。身体处在青春发育期，其生理发育最主要的特点就是从原来的不成熟趋向成熟，归结起来主要有三大变化：一是身体外形的变化；二是内脏机能的健全；三是性的成熟。心理特点为：过渡性、闭锁性、摇摆性、自我性和模仿性，反映出中学初期（少年期）和中学后期（青年初期）过渡状态的两种不同特点。前一时期，即少年期，是一个半幼稚、半成熟的时期，是独立性和依赖性、自觉性和幼稚性错综复杂充满矛盾的时期；后一时期，即青年初期是一个逐步趋于成熟的时期，是独立地走向社会生活地准备时期。此阶段学生参与韵律舞蹈学习兴趣体现在对时尚内容、形式充满兴趣，锻炼中一切以“是否时尚”为评价标准，体现出强烈地自主、兴趣和表现意识。

⑥ 练习具有延伸性。韵律舞蹈练习主要是学生通过课外锻炼得以完成，它一方面体现了由课堂向课外延伸，另一方面它还体现了走出校门，向社区、家庭的延伸。

（2）韵律舞蹈学练指导

由于韵律舞蹈动作是一种人为方式，是按照操的特点，舞的形式，针对人体形态、机能和身体素质设计的增强体质，陶冶情操的身体练习，因此，在动作学习时应注意以下几点：

① 目标明确。“健康第一”是教育工作落实科学发展观的重要体现，是以人为本、促进人的全面发展的内在要求。韵律舞蹈动作内容丰富，教学形式多样，不论何种类型动作变化，万变不离其宗的是围绕体育之效在于以强筋骨、增知识、调情感、强意志为目标进行动作学习。

② 体育与艺术结合。韵律舞蹈动作学习在于突出操的特点。体现动作的对称性，以使在学习动作过程中身体得到全面发展；体现动作的重复性，以使动作从量变到质变得以巩固提高；体现动作的连续性，以使学习动作连贯流畅。

韵律舞蹈动作学习的另一个突出特点是突出舞的形式，体现动作的艺术性，使学生每一次举手投足的简单动作，还是学习形态、机能和身体素质各种较为复杂的动作变化和组合动作以及完成动作瞬间的身体姿势，都得到来自视角和听角两方面的艺术熏陶，激发学习兴趣，提高审美能力。

③ 教学相长。教学相长是韵律舞蹈动作学习特点之一，无论何种形式的学习都离不开教师的指导，即教师教与学生学的结合与统一，教主要是外化过程，学主学是内化过程，“教”和“学”相互依存，相辅相成。韵律舞蹈动作学习主要是在教师的外化引导下，在教师丰富的教学经验指导下，对韵律舞蹈动作进行学习和探讨。学生凭着对新生事物强烈的敏锐感，凭着对时尚元素的快速接受能力，凭着对新的动作表现形式、新的动作表现风格和新的动作表演内容等新事物的喜爱，促使着教师不断更新知识，把动作教学重点放在培养学生的主体性上，让学生能够充分展示个性，并在动作学习交流过程中使学生逐步形成自我主体意识，充分享受韵律舞蹈学习带来的快乐。

4. 韵律舞蹈学练形式

韵律舞蹈的动作学习常以课堂动作学习为主，课外锻炼复习巩固为辅，二者相互作用，相辅相成，它们对完成教育任务、实现教育目的具有同样重要的作用。

锻炼与动作学习形式都是实现教育目的的重要途径，但由于在内容、组织形式、活动方式上等不同于动作教学，因此，韵律舞蹈学法形式有以下不同形式：

（1）自主式。韵律舞蹈学习通常是学生教学以外进行的活动，其锻炼的形式应该参照《关于开展全国亿万学生阳光体育运动的决定》、《国家学生体质健康标准》和中央 7 号文件的内容精神，以激励学生参与韵律舞蹈学习的内在积极性，指导学生进行健康第一，强健体魄的实效性锻炼为前提，结合学校实际情况因地制宜科学合理地选择锻炼方式。组织者根据教育教学的实际需要，可随时随地组织形式多种多样、内容丰富多彩的活动，锻炼活动有时是学校或校外教育机关统一组织的活动，还有很多时候是在学校或校外教育机关的指导下，学生根据自己的兴趣、爱好、特长以及实际的需要，自愿地组织、选择和参加的活动。这样，不仅能发挥学生的积极性和主动性，而且能使学生的才能、个性得到充分发展，有利于学生的优良个性品质的培养。

（2）引导式。通常是以教师或学校有组织地引导学生进行韵律舞蹈学习为基本形式，在此形式上根据学生或学校的具体情况，以灵活多变地方式，在学习任务、学习内容、学习方法、练习数量和时间等方面提出要求，引导学生进行行之有效地韵律舞蹈学习。

（3）灵活式。韵律舞蹈学习根据学校的实际情况和学生的身心发展状况确定。由于韵律舞蹈内容丰富多彩，学习形式可根据实际需要自行决定，活动的规模可大可小（年级、班级、小组或自由组合）、活动时间的可长可短、活动内容的选择可深可浅，可灵活掌握，没有固定模式。

5. 韵律舞蹈学练方法

韵律舞蹈学习方法多种多样，不同内容、类型、节奏、风格和运动强度都会产生不同的学习方法，但是从校园角度可以归纳为以下几种常用方法：

（1）延伸法。这是一种以课内学习为知识点，以课外锻炼为巩固拓展知识面的好方法。单纯依赖于教师容易把学生禁锢在一个封闭狭窄的天地里，不利于学生身心全面发展，最好的方法是由课内向课外延伸，利用课外进行巩固拓展。

（2）重组法。是指学生将教师传授的韵律舞蹈动作，按照自己的兴趣爱好，有选择地进行积极性练习，并在反复练习过程中将各种喜爱的动作进行重组，形成符合学生个性特征的动作组合。在韵律舞蹈教学中常常通过重组方法，变陈旧为新颖、变健身锻炼为身心锻炼、变被动学习为主动学习、变复杂为简单。

(3) 演示法。是指学生在有组织或无组织的情况下，将已经掌握的舞蹈动作在课外、校外以表演的方式进行展示，以求家长、老师、学生间的认同、肯定和赞赏的方法。

(4) 设问法。你会韵律舞蹈吗？你能找到哪几种跳的方法？或者，你知道时尚又流行的韵律舞蹈吗？你会跳哪种韵律舞蹈？看看这属于哪种风格的韵律舞蹈？知道韵律舞蹈的健身原理吗？……这些问题常用于动作教学的开始部分，通过设问，首先激发学生学习兴趣，又可以引出本课动作教学知识点，提出动作教学要求。在教师执行动作教学前，将需学习的动作特点进行介绍，即达到教学前的铺垫，又拓展学生学习知识面，使教与学清楚明晰。

(5) 观察法。在韵律舞蹈动作教学的过程中，该方法常用于动作学习的中间部分。由于学生的接受能力是不相同的，让学生观摩学习，为什么跳得好，跳得好的同学的与不会跳的同学有什么不一样，动作的用力如何，动作的运动轨迹怎样，让学生用眼睛直接地去感知学习的对象，用思维去感悟动作的结构、顺序、方向、路线，找到差异之处，培养判断能力和评价能力，最终掌握正确的动作方法，改掉不足之处，逐步养成学生的善思、勤问、好学的良好习惯。

(6) 引导法。在动作学习的完善阶段，引导学生思考动作本身的关系，如手臂完成动作与下肢动作的配合有什么关系？动作间是否对称完整？同类动作重复几个八拍？学习动作的顺序是什么等等，通过引导进一步加深对动作技术的认知，便于学生理解和掌握，最终达到动作协调。

(7) 激励法。该方法是韵律舞蹈动作教学十分重要的方法之一，常用于动作学习的巩固阶段。如将学生分成若干小组，采用淘汰方式各自找对手进行比赛，看看谁跳得正确，并且舞姿优雅，通过对比赛对手的分析研究、战略布局和交流学习，让学生学习韵律舞蹈动作技术，在互教互学、互帮互励的氛围中得到巩固提高，同时充分体现团队协作的合作精神，以及收集、分析和利用信息的能力。

(8) 自鉴法。自鉴法用于教师需要对学生学习动作情况进行深入理解，培养学生观察、分析、交流能力。常常让学生间互评总结，归纳学习韵律舞蹈这一技术动作的知识点、重点、难点及自己如何解决问题的方法，通过师生互评和生生互评，配以教师精典指导。使学生在学习掌握动作的同时，综合能力也得到提高。

6. 韵律舞蹈学练注意事项

(1) 形式安全。在韵律舞蹈的学习中，安全是第一位的。某种意义上来讲，学生是弱势群体，在校期间不论发生任何安全问题，正常的体育活动都会受到影响。因此，在这种情况下，选择安全的锻炼形式十分重要。比如，场地要平整，锻炼动作的强度、密度、难度要适中，局部运动量不要过大，锻炼前的准备活动要充分，避免长时间在阳光直射下锻炼和空腹运动等等。使学生在安全的前提下，通过韵律舞蹈的学习增强身体的运动协调能力，从而使身体形态、机能和素质得以锻炼，达到增强体质之目的。

(2) 内容有趣。兴趣是最好的老师，韵律舞蹈内容丰富，形式多样，学生可以根据自身爱好选择不同风格的内容进行学习。也可以创造性地根据自己的喜好将已学的知识进行再次创编，形成有个性的操舞进行表演，这样既能完成自己喜欢的学习内容，又能使身心愉悦。需要注意的是在选择内容的时避免一味追求好玩，而忽视了韵律舞蹈本身的学习价值，缺乏针对性的目标内容，从而影响学习效果。

（3）演练结合。积极争取参与表演是韵律舞蹈学习十分重要的环节，将平日的学习成果通过校内各种活动形式进行表演，如运动会开幕式上表演，篮球比赛前或中间休息时进行表演，各种节日的校庆活动表演，学生走向社区活动表演和参与社会各种公益活动表演等，将大大提高对韵律舞蹈的学习信心，产生以点带面的辐射效应，使更多的学生参与到锻炼的行列之中，形成良好的学习氛围。

（4）认识加实践。韵律舞蹈的学习以目标明确、体艺结合和教师引导为特点，一方面在反复的实践中巩固动作技术，另一方面在学习动作中认识韵律舞蹈身体运动规律，拓展健身知识。这就要求在韵律舞蹈动作学习中，善于将与动作教学相关的知识（美学、运动生理、运动解剖学、心理学以及科学健身等）渗透在学习实践中，通过认识—实践—再认识的过程，使学生获得知识、提高认识。

（5）课堂加舞台。目标明确，学以致用是检验韵律舞蹈动作学习成果的重要手段。学生在动作学习过程中应经常观察动作、分析动作、纠正动作，这对巩固动作起着重要的作用。

（6）共性加个性。韵律舞蹈动作学习，应在按照韵律舞蹈的类别，即形态、机能、素质三方面共性特征的基础上，根据不同阶段选择不同学习内容、学习形式和学习方法，使动作学习更加具有针对性和目的性。

参考文献

[1] 陈雁飞. 理念·方法——学校体育教案的创新与设计 [M]. 北京: 同心出版社, 2009.

[2] 陈雁飞. 课程教学与教师成长 [M]. 北京: 中国人民大学出版社, 2009.

[3] 陈雁飞. 师之翘楚——全国体育特级教师教学艺术 [M]. 北京: 北京出版社, 2007.

[4] 杨冰, 彭国雄. 体育教育专业教师技能培养模式探析 [J]. 成都体育学院学报, 2008 (8).

[5] 李健. 中学体育教师教学自主性结构特征的研究 [J]. 北京教育学院学报 (自然科学版), 2008 (1).

[6] 钟启泉. 教材概念与教学创新 [J]. 教育探究, 2010 年 3 月 (1).

[7] 李健. 中学体育学科带头人及骨干教师科研能力的培养 [J]. 中国学校体育, 2008 (4).

[8] 李健, 陈光. 体育课堂教学资源的运用与开发 [J]. 中国学校体育, 2009 (1).

[9] 教育部基础教育司, 教育部师范教育司. 课程资源的开发与利用 [M]. 北京: 高等教育出版社, 2004.

[10] 王国宾. 舞蹈教育战略与发展 [M]. 上海: 上海音乐出版社, 2004.

[11] 邱裕良, 贾颖战. 中小学体育 (体育与健康) 教学活动设计 [M]. 北京: 北京大学出版社, 2005.

[12] 莫豪庆. 体育课教学设计与教案撰写的依据和原则 [J]. 中国学校体育, 2011 (4).

[13] 李云, 金琼. 现代信息技术在体育教学中应用的探索 [J]. 山东体育科技, 2010 (12).

[14] 吴英戬, 崔自璞. 体育教学中合理运用教学方法的几点感受 [J]. 教学研究, 2010 (1).

[15] 黄超. 科学解读超越教材 [J]. 读与写杂志, 2010 (10).

[16] 张力. 论转型时期体育教师课堂教学能力结构特点 [J]. 吉林体育学院学报, 2007 (4).

[17] 王渺一, 袁建东, 吴爱军. 体育教师教学基本功的变化和提高策略 [J]. 中国学校体育, 2010 (4).

[18] 黄汉升. 体育科学研究方法 [M]. 北京: 高等教育出版社, 2006.

[19] 王徽. 体育科研实用方法 [M]. 昆明: 云南大学出版社, 2009.

[20] 北京教育科学研究院基础教学研究中心. 小学体育学科主题教学案例研究. 北京:

首都师范大学出版社，2009.

［21］谢卓锋. 关于提高体育科研论文撰写能力的五点思考［J］. 中国学校体育，2010.

［22］邰崇禧. 体育科研方法和体育学科的发展［J］. 体育文化导刊，2010.

［23］郑金洲. 教师如何做研究［M］. 上海：华东师范大学出版社，2007.

［24］冉乃彦. 中小学教师如何作研究［M］. 北京：人民教育出版社，2006.

［25］陈雁飞. 阳光体育运动理论实践解读［M］. 北京：北京体育大学出版社，2010.

［26］陈雁飞，周志勇. 阳光体育运动学生锻炼指导［M］. 北京：北京体育大学出版社，2010.

［27］陈雁飞，潘建芬. 阳光体育运动校本教材开发［M］. 北京：北京体育大学出版社，2010.

［28］李鸿江. 阳光体育总论［M］. 北京：北京体育大学出版社，2009.

［29］罗振宇. 关于在学校中开展阳光体育运动的理性思考［J］. 体育科技文献通报，2007（11）.

［30］中共中央　国务院关于加强青少年体育增强青少年体质的意见（中发［2007］7号）.

［31］教育部　国家体育总局　共青团中央关于开展全国亿万学生阳光体育运动的通知（教体艺［2006］6号）.

［32］教育部　国家体育总局关于实施《国家学生体质健康标准》的通知（教体艺［2007］8号）.

［33］教育部　国家体育总局　共青团中央关于实施阳光体育奖章制度的通知（教体艺［2007］18号）.

［34］教育部办公厅　国家体育总局办公厅　共青团中央办公厅关于推广传唱《阳光体育之歌》的通知（教体艺厅函［2007］30号）.

［35］教育部关于印发《落实〈中共中央国务院关于加强青少年体育增强青少年体质的意见〉职责分工》的通知（教体艺函［2008］5号）.

［36］陈雁飞. 中国学校武术教育——沿革与发展［M］. 北京：北京出版社，2005.

［37］陈雁飞. 体育新课程教学与教师成长［M］. 北京：中国人民大学出版社，2008.

［38］田赐福. 体操［M］. 北京：高等教育出版社，1988.

［39］黄燊. 体操［M］. 北京：高等教育出版社，2000.

［40］张宁，韩军生. 学校体育教育中体操教学的再思考［J］. 山西体育科技，2006（2）.

［41］李兴华. 青少年田径训练方法与手段实用教程［M］. 重庆：西南财经大学出版社，2009.

［42］张贵敏. 现代田径运动教学与训练［M］. 北京：人民体育出版社，2005.

［43］于振峰. 中学篮球教学与训练方法案例［M］. 北京：北京体育大学出版社，2005.

［44］柳永青. 中学篮球与训练方法［M］. 西安：陕西科学技术出版社，1994.

［45］何平. 教学教案［M］. 北京：人民体育出版社，2006.

［46］于素梅. 中学体育与健康课教学指导［M］. 北京：北京体育大学出版社，2004.

[47] 罗希尧. 中学体育教材教法 [M]. 北京：高等教育出版社，2001.
[48] 肖德生，马敬衣. 排球游戏100例 [M]. 北京：北京体育大学出版社，2000.
[49] 贾安林，钟宁. 中国民族民间舞初级教程 [M]. 上海：上海音乐出版社，2004.